長崎出島

平山蘆江

序

長崎の出島が出来たのは寛永十八年だった。徳川三代将軍家光の時代で、それからざっと二百数十年の間、西洋の文化を日本へ流し込むじょうごの役目をつとめて来たのだった。

出島が出来る前までは、葡萄牙人《ぽるとがる》や、西班牙人《いすぱにゃ》がどしどしやって来て、鹿児島にも平戸にも、博多にも、やがては京都にも大阪にもと蔓《はび》こり、お寺を焼打したり、神様を焼打したり、手品をして見せて人民をたぶらかしたり、仕たい三昧をしたものだ。する事なす事が珍らしいので、日本人たちは皆、異人たちを神様あつかいにした。殊に国々の大名たちが、すっかりありがたがって、説教所も建ててやろう、金銀財宝何でもやろう、領地も寄附しよう、果は自分の一家眷族までもやっちまえという風だった。

戦国時代の諸大名の印形を見るが好い。大概、ローマ字を用いてあり、自分々々の名前までも、異人名前をつけてもらって喜んでいる。伊達正宗ほどの人でさえＤＡＴＥ正宗という字をくずした花押《かおう》を用いている。

何しろ、日本中が上下おしなべて、あまりにも異国の人と異国の事物をありがたがるので、およそ五、六十年の間は只々南蛮《なんばん》万能の時代がつづいた。ちょうど、明治に入って七十年、日本中が欧化したのと少しもかわらない。

そのために南蛮人がすっかり日本を甘く見て、しまいには、この国を我手で支配しようと企てはじめた。とうとう秀吉が怒った。家康も怒った。そして家光も怒った。

そこで長崎出島というじょうごを造り、こちらへ入れてよいものだけ取入れる工夫をした。

私の家は先祖代々長崎に住み、私でちょうど八代目である。今、出島の俤《おもかげ》は何ひとつ残っていないが、それでも私の眼で見ると、出島の岸の石垣、出島伝来の異人館の残物、出島以来植っていた松の木など、おぼろげながら見当づけられるものがある。

出島におらんだの旗が翻《ひるが》えっていた頃の事は知るよしもないが、ヨーロッパや南洋から閉め出しを食らった和蘭《おらんだ》を親切にかばってやった長崎人の情愛について語る資格だけは、親代々ゆずっていただいている。

律義真法《りちぎまほう》な気概と、義理に湧き立つ情熱、それが長崎人の人情で同時に日本国民の人情である。私は『長崎出島』によってその情愛を物語ろうと思っている。

昭和癸未（十八年）紀元節

平山蘆江

［登場人物の肖像画］

平山蘆江 筆

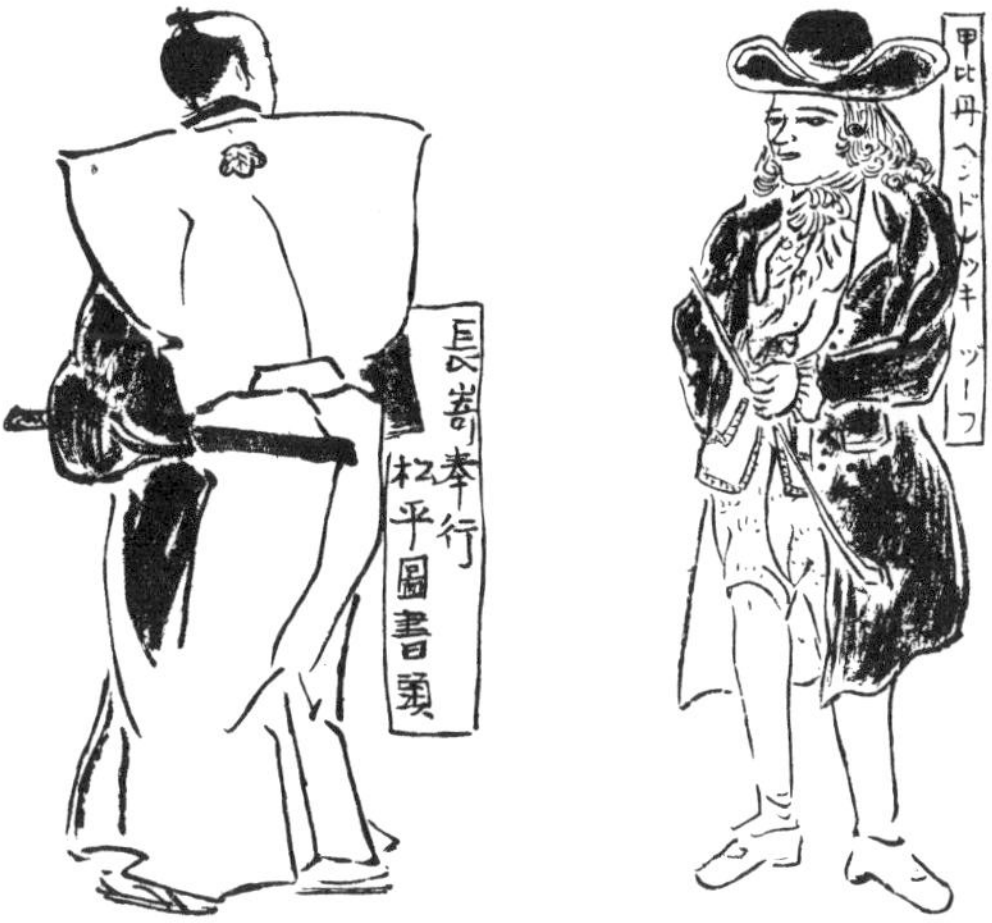

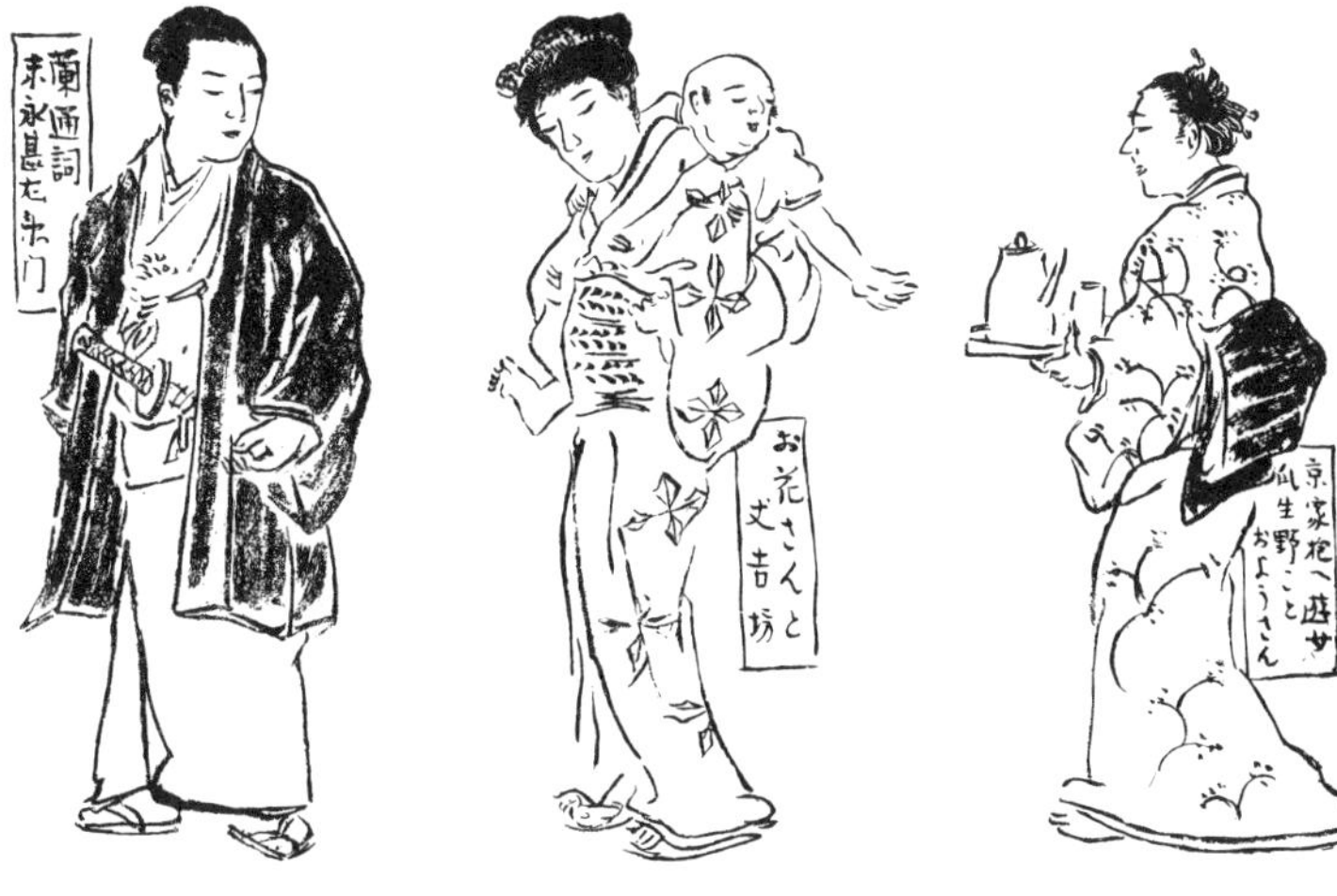

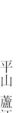

◇復刻版の編集について

平山蘆江作品は著作権フリーとしてネット版「青空文庫」などで閲覧できる。著作権法の規定（著者の死後五十年経過した作品の著作権フリー）にもとづき、『長崎出島』を復刊する。『長崎出島』は昭和十八年（一九四三）に発表され、翌年初版が東京の婦人之家社から発行のあと、昭和二十七年（一九五二）住吉出版から刊行された記録がある。このたびの復刊は、初版の婦人之家社版を底本として編集したものである。

表記凡例

① 原版は旧仮名づかい表記なので、すべて新仮名づかいに改めた。ただし、引用文献や古文書引用の部分は原文のままとした。
② 旧漢字は当用漢字に変えたが、固有名詞などは原文に従った。
③ 漢字によって口語文体の慣用句などを当て字で表現している部分はひらがな表記にかえた。
④ 編集上の明らかな誤字、錯誤などの表記は文意に沿って修正した。
⑤ 現代では差別的に思える表現もあるが、そのまま残した。あくまでも原作のニュアンスを生かすことを配慮したからである。

長崎出島——目次

表紙・大扉（ヅーフ肖像）＝西岡由香
表紙画「フェートン号図」（長崎歴史文化博物館蔵）

蘭館十五夜

一

お花さんは二階を片っぱしから開けひろげた。部屋々々の間仕切りも、海に面した戸障子も、南向きの障子も、そして西側の窓も。そんなにしても、風はぱったりとまって、暑さはムシムシと盛り上がってきた。お花さんの額は汗ばんで、阿波ちぢみの単衣《ひとえ》の裾も両袖も、手に脚にからみつく。

お花さんは、邪険に両袖を肩に背負い、襷《たすき》をかけたように、背中で結び合わせた。真白な美しい両腕が、二の腕かけてまくり上がる。

二階がひろびろとなると、前から用意しておいた月見団子を東向のペンキ塗の手すりの側に据えた小机の上になおし、その前へすすきを供えた。お団子は銀の丸盆に盛り上げてあり、すすきは紺碧色の交趾《こうし》の花瓶にさしてあった。何となく釣合いがわるいのだが、なぜわるいかお花さんにはわからなかった。お花さんは今年十五歳なので、なりは大きい方だが、如何にも子供子供した合の子娘だった。ずっと前の甲比丹《かぴたん》が山の花魁《おいらん》の胎《はら》に残して去ったのを、父なる甲比丹も本国おらんだへ去り、母なる花魁も、お産のわずらいで若死にをしたので、だれに育てられるともなく育てられて、今や、一日ましに美しい娘に生い立ってゆくのであった。

本当の規則からいえば、ゆるされないことだが、こうして出島の蘭館へ自由に出入りが出来ることは、お花さんの生立の上に、また合の子であるということに、だれが許すともなく許された一得でもあり、哀れさでもあった。

お月見の用意がすっかり出来上がると、お花さんは持ち前の涼しい声で、高らかに呼んだ。

「ヲップルさん、ヲップルさん」

本当はヲップル・ホーフトというのを、お花さんは略して呼ぶのだ。すなわち甲比丹の本当のおらんだ役名である。

お団子の前のすすき、それを通してペンキ塗の手すりの外に、近々と翻《ひるが》える紅白青のおらんだフライキ、旗竿の下の両側には脇荷の蔵に本方反物蔵が屋根をならべており、脇荷の横には高々と松の木が茂っている。おらんだ屋敷のそうした風景の水門に近い一角を通して、すっきりした姿で三角に聳《そび》えている彦山《ひこさん》を眺めながら、お花さんは二、三度呼んだ。

返事がないので、じれったそうに振り向くと、ヲップル・ホーフトのヘンドリック・ヅーフは沖合の見える会見所の廊下、すなわちお花さんのお月見からの欄干とは反対側の廊下に、椅子を持ち出し両手で遠眼鏡つかんで、戸町番所の沖合を見つめている。

「ヲップルさん、ちょいと見ておせつけまっせ」

たまりかねたお花さんは、うしろからとびかかりヲップルさんの両肩にとっつかまり、耳に口をよせ、ひときわ高く呼んで、はげしくゆすぶった。

「これこれ、何ばすっとか」

ヲップルさんは怒鳴りつけた。

いつになく邪険に振りはなされたので、お花さんはしおしおと彦山の見える方へ戻る。可愛そうになって、甲比丹は遠眼鏡を持ったままお花さんの方へやってきた。

「怒ったか、お花さん」

いつもの優しさにかえったので、お花さんは素直にウンとうなずき、にっこりして、それから少し青みのかかった瞳をくるくると見張って甲比丹に笑いかける。

「何だ、何の用だ」

「これ」

「これは」

「お月見の支度《したく》でございます。四年ぶりに船の来ましたけん、お祝いと縁起なおしに」

戸町番所でのろしの合図が上がったのは、この日ちょうど昼頃であった。文化元年(一八〇四)以来、丸五年のあいだ蘭船の入航が絶えがちになり、甲比丹ヅーフをはじめ、出島の蘭人たちは弱りきっていたところへ、蘭船入航の合図があったので、書き役のホウセマンとシキンムルが通詞たちと一緒に三艘の小舟で港外へ出かけたのだった。

おらんだの三色旗を立てた小舟が、奉行所の御用旗を立てた小舟二艘にはさまれ、出島の波戸場から乗り出すという風景は、じつに久しぶりのことである。ヅーフをはじめ荷役も台所役も、黒ン坊までが、一緒になって波戸場でハンカチを振って見送るので、小舟の方でも、書き役二人はもちろん通詞から検使役人までが手を振ってうれしそうだった。出島の蘭館はまるで夜が明けたようだ。

これがちょうど午の下刻（午後一時）で、それからかれこれ二晌（四時間）経っている。もうそろそろ旗合せもすみ、横文字渡しもすんで、蘭船の姿が女神の鼻から入ってくる時分だと思い思いヅーフは、それが気になっていたのだ。

「お団子食べてもよいか」

いきなり抓《つま》もうとしたヅーフをたしなめてお花さんはいった。

「お月様も出なはらん中、もったいなか」

「お月見の団子は盗んでもよかといった」

「お月様が出なはってからですばい。――ちょうどあすこんところから出なはります。こげん太かお月様」

正面に見える彦山の山の端を指さし、両手で大きな丸をつくって見せてお花さんはポーッと頬を染めている。

「今度こそ、お花さんを喜ばすものがくるぞ。着物でも、あたまのものでも、それから食べるものも」

「ヲップルさんの洋服も、靴も、シャツも、………」

うっとりと海の方を眺める。何しろ八月十五日なので、夕なぎながら、さすが稲佐の山に日が落ちるとひいやりした肌あいにもなってきた。お花さんは背に結んだ振袖を解いておろした。

突然、けたたましい足音がして二、三人梯子段《はしごだん》を上がってきた。通詞の猪股繁十郎と稽古通詞の植村作七郎だった。でぶでぶと痩《や》せっぽち。

「甲比丹、大ごとができた。途方もなかことじゃ」

猪股は青くなって、太った体で息を切らしながら、頬《ほお》へ流れる汗を掻《か》きむしるように拭いた。

「何です猪股さん、書き役はどうしましたか」

「その書き役さんが、二人とも捉まえられました。剣で突き殺されるかも知れん。何しろえらいことじゃ」

「猪股さんのいうこと少しもわかりません。植村さん、あんた話して下さい」

植村は若いせいか猪股ほど怖《おじ》けづいてはいず、ぽつぽつと話しはじめた。

二

出島から出た小舟も、遠見番《とおみばん》の舟も港の入口にある伊王島《いおうじま》の沖まで漕いだが、

（蘭船の来る時期でなかことが不思議じゃ。お互いに用慎せにゃいかん）

遠見番の加悦忠兵衛が注意したので、皆はなるだけ、舟を近よせぬようにした。ところが、どうしたことか、向こうの船ははじめから旗合せにも応ぜず、横文字渡しにも返事を出さない。こっちの舟が少しづつ近づこうとした時、突然おらんだの旗を檣頭《しょうとう》へたて、一目散に港内へ入ろうとするので、こっちも声を限りに止めさせようとした。

船はとまったが、すぐにボートを下ろした。それには十四、五人もの水兵が乗りこんでおり、真直に蘭人書役の小舟へ乗りつけ、書役を二人とも引っつかむようにしてボートへ乗りうつらせ、有無をいわさず本船へつれて行ってしまったというのだ。

「二人とも黙ってつれられて行ったのか」

ヅーフは不機嫌に押しかえした。

「水兵たちは皆剣を抜いて、いやといったら切り捨てる勢いでした」

猪股が書役のためにいいわけをしてやる。

「それで、検使の役人たちはどうしましたか」

「検使さんたちも一生懸命取りかえそうとしましたばってん、多勢に無勢で、その上船頭

どもがなっとらんですたい。自分が殺されでもするごと、艪《ろ》も櫂《かい》も投げすて、海の中へ飛びこんで逃げ出しましたもん。何しろ大騒動じゃ」

「それで、皆、すごすご戻って来たんですか」

船頭どころか、自分たちが成っとらんじゃないかといいそうに、ヅーフは不機嫌だった。

「おらんだ船が、どういうわけで、そんげん横道《おうど》か（＝生意気）ことばするとじゃろうか」

お花さんが大人っぽく小首をひねる。

「蘭船じゃあるまい。偽《にせ》もんじゃろ」

ヅーフがいった。

「それそれ、まさにいぎりすの軍艦ですばい。おらんだ言葉はわからんとじゃもん。うんたちゃ（＝おまえたち）おらんだじゃなかじゃっかというてやったら、おらんだのフライキば帆柱にするすると上げたけんの、怪《け》しからん奴じゃ」

いまさらになってデブデブの肩を聳やかしても仕方がなかった。

《長崎奉行手付出役　菅谷保次郎
同　　　　　　　　上川傳右衛門

右、おらんだ人奪ひとられしは不慮の事たり、検使たる身分にて度を失ひ、罷り

かへり、不埒により手付出役御免、押込仰せ付けらる。》

この時、すごすごぼんやりと戻ってきた検使は、あとでこういう処分を受けている。今ヅーフの前で空威張りをしている小通詞《こつうじ》たちとても、右同断で《紅毛人ども異船へ奪ひとられの節、三人申合せ如何やうにもいたし、紅毛人取留め申すべきところ、乗込みの所詮も無之、不埒により押込》という申し渡しだった。三人とあるのは猪股と植村の上置として吉雄六次郎という小通詞であった。

「それで蘭館の書役どもは一体どうなるとですか」

ヅーフは二人へなじるようにいった。

「さあ、どうなりますことか……」

猪股はまごつき、植村は廊下へ出た。海の上は今、御用の旗を立てた船が、あわただしく沖へ走った。沖は、飽の浦あたりであろう、いつの間に入ったのか、件の黒船が威張りくさって錨《いかり》をおろし、長崎の港を冷やかに睨《にら》みまわすようにのさばっている。船の長さ五十間、石火矢を上下二段に仕かけ、下段の左右三十二挺、上段は舳先左右へ四挺、艫《とも》の方左右に十二挺、都合四十八挺の石火矢を備え、その外大筒、継鉄砲たくさんを仕かけた軍艦というのだから、当時の日本人には見たこともないほどの武力を備えていたのだ。

この船の名はフェートン号、帆檣《ほばしら》にひらひらとおらんだ国旗を掲げてはいるが、実は英国の軍艦なのである。

「太《ふと》かね」

お花さんはうっかりいった。

「太かでしょう」

植村もいった。

「あん畜生の横腹に、石火矢をひとつ、どんとやっつけてやるとよかばってん」

猪股がしきりに強がっている。ヅーフはまた遠眼鏡をつかんだ。

「お花さん、お花さん」

下の波止場で黒ン坊が招く。お花さんは急いで下へ行ったが、も一度上がって来た時はもう通詞たちは居ず、ヅーフひとり廊下に立って相変わらず遠眼鏡をつかんでいた。

「ヲップルさん」

お花さんはそっとそばへ行き、あたりを憚《はばか》るほどの声で、ヅーフの耳へ囁いた。

「いぎりすの軍艦のマドロスどもが、今夜ここへ攻め寄せて来るげな」

「ここへ、今夜、——だれがいった」

「黒ン坊が町で聞いて来たとです。戦《いくさ》のはじまるって、町は大騒ぎげな」

ヅーフは黙って考えながらあるき始めた。二、三度、廊下を往復してからわびしげにいう。お花さんにというよりも、自分自身に聞かせるように。

「今、わたしの本国では大戦争が始まっている。ふらんすがあばれて、おらんだも、ぽるとがるも、いすぱにゃも、みんなが一束になって戦争しとる。その中でいぎりすが勝手なことをしてこの辺まで恐ろしい手をのばした」

「おらんだの味方はどこですか」

「きのうの味方はきょうの敵だ。きょうの味方はあしたの敵だ。強い奴が弱い奴の敵で、弱い奴は強い奴の食いものだとじゃ」

「そんげんことというても私にゃわからん」

「おれにもわからん」

「本国のあなたのおうちはどうなったでしょうか」

お花さんは自分だって本当の我家というものを持たず、本当の両親というものもないくせに、ヅーフのことが気の毒でたまらなかった。近々とよって、顔をのぞき込むと、ヅーフはお花の両肩に両手をかけ、真直に顔を向かせていった。

「お花さんのお国は少しもいくさのなかけん、一番よかねぇ」

そんな風にいわれてもお花さんのように平和な国の平和な港に生まれて一歩も外へ出たことのない人間には、いくさの苦しみがどんなものだか、いっこうわからなかった。

二人の立っているところはどこもここも青くなっていた。月が、中秋の明月が、いつの間にか彦山の山の端に皎々《こうこう》とひかって、おらんだやしきの広々とあけ放った二階を、隈《くま》なく照らしている。

ヅーフはお団子の前に立った。お花さんは両手をあわせて、お月様を拝んだ。

「甲比丹、今晩は」

落ち着いた声が梯子の口から聞こえた。小通詞の末永甚左衛門が来たのだ。穏やかな顔で、行儀のよい身がまえだった。

「やあ末永さん、いぎりす軍艦のこと、どうなりましたか」

「はい、その後西役所でも、お奉行様が御尽力中でございます。就きまして万一事がめんどうになった場合、こちらでは防ぎがつきませんから、御迷惑でも、お手まわりのものだけお持ちになって、西役所へ避難をしていただきたかとです。お奉行様からのお言葉でお迎えにあがりました」

「いよいよやりますか」

「どちらともわかりません。取あえず用慎でございます」

「畏こまりました」

黒ン坊のいうことが本当だった。お花さんは胸の動悸の昂ぶりをおぼえた。今にも、石火矢の音が耳をつんざき剣の光りが月光と相映じて、このおらんだやしきは火焔に包まれるんじゃないかとも考えた。でも、末永とヅーフが如何にも落付いて書類などをまとめたり、末永が、別に家来を二、三人つれて来ていて、手まわしよく下の方をも片付けさせたりしているのが、着々と順序よく運ぶので、動悸はすぐに治まってしまった。

「お花さんもつれてってやりたいのですが」

ヅーフがいった。

「どうぞ」

末永は答えた。お花さんは心持顔をあからめて、つい、末永にお辞儀をしてしまった。

三

長崎奉行松平図書頭康平《まつだいらずしょのかみやすひら》は、去年（文化四年＝一八〇七）正月晦日に長崎奉行を仰せつけられ、七月二十六日に江戸を出立《しゅったつ》、九月五日に立山役所へ入ったのだから、まだ長崎在任まる一年にはなっていない。

ましで、大方は立山役所に居すわっていたので、西役所に入って直接港役人と接するようになったのはことしの七月十九日のことだから、まる一カ月ぐらいのものだった。文化元年以来蘭館に居すわっているヅーフにくらべると長崎という土地については馴染みははるかに浅い。

　表向きは四十八歳となっているが、じつは四十一歳。もともと高家《こうけ》前田隠岐守の次男に生まれた柄人の立派さと気質の穏やかさに加えてまさに男の盛りという年頃のせいで、威あって猛からぬ風貌が、如何にも頼もしく、行きとどいていた。

「ご迷惑をかけました。しばらく当役所へ落ち着いてください」

「ご心配でございましょう。ご厄介になります」

　一通りの挨拶がすむと、奉行は打ちとけた様子でことのなりゆきを説明した。

　港外にいくつか設けてある遠見番のところから「白帆船入港」という知らせがきたのは、この日、午の刻（正午）であった。

「蘭船の入る時季ではありませんが、何しろお互いにおらんだのたよりを恋しがっております ので――」

　こんな風に思いやりを持ったもののいい方をするのが、この奉行の持味だった。ヅーフは和やかにうけて敬礼をした。

　いつもの通り検使として奉行手付役両人、役所付役人二人、以上四人の役人が二人づつ二舟に乗り、蘭館から出て来たホウセマンとシキンムルの両書記および通詞三人を乗せた舟を真中にはさみ、途中で遠見番所からくり出した舟々と一緒になって港外伊王島の沖合三里のところまで押出した。ところが、先方の船は一向におなじみのおらんだ旗を立てる様子もなく、いつもの横文字合図をしてもそれに答えない。そればかりでなく、こちらの小舟を押戻す態度で、どんどん港内へ闖入《ちんにゅう》しようとする。港へ十分入ってから、仰々しくおらんだ国旗を帆檣高く揚げたり手に手に剣つき鉄砲をもったマドロスをボートに乗せて、ドンドンおろしはじめた。その間も親船の進行は少しもとめようとしない。

いかにも奇怪な振舞なので、検使の連中が、舟をつけようとすると、その前に相手のボートは近々と漕ぎよせ有無をいわせず、ホウセマンとシキンムルの両人を引立てて、ボートへ乗せてさっさと本船へつれ去ってしまった。

「どういうわけで、そうした奇怪なことをしたものか、折かえして当所のものどもをやり、詰問させる一方、書記さん二人をとりかえす手はずをも着々と運んでおります。今夜中にも吉左右のしらせがあると思います」

事の起ったときには烈火のごとく憤って、小役人どもの意気地なさを叱りとばしもし、番所々々へのいいわたしもずいぶんはげしい癇癪《かんしゃく》を見せた図書頭だったということを、ヅーフは前に通詞から聞いていたのだが、いまはいつもの通り落ち着いた人柄に戻ってなりゆきを話した。

「おらんだ屋敷へ敵が攻めよせるとかいうことを聞きましたが」

「いや、万々左様なことはありますまい。しかし、万一の用意は調えております。稲佐崎《いなさざき》は代官の手のものが、岩瀬道《いわせどう》はこれも代官の弟が、波止場は町年寄の手で、そのほか十善寺の山の上にも石火矢を備えて、フェートン号を目の下に見下ろすところに矢頃を計っております。書記たちを取り戻したら、これを合図に無礼ものを打ち果たす手はずをいたすよう、肥前の聞役《ききやく》へも申し付けておきましたから、今夜にも肥前の軍勢が入府いたすことでしょう。とにかくご安心くださるよう」

ヅーフは松平図書頭の言葉はうれしく聞いた。心持もありがたく受けたが、さりとて、奉行のいうように安心した気持ちにはなれなかった。奉行がいうほど手強い軍勢なり、武力なりが、この長崎のどこにもないことをかねてから知っている。一朝ことあるときに備えるためには、鍋島藩の肥前佐賀兵なり、大村の大村兵なり、あるいはもっと手近の諫早から兵隊が繰り出すことに、役目の割りふりだけはできているのだが、どの藩の屋敷も番屋の番人みたいな水っ洟をたらした腰抜け爺が二人か三人いるばかりで、武士らしい人間はかつていたことがない。

戸町番所にしろ、女神《めがみ》番所にしろ、砲台だけがあって大砲がなく、番小屋だけあって番人はいないという風なので、いったい、どれほど神変不思議の力を代官や町年寄が用意しているか知らぬが、しょせんは、フェートン号一隻をどうすることもできないのではないか。そうした不安がヅーフの胸にひしひしとこたえた。そのくせ、存外安心した気持ちで、松平図書頭の前を下り、与えられた一室にくつろぐことができたのは図書頭の人柄の徳によるものであろう。

「お奉行様にもお団子ばさしあげたかばってん」

部屋ではお花さんが、今にもいくさが始まるかなどいうことは、すっかり忘れたように蘭館からもってきた月見団子をも一度かざりなおしたり、その中から前の皿にとりわけたりしてままごとごっこをしている。

お団子のほかに新いものの茹でたのや、里芋、いわしの摺味の油揚げに枝豆などが盛りあげてあった。

卓子も椅子も、とりあえず、おらんだやしきのを持ち込んできたので、こうしてお花さんにお世話をやいてもらえば、出島にいるのも同じ気持ちだった。

ヅーフはお花さんとさし向かいでいもを食べ油揚も食べた。

「団子、思ったより旨くない。この油揚は、お奉行様へもっていってあげなさい」

「もっていってもよかでしょうか」

「お花さんが行ったら、お奉行さん、喜んで食べるよ」

お花さんはあれもこれもと皿にとりわけた。

「これ、乙名の伯母さんがつくってきてくれなはった。それから江戸町の行司さんももってきなはった」

そんなことをいいいい、手際よくご馳走のとりわけができると、すぐに襖をあけてどんどんもっていこうとする。

「お奉行様のお座敷、知っているか」

「知っとる。先刻、ヲップルさんが行きなはったとき、ちゃんと見ておいたもん」

行ってきますと、威勢よく出て行ったのを、ヅーフはにこやかに見送った。と、まもなく、お花さんがしおしおと戻ってきた。持ち出した通りのご馳走は、元のまま盛り上げ、張合いなさそうに元の卓子の上に置いた。

「どうした。お座敷が開かなかったか。それともお奉行様お出かけだったか」

お花さんは首を振って、袖を咬んで、うつむいて、やがてしくしく泣きながらいう。

「意地わるのお役人さんに叱られました。合の子のくせに、お奉行様の前に出ることならんちいうて……」

「ははは、そんなことじゃろうと思った。お役人にはかなわんたい。こらえてやりまっせ」

ずいぶんいたわったが、お花さんは機嫌がなかなかなおらなかった。しまいにはヅーフが怒りそうになった。

「よかろう加減にせんか。いつまでも泣くもんじゃなか」

珍しくヅーフが真剣な声を出すと、お花さんはびっくりして泣きやんだが、はじめて本当の心持をいった。合の子といわれたのがくやしかったのだ。

「合の子、合の子って、そんげんいわんちゃよかたい。好き好んで合の子になったとじゃなかもん」

口を尖らせて、阿波もみじの袖うらのケバを小さな糸切歯と、指先の爪とでむしりむしりしつつ怒った。でも、もう泣いてはいなかった。

西役所秋雨

四

朝早く、ヅーフは役所の二階の見張り台へ上って遠眼鏡をつかんだ。黒船は相かわらず高鉾島《たかほこじま》をうしろにして豪然と錨をおろしている。

「ゆうべ、奉行様は、一睡も仕なはらんとです」

通詞の末永甚左衛門がいった。そういう末永も夜あかしだったことをヅーフは知っている。はじめに吉雄と猪股と植村三人の通詞が、何のはたらきも見せず、書役を生捕《いけどり》にされてうすぼんやりと戻って来たについて、そのあと始末を末永がひとりで引きうけているのだ。

「マドロスどもはどこへか上陸しましたか」

「じつは、ボート三艘で、港内勝手気ままに乗りまわして、――」

「乱暴をしましたか」

「稲佐では民家へ入り込んだようですが、乱暴というほどのことはなかったごとございます。しかし、そんげんことばするとが、すでにもう乱暴以上の乱暴でございますけん――」

「どこからか、兵隊が来ましたか」

末永は急にだまり込んだ。唇を一文字に結び、少しの間むずかしい顔になっていたが、

「そのことについて、お奉行様は、容易ならぬ御心痛です。当府内に何事かがあったら、時刻をうつさず、軍勢の手当をすることは、島原藩なり、佐賀藩なり、殊には大村、諫早、筑前へ、かねがね申しつけてある大事なお役目なのです。それがひとつとして行届かない。一藩たりとも、お奉行様の申し付けを守らない。あまりにも怪しからんことなので、……いや、こんげんことは甲比丹へ申し上げることじゃなかったとですが――」

もっといいたいことがあるらしく、末永は目を伏せて心のいらだちを鎮める。

「わかります。私にもよくわかります」

ヅーフがしきりにうなずく。

「おわかりになるでしょう。とにかく、奉行様のご心中はそのことで一杯です。どうぞ、奉行様にお逢いになっても、このことについては、何事も仰しゃらぬように」

「承知しました。――で、お奉行様は」

「夜のあけぬうちに、出島を見まわりになって、今は、五島町の方の海岸をお見まわりかと承わりました。間もなくおかえりのはずで……」

いいかけて末永が沖合に目をつけた。黒船に何か異状があったらしい。

「旗が、旗がかわったようです」

「ほう、いぎりすのフライキにかえました。やっぱりいぎりすの船じゃった。じつに怪しからん。卑怯とも無法ともいいようのなかことじゃ」

ヅーフは遠眼鏡を末永に渡しつつ、歯ぎしりをする。

ちょうどそこへ松平図書頭がかえって来た。かえるとすぐにヅーフのことを尋ねたらしい、そして、ここへやって来たのだ。

きのうは陣羽織だけ着ていたが、きょうは小具足を着込み陣太刀を吊っている。凛々しい姿だった。

「甲比丹、おはよう」

「おはようございます。お疲れでございましょう。とうとうおやすみなさらんじゃったそうで——」

「いや、ありがとう。時にヅーフさん。あなたのそばに居る小娘に逢いたいのですが」

なみなみならぬ苦労をしているはずの図書頭だが、ヅーフに向かっては決して心配気な顔を見せず無論険しい顔をしたこともない。今もそうだったが、ヅーフはお花のことを問われたので、すぐにゆうべのことを思い出した。

「お花といいますが」

「左様、お花さんといいましたね、すぐにここへ呼んでくれませんか」

半分は末永にいいつけるように、半分はヅーフに向かってのいい方だった。

「お花さん、どうかしましたか」

ヅーフの言葉にかぶせて、奉行はいった。

「あの子に詫びをいわなければならん。末永すぐにここへ呼んで来るように」

「お花さんに詫びを仰しゃるといいますと」

「はは、あんたの知らんことです」

お花さんはむずかしい顔をして入って来た。ゆうべの合の子さわぎが、また新規に冴えかえってあたまがもやもやしたらしい。唇を尖らせほっぺを上気させ、少し、しゃっきりした足どりで末永のうしろについて来たが奉行の外にヅーフがいたので、すっかりテレてしまった。

「お前、お花さんか。私は康平じゃ。ゆうべ村井がお前をとがめたそうじゃ。堪忍してくれ、悪気じゃない、あいつはもののいい方が不調法でな、ははは」

奉行はお花の顔を見るなり、こんな風にいった。お花さんはまごついたが、ヅーフの方がいっそう驚いた。

「どうも恐れ入ります、きのうお花さんは、お月見のご馳走をこしらえましたので、お奉行さまにさし上げたいといいましてな。不作法もかまわず、私が持たしてやったことが悪かったとです」

今度はヅーフがあやまる番だった。お花さんはちぢみ上がって、このお奉行さんになら合の子といわれようと何といわれようとかまわない気持ちで、しかし、末永とヅーフのうしろにかくれてしまった。

「殿様、黒船が只今、フライキをとりかえました」

そういって末永が遠眼鏡を渡す。

「あれはいぎりすのフライキだそうでございます」

奉行は黙って黒船の旗じるしを見たが、ヅーフのうしろのお花さんを再び呼んだ。

「お花さん、ゆうべのご馳走、もう腐ったかな」

「腐らんものもあります、腐るごたるものはゆうべヲップルさんと一緒にいただいてしまいました」

「よし、それでは腐らんものだけご馳走になろう。すぐにヲップルさんの部屋で」

間もなく、甲比丹のゆうべの部屋へはお奉行さまがお客になって来た。末永甚左衛門もお相伴である。

こんなに見識ぶらないお奉行様は、長崎はじまって以来だなと、お花さんは江戸町の乙名さんのいったことを思い出し、ただ、いそいそとお部屋の支度をした。

お花さんのお月見ご馳走は、奉行にとって朝めしに当っていたらしい。うれしそうに食べながら一枚の書類をヅーフに見せた。ホウセマンとシキンムルと二人の名前で書いた手紙だった。

《この船はべんがら仕出しで、船長の名はビウロウと申します。船中に飲み水と食物に欠乏して居りますので、申し請けたしと船長が申して居ります》

「まぎれもなく、シキンムルの手蹟です」

ヅーフがいった。

「危害を受けずにいることはたしかですが、如何にも奇怪な船で、支那仕立ての船だいうかと思えば、ベンガラ仕立てだといいなおし、何故書役を拘引したのだと聞けば、食物と飲み水をもらいたいからだという。まるで人質をとって脅迫をしておるのです」

奉行は話をしているうち、さすがに憤懣《ふんまん》をこらえきれなくなったらしい。

「あれからまた検使をお出しになったとですが」

「左様、押しかえしてやりましたが、今度も大砲小銃でおどしたようです。幸いに溝江仙兵衛と、村上次右衛門が頑張って、打つなら打てと押しかけましたら、急に打ってかわって丁寧な言葉をつかいはじめたのだそうです。弱い相手にはあくまで強くなり、強く出ればすぐにへなへなとなる、その根性が憎らしいです」

「で、この手紙に対してのお返事は」

「何分夜中のことだから今が今といっては調《ととの》いかねる。夜が明けたら望みのものをとらせる故、まず、おらんだ人を返せと強談に及びましたが、どうしてもいうことを聞かなかったそうです」

「昨晩の彼らの態度は――」

英艦側がどんな風に横暴をきわめたか、奉行がそれをどうはねかえそうとしたかをゾーフは聞きたかったが、ふと末永の言葉が思い出された。

(奉行様の肚の中はそのことで一杯です、どうぞ、奉行様にお逢いになっても、そのことは仰しゃらんごとお願いします)

ゾーフは言葉尻を濁しつつ、末永をちらり見た。奉行はいった。

「昨夜一晩のことは、この末永がよく知っております。この人がよくやってくれました」

松平図書頭らしく、部下への思いやりが、ちょっとの場合にもにじみ出てくる。

末永甚左衛門のはたらきについては、後にこの時のかかりあい一同、上は支配頭から下は水手小使に至るまで四十人そっくり頭を並べて免職にもなり、押込みその他の処分にもなっている中で、「特に危難の場所に駆付け、一命を抛ち格別の骨折相勤め……」

こうした口上つきで役柄一級をすすめられた三人の殊勲者の中に数えられたことによって察しられよう。

ゾーフは立って末永の手を握った。

「末永さん、ありがとう」

「いやどうも」

「お奉行様、何しろ、何から何まで御心配でございます。もし、私につとまることなら、何なりとも遠慮なく仰しゃっていただきとうございます」

ヅーフの言葉について、奉行は椅子を引きよせた。

「ありがとう。早速ながら、ぜひ、御尽力を願いたいと思うことですが」

「彼らの無礼横暴をこらしめるにしても、人質をとられていることが、味方の引け目です。何とかして、おらんださん両人を取かえさんうちは、何をどうすることも出来ない。そこで考えたことですが、まず、あんたの名で一本手紙を書いて頂きたいので――」

奉行には手紙についても腹案があった。ヅーフはもちろん承諾して、すぐにペンを取った。

《飲み水と食べものを送ったら書記両人を返そうとのお申出承知しました。早速、奉行所へお願ひ申し、奉行所からもおゆるしを得ました。右念のため申し添えます。
甲比丹　ヘンドリック・ヅーフ
お望みの品々は二人のおらんだ人おかえしの折お申し越し下さい》

「ありがとう。まずこの手紙を持たしてやって先方がどんな態度に出るか、待つことにいたします」

手紙を持つと奉行はすぐに立った。

「それが役に立てば仕合せですが」

ヅーフも心配だった。こんなことで刻一刻といいのばしてゆくうちには、大村の兵も来るであろう、諫早からも島原からも、せめて千人の兵がまとまったらと、奉行は念じている。ヅーフにもそれがわかった。

「では後刻」

奉行は手をさしのべた。

「私でお役に立ちますなら、何なりとも」

ヅーフは奉行の手をとってしっかり振った。

「この暑さに、お奉行様の手は、何という冷たいことだ」

あとでヅーフはお花さんにいった。

「手の冷たか人は心が温かとげな」

お花さんはそういって、自分の両手をヲップルさんのえり首へぴたりと巻きつける。

「ほう、お花さんの手も冷たかね」

「その代りに心があったかとですたい」

お花さんの身辺にはいつも春風が吹いていた。

《食物と水さえ届けて下されば、外に用向はないそうですから、私どもは返してもらえるとのことです。其儀、私より申上げよとのことです。尚、船中に病人がおりますので、牛と山羊をもとどけていただかねば船を出すことが出来ないと船長が申して居ります》

五

これがフェートン号からの返事だった。シキンムル一人の名で書いてあり、船長ビウロウという署名が添わっていた。

長崎警備の当番たる肥前の兵はまだいっこうに来る様子もなく、筑前藩へ申しつけても非番を口実にして捗々《はかばか》しい返事がない。長崎にある貧弱な武力ではフェートン号一隻をどうすることも出来ない。よしんば口実をもうけて、なおこの上にいいのばすとしても、人質をとられている弱味がある。

「とにかく、先方の求めるものを少しづつでも届けてやることにいたしましては」

溝江仙兵衛と村上次右衛門は奉行に進言した。二人とも御役所付助《おやくしょづきすけ》といういたって軽い身分のものではあったが、十五日の不手際以来、図書頭は支配頭の中付継次郎をも、そのほかの御役所付本番たちをも相手にしなかった。

「喜悦は何といっている」

喜悦忠兵衛は二カ所の遠見番所につとめている十数人の遠見番中、たったひとり押切ってフェートン号へ乗りつけた男であった。二度目の検使たちが命を的に沖合へ乗り出した時なども、もっとも手際よく食糧の用意を調えたりして、あくまでも手際のよいところを見せたのだった。

「忠兵衛儀も、同じように申しております。末永通事も、――」

やがて水三艘、野菜一舟が間もなくフェートン号へ届けられた。

往きちがいに今度はホウセマンの名で手紙がきた。今日中に食物類が本船に届かぬなら今晩の九つ時（十二時）を期して港内にある唐船も和船も手当り次第に焼き払ってしまう。当方、望み通りの品がとどいたらおらんだ人返したうえ、すぐ様出帆してつかわすという風の手荒い口上だった。いよいよ英船は本性をあらわしはじめたのだ。

何といわれても、味方はどうすることも出来ない。西役所の中はただただ殺気立って来るばかりだった。

第三段の手紙がフェートン号からきた。野菜を届けた船が受取書を預かって来たのだと思うとそればかりではなく、シキンムルにいわせる二度目の居なおりだった。

《野菜類ありがとう、たしかに受取りました。なお、牛と山羊がとどかぬうちは、私どもを返してくれぬそうです。

どうぞお願いします、薪にも困っております。二艘分ほどお届け下さいとのことです》

末永甚左衛門は奉行の前で、これを読みながら、頭をあげ得なかった。それさえあるのに、さらに追っかけて第四回目の居なおりが、同じシキンムルの名で寄越された。今度は水五艘、芋二百斤と限ってさえあった。ホウセマンだけは果物調達を促進するためとあって一人だけ返してよこしたが、一人残されたシキンムルは恐らく、銃剣をつきつけられてでもこの手紙を書かせられているかと想像された。

ホウセマンが戻って来たのでフェートン号船内の様子だけはわかった。

はじめに書き役二人を本船へ引ずり上げると、船長自身が鉄砲をつきつけて、二人を訊問にとりかかった。

「おらんだ船が二艘、この港に隠れているはずだが、あり体に申したてい」

最初の訊問はこうだった。

「おらんだ船など、四年来、一隻も入船しません」

「偽りを申すとためにならぬぞ」

「偽りなどいってはいない」

「よし、当方で直接港内を探して見る。もし入港しておったら、その分にはさしおかぬかららな」

一艘に五十人ぐらいづつのマドロスが、鉄砲石火矢を積み込んだボート三艘、瞬くうちにくり出した。

「このボート三艘が、昨晩、港内を散々に乗りまわしたのでございます」

ホウセマンがいいそえた。

「おらんだ船を探して居るのに相違ないと思うか」

ヅーフがホウセマンに聞いた。

「それはたしかです。当港内に向って、または日本国に向ってどうしようというのでないことはたしかです」

「しかし当長崎奉行をも、日本国をも、あるかなしに扱っていることは事実だ」

おらんだ人たちの話を末永が通訳して聞かせた時、松平図書頭は拳を握っていった。

「長い間本国からは元より、バタビヤからもたよりがありませんので、本当のことは判然しませんが本国の方ではげしい戦争が始まっているものと思われます。多分、英国は、何十艘かの軍艦を出して、我がおらんだの船を見付け次第打沈めようとしているのではないかと存じます。それが自然、当港へまでも……」

ヅーフは奉行に本国欧羅巴について説明した。奉行はしずかにこれを聞いたが、目前、あるかなしに扱われた日本国への辱かしめは、自から別問題だと思った。

「今一度、おしかえして見たいが」

図書頭は溝江にいった。

溝江は黙っている。

「どうであろう」

村上の返事を促した。

「さあ――」

「水五艘だけ送って置くということにいたしましては」

溝江がようやく一案を出した。

「それからまた催促がまいったら芋二百斤か」

「左様でございます、牛と山羊がなかなか集まりかねると………」

何のかのといいのばして置くうちにきょう一日は暮れるだろう、日が暮れる頃を見計らって残りの品は明朝といいのばさせる。

「そこまで押しこたえるうちには、如何に悠長な肥前兵たりとも到着せぬ気づかいはあるまい」

溝江も村上も図書頭の心になって、そんなことを考えて見た。が、図書頭の肚はそうではなかった。

(今夜中に軍勢を間にあわせる実意があるのなら、今までに、何らかの手当てぶりを見せていそうなものだ。今にはっきりした返事は来て居らぬ。万一これらの事情が少しでもフェートン号に気どられたらそれこそ一大事である。あの船一艘に積んだ四十八挺の石火矢を打負かすほどの石火矢が一挺たりとも当港内にあることか。何れにしても大砲のない砲台である、番人のいない番所である。小舟でとりかけて本船へ乗込もうにもフェートン号に追いすがることはとても覚束ない。それこそ手当り次第に港内をかきまわされ、悠々として尻に帆をかけてという態度に出られたらくやんでもくやみ切れず歯ぎしりしても追いつかない。――傍若無人に振舞ういぎりす国の軍艦よりも、むしろ優柔不断にかまえる近国近郷の諸藩が憎い)

図書頭は腸のちぎれる思いだった。

当然有事の際にいざといって間にあうだけの備えは出来ているはずの長崎警備当番なのだ。

それが、まっこの通りに、出来てもいず間にも合わず、荒れ放題にいぎりす軍艦をして目にあまる振舞をされても、指をくわえていなければならぬのは何の故だ。

二百年余、太平の夢をむさぼる諸藩の士気の怠慢か。

それもある。

幕府の命令で長崎表を固めの役たる奉行所の蔑《ないが》しろにしたゆえか。

それもある。

長崎表の警備は筑前福岡の黒田が五十二万石、肥前佐賀の鍋島が三十五七千石、この両藩が十年交替で、常備警護の大村上総介でさえ二万七千九百七十石とあるのに奉行をつとめる松平図書頭は、松平周防守の末家松平舎人二千石の養子であり、本家の松平周防とても六万七百石の小身である、いろいろの原因がある中に、これが一番大きな原因なのだ。

すでに寛永十五年（一六三八）の昔、天草に切支丹一揆が起り、原の古城にこもった時、九州諸大名が繰り出した寄手の人数の総大将として、わざわざ江戸表から差向けられた板倉内膳正重昌はわずか二万石の小身ものだった。

（板倉いかに器量人とはいえ武勇すぐれ仁徳備わっておりましょうとも、両国諸藩の大大名たちが易々として小身ものの板倉に指揮されるはずはありません。所詮は智勇足りて貫禄足らず、こればかりはどうすることもなりません。このいくさ長引きましょうならば寄手は必ず攻めあぐみます。その時にはさらにお膝もとの宿老のうち何人かを差出されて重昌に代わらせることになりましょう。武士の面目ムザムザと踏みつけられて、重昌生き

残っておりましょうや、あたら器量人を犬死をさせること、火をみるよりも明らかでございます)

時の将軍徳川家光の補佐役たる柳生但馬守宗矩は、そういって板倉内膳のために嘆いたという。それをただの昔物語と思っていたが、今、我身の上の一大事となって、まざまざと目前に現れているのだ、当年の板倉内膳はすなわち今の我身だと図書頭は思い当たった。

「お奉行さま」

ヅーフが静かに口を挟んだ。

「私、蘭館の甲比丹としてお願いがあります」

「お願いと仰しゃるのは」

「お奉行様にはまだお馴染が浅いのですが、私は、甲比丹の任務一年限りと定められているにも拘らず、蘭船入船が途絶えましたために止むを得ず、五年ごしも当長崎表と深い馴染をかさねております。出島おらんだ屋敷開館以来、百数十年間ただの一度もあやまちがなかったのに、私の代に於て、万一のことがありましては、日本国へ対してはもちろん、本国おらんだへ対しまして申しわけがありません。今日の場合、私に免じまして、一切の肚の虫をお押え願って、とにもかくにも、今日中に彼れめが求めるままのものをホウセマンに届けさせることにしていただけないでしょうか。おらんだ邸という商館のヲップル・ホーフトが、目をつぶって彼れめの没義道を承知するので、お奉行様の御面目は立派にお立てすることが出来るのではありますまいか」

図書頭は返事をしなかった。皆が一同に伏目になった。ヅーフとても唇を咬んでこのことをいっているのだ。

稽古通詞が襖の外へ来て、末永に何かいった。末永はもとの席に戻ったが、用向をいい出しかねているらしい図書頭がすぐに気がついた。

「何だ」

「はい」

「遠慮に及ばぬ。申せ」

「はい。実は、甲比丹から先ほどおたのみがありましたことで、牛と山羊、鶏の類を取あえずあつめさせたのでございますが」

「ふむ」

「それが集まったと知らせてまいりましたので」

末永は溝江、村上、ヅーフと三人の顔を見まわしつつ、おらんだ言葉まじりにいった。

「ありがとう。ありがとう。すぐにホウセマンに持たせてやります。どうぞ、お奉行様、万事を見て見ぬふりでおゆるし下さい」

ヅーフは手を揉みあわせつついった。図書頭は黙っている。ヅーフは末永を通じてまたいった。やっぱり図書頭は黙っている。扇子を卓子に立て、その上へ片手をおき、残る片手で脇差の栗形をしっかりつかんで、顔をあげた事はあげたが、眼は沖の方を睨みつけている。

「では、ホウセマン、とにかく、とどけてやるがよい。それからあとは先方の出方だ。折れるだけは一応折れてやるのも、味方のなさけだ」

ヅーフは、ホウマセンにいった。ホウセマンは気がねらしく、しかし、いそいそと立ち上がった。

牛四匹、山羊十二疋、鶏十羽、梨子百個を積み込んだ舟をホウセマンが宰領して、西役所の波止場を乗り出したのは十六日の夕陽が、そろそろ稲佐の山へ傾きかける頃だった。ヅーフは役所の窓から末永と共に遠ざかりゆく舟を見送っている。図書頭は身動きもせず刀の栗形においた手をはなさない。

六

夜は容赦なく更けまさった。ゆうべは昼のような明月だったが、今夜は時々雲に包まれる十六夜であった。大軍のおしよせる姿かと思うほど流れ寄るうろこ雲だ。ある時は鬱然として打曇り、ある時は拭ったように晴れる、月が曇るたびに英船は一歩一歩と陸近く寄せるのではないかとさえ危ぶまれる。

「諫早からの便りはないか。……大村はどうした。深堀勢は、島原は」

松平図書頭はときどき、思い出したように末永に聞く、そうかと思うと、

「今宵は夜も更けた。万事はあすのことにしよう。下って休息いたせ」

つとめて穏やかな声でいった。そのくせ自分は一向に寝間へ入ろうとしないのだった。

福済寺の名鐘が九つ（夜十二時）を告げる頃、沖から舟が戻って来た。野菜や牛を黒船へとどけにいった舟である。

「舟が戻ってまいりました」

波止場役人が知らせに来た時、奉行は末永とともに、海に臨んだ角櫓の窓から既にそれを見下して知っていた。

上に黒の子持縞を染め、その下に御用の二字を書いた四半の旗を樹てた舟に、検使や通詞やおらんだ人が黙然として乗っている。

「シキンムルも、ホウセマンもかえしてよこしました。二人とも無事です。元気でかえって来ました」

ヅーフがやがて報告に来た。

「無事にかえしましたか。また何か難題をいうて来たとでしょう。ホウセマンはどこに、

シキンムルは………」

　末永はせき込んで聞く。

「二人とも、あちらで待たせてあります。お奉行さまに委細を申し上げるために」

　ヅーフが如何にもものやさしく、穏やかなので、図書頭はかえってまごついた。

「今度の難題は何です。何をよこせというのです」

「もう何も申しません。フェートン号はまったく日本に対しても、当長崎に対しても、仇をしようというのではございません。大層喜んでまいりました。ご恩のほどは忘れぬと申してまいりました。夜が明けたら、すぐに出帆いたしますゆえ、お奉行さまに、くれぐれもよろしく申し上げてくれるよう、といってよこしました。もう、大丈夫です。ご安心下さい。彼らはおらんだ国をねらっているだけで、御国に仇をするなどいうことは、毛頭考えておらんごとございます」

　ヅーフはここを先途《せんど》と説いた。図書頭は一言ものをいわない。

「末永さん、あんたから申し上げて下さい。ここで、もし、間違いがありましたら、私の立場が辛かとです。ホウセマンにしても、シキンムルにしても、結構な料理とすばらしい酒で、大層大事にもてなされたそうで。二人とも酒の香が残っているくらいでございます」

　図書頭の不機嫌な顔は少しもほぐれない。ヅーフがあまり勧めるので、傍で聞いている末永がかえって恐縮した。

「お奉行様へも、何かおみやげを差上げたいというたそうですが、お役人がお断わりなさったので、それでは、くれぐれもよろしく申上げてくれろと、書役どもに繰り返して礼を申したそうで――」

「いまさら彼らの空世辞、聞きとうない」

ぷっつりいい切って図書頭は沖を見つめている。早、薄あかりにさしそめた曙光をあびつつどっしりと錨をおろしている黒船は一際大きく見えた。柱頭にひらめくユニオンジャックの旗じるしが、奉行の無能をあざ笑うように、長崎港を威嚇するるように。図書頭は堪りかねて目を外したその目の前に戸町番所があり、反対側には女神番所がある。遥か沖合からは高鉾島がこんもりと盛り上って三方から黒船を押えるだけの身がまえはしているのだが、三カ所ともに砲台もあり大砲方も詰めあい、いつ何時たりとも敵船にあたる用意は出来ていねばならないのだが、二百年来の泰平は大砲のない砲台、番人のいない番所を、いたずらに名のみ残しているに過ぎない。こういう時のための長崎奉行である。蘭人貿易や唐人貿易の上り高のあてがい扶持に、めくら判を捺したり、代官や町年寄や長崎会所の半町人どもにちやほやされて祭り上げられ立山役所で諏訪神社の祭礼のおくんち踊りを見物するだけの長崎奉行ではないはずだ。

いざ港内に異状あるという時奉行の一言は、北九州に波打って、佐賀の鍋島、筑前の黒田はもちろん、肥後の細川、近まわりの島原、諫早、大村の諸藩、悉く動員して長崎港のために奉行の手ともなり足ともなるのが当然のはずである。そのための奉行、そのための西役所であるのに、このざまは何だ、黒船が入ったのは十五日の正午だった。番所警備を発令したのはひるすぎである。にも拘らず、十五日は空しく暮れ、十六日はすぎて、見よ十七日の朝が、真この通りしらしらと明けかかっている。港の一角に屋敷をあたえて三色旗を揚げさせている以上、当然、奉行の袖にかばってやらねばならぬおらんだ屋敷なのだ。その蘭館の書役を二人まで捕虜にされ、三艘のボートで港内の隅々を勝手気ままに乗り荒らされても、唇を咬み、指をくわえて打眺めて居なければならぬとは何という意気地のないことであろう。それほどにまで踏み荒らされながら、しかも、彼らの求めるままに、牛を与え、野菜を与え、果物を与えねばならない。これは一体何のためであろう。

百五十年泰平の罪か、幕府の威光が落ちたのか、何よりも小身ものの旗本が奉行になって日本六十余州中指折の大大名に号令する、——それが不合理なのだ。そこまで考えて図書頭の胸は沸《に》えかえる思いがした。

あの黒船一艘に、長崎中が翻弄されている。あの黒船一艘が長崎港をみごと我がものに扱いすましてせせら笑っている。普天の下、卒土の濱、皆是れ皇土にあらざるはなしという。長崎中が恥ずかしめられ、翻弄されていることは所詮日本国が恥ずかしめられているのだ。その道理がわからず、二昼夜の間、便々として雑兵一人くり出そうともせぬ佐賀、筑前の怠慢ぶりは何事。

奉行はくるりと振向いて、書斎へ引きとろうとした。

「ホウセマンとシキンムルに逢ってやって下さい。お奉行様へおことづけを申し上げたいといって待っております」

ヅーフがいった。

「夜が明けたらゆっくりお目にかかります。それまで私は休息したい。書役さんたちも休ませてやって下さい」

丁寧に会釈をして奉行はやぐらを去った。

一間にこもった末永にさえ会わなかった奉行の鬱積《うっせき》した気持ちは、やがて長崎の空をさえ曇らせてしまった。

八月十七日の朝が明けた時、港はじめじめと秋の雨にぬれていた。

七

《昨日御書状拝見いたし候、両人の衆を以て申越候早々、別紙目録の通り御差越しなされ忝けなく存じ候、段々御厄介に相成候こと、御奉行所へ仰せ上げ下さるべく候、貴公様にも段々御心配かたじけなく存じ候、ついては何か差贈り申したく存じ候へども其儀相成り難く候間、折を以て御恩謝仕るべく候、もし、バタビヤへ書状にてもお遣はしなされ候はば、お差越しなさるべく候、広東表より便宜を以て差越候やう致すべく候、拙者ども、程なく出船いたし候に付、随分御息才におくらしなさるべく候、右申し進じたく、此くの如くに御座候》

いぎりす軍艦フェートン号からおらんだ屋敷の甲比丹ヅーフへあてて来た手紙を末永が日本風に書直して持って来た。そして、奉行の前で読み上げるのであった。

「けさほど寄越しました。何かと珍らしかもんば、取揃えて、お奉行様にも差上げてくれというたそうでございますが。皆断ることにいたしましたそうで。大層恐縮しております」

末永は取つくろうようにいい添えた。

「使が来たか」

「いや、こちらから行きました船にことづけてよこしたとでございます」

「こちらから、――また船を出したのか」

「はい、約束でございますから、水船五艘、薪船二艘、それに芋二百斤、梨子三十、持たしてやりましてございます」

「遣らずにおけと申したのに」

「はい」

「十五日以来、はや二日越しになる。如何にのんべんだらりでも、大村兵か、鍋島兵が、今日は来るだろう。たとえ千人なりとも軍勢が参ったら、一方にとりかけて、彼の豪慢無礼をこらしめてやる。せめて手先が揃うまで、水舟を出さずにおけと、あれほど申してお
いたのに」

奉行の顔色は青くなっている。末永は返事を憚った。殺気が鬱然《うつぜん》と漲《みなぎ》った。

「夜明けとともに水舟を出してやる約束じゃったもんですから、——万一、先方からまたしても、ボートで押しかけてまいるようなことがあると、お奉行様へ申しわけがないと、甲比丹がたいそう気を揉んでおりますので……」

末永は恐る恐るなりゆきを説明する。

「今、何どきだ」

「午の上刻（午前十一時）ございます」

「黒船に異状はないか」

「元のままでございます。何もかも揃いましたので、よみがえったように船中一同小おどりして御恩のほどを悦んで……」

「日見にも浦上にも田上にも異状はないか」

日見も浦上も田上も長崎表へ陸地の入口である。奉行はたぐりよせるほどの気持で諸藩

の兵を待っている。それにしても悠長至極の警備兵ではあった。

末永はわびしげに、ただあたまを下げた。

「徳右衛門はまだかえらぬか」

図書頭は海を見わたしたままでいった。

「まだ帰んなはらんとでございます」

末永の返事も、海を見たままのうつろな声だった。

(——徳右衛門はまだか——徳右衛門をよべ、——徳右衛門はどうした——)

十五日以来、奉行はこの言葉を何十度、何百度くりかえしたことであろう。そして、その都度、奉行の手近にいる人は通詞なり、浜役人なり、波止場役人なり、小姓なり、が恐縮そうに。

「番所へ行っておんなはります。——沖詰でございます。——波止場でございます——」

そのいずれかを力なげに答えるのであった。

奉行松平図書頭の用人上條徳右衛門は、十五日以来生きているのか死んでいるのかとさえ、人々には思われたろう。

「傍若無人の黒船め、緩怠《かんたい》至極のふるまい、寸毫も斟酌に及ばぬ、焼打にいたいして日本国の面目を立てよ。一切のお咎めは図書頭一身を以って引うける。急げ急げ」

烈火のいきおいで、奉行が用人にいいわたしたのは十六日朝まだき頃のことであり、用人がとびまわりはじめたのも、この命令を承わるとすぐにであった。が、命令は一向にはかばかしく行われない。

「佐賀役人どもも、言語同断《ごんごどうだん》でございます。いそげ急げと仰しゃっても、手前どもは聞継役《ききつぎやく》と申すだけのことで、軍役ではござらぬゆえ、そう易々とは、いくさの手筈が出来るものではない。と、斯様な横着なことを申しまして落着きはらっておりますﾞ」

事のなりゆきのほんの一端だけを、用人の口からうっかり滑らしたのが、一層奉行の機嫌をわるくしてしまった。

「なに、何と申す、聞継役だけで、軍役ではないと。奇怪至極な申し條だ。長崎屋敷詰の諸藩役人が聞役か軍役でないか、それほどのこと、今更らしく、彼らに教えられる奉行と思うか。何者が左様なことを申した。拙者じきじきに逢おう、これへと申せ」

どっちかというと、内にも外にも、上にも下にも、当たりの柔らかな奉行だったのだが、今は別人のようになっている。

「まア、お待ち下さいまし、今のは、私めの申し上げ方も、言葉が足りませんので——」

さんざんにまごつきながらも、用人は脂汗を一杯かいて、その場だけはいいのがれたが、以来、用人の上條徳右衛門さえも奉行の前へあらわれなくなったことだった。

「末永さま、入ってもよろしゅうございますか」

お花さんが廊下で呼んでいる。

「お花さんか」

こんなにせつない時には、せめてもの心のやわらぎであった。末永はことさらにお花さんの名を呼んで、奉行を顧みた。奉行の顔にもかすかなやわらぎが見とめられる。

「お入り」

末永がいうのとお花さんが入って来るのとほとんど一緒だった。

「ご馳走が出来ました。お奉行様召し上がって下さいますかしら」

ギヤマンの大鉢に白玉を浮べてお花さんはにこにこと入って来た。

「よう、これはこれは」

末永はわざと賑やかな声を出した。

「ヲップルさんからお進物でございます」

お花さんも派手に吹聴する。

「用人上條徳右衛門でございます」

廊下にも威勢のいい声があった。

「おお徳右衛門、手筈はよいか」

お花さんのご馳走に向き直って、稍々機嫌をなおしかけた奉行が、そのまま廊下に向き直った。

「手筈とりあえず、相運びました」

「うむ。怠儀（＝大儀）。して人数は」

「大村上総介どの聞役北条杢之允、差当り大村勢先手を以て波止場へ繰出し、深堀鍋島七左衛門の手のものは西泊り番所へ、松平官兵衛聞役花房久七交替のため伊丹丹弥、これまた戸町番所へ、その外、後詰の面々手配いたし、遠く蔭の尾島、神の島、伊王島、近く香焼、高鉾、神崎へもとりつめ、それぞれ石火矢を以て押取巻きますよう……」

「……計らったか」

「ハ、ハイ、計らいまするとのことで――」

「計らったのか」

「計らいまするとのことで……」

「徳右衛門」

「――その外大村家侍大将大村右近、同じく用人大村大学、物頭松平土佐之丞、いずれも黒船に向かって……」

「徳右衛門」

ぺらぺらしゃべり立てる徳右衛門を尻目にかけて、奉行は沖の方へ目を見張りつつ呼ぶ。

「は、はい」

「あれを見い、あれは何だ」

奉行の声は疳高《かんだか》く響いた。

「はい」

「目をしっかり開いてあれを見い。英国軍船は悠々と出てゆくではないか、どこに、だれが、何ものが、どんな手配をしておるというのだ」

奉行の拳が宙におどった。卓の上にはげしい音がしてギヤマンの水はバッとはね、折しも卓上に顔をつき出していた用人徳右衛門の鼻のあたまへ、目へ頬へ、口へと白玉がはね上がった。

白玉のしずくのかかる徳右衛門の顔が、奉行の指す方を末永通詞もろとも、じっと見すえた時、そこには何があったたか。

高鉾も神崎も、戸町番所も西泊番所も、大小の波止場々々も、雑兵一人姿を見せず、石火矢のけむりひとつ上がらぬ中を、いぎりす軍船フェートン号は、白帆を一杯に張って、ゆらゆらと出てゆくのだ。荒すだけは荒し、おどす限りおどし、受取るものは十二分に受取って、さながら尻に帆をかける勢いで、ゆらりゆらりと出てゆくのだった。

「あれは何だ。どこに手筈が出来ておるというのだ」

図書頭はさら一拳を卓上に加えた。

八

英船の白帆はややしばし見えていた。奉行は物見の櫓にとじつけられたようになってそれを見送った。

とうとう白帆が、高鉾のかげにかくれ、やがて一点の影も見えなくなる頃、奉行はしずかに櫓をはなれた。

今は少しも熱してはいなかった。拳で卓をなぐりつけたほどのはげしさはどこにも見えなかった。稍々青白くなっていた顔色さえも、普段の色白で血の気の多い健やかさに戻っていた。

「殿様、甲比丹がお目通りを願い出ておりますが」

末永がいった。

卓上の白玉はお花さんの手際かも知れない。あともなく取片付けられ、水に濡れた卓上も美しく拭きとってあったし、用人の姿もそこには見えなかった。

「あとにしてもらいたい」

穏やかな言葉だ。

「は」

「徳右衛門は」

「表に客来のあるとかいうて、出てゆかれました」

「少し調べものがしたい。書斎へ入る」

「は」

奉行はいとも穏やかな足どりだった。あまりにも打ってかわった穏やかさなので、末永はまごついた。——とにかく、奉行のあとについて末永も書斎へ入った。

「少しひとりでいたい」

「は」

そっと顔をあげて伺ったが、前より穏やかさが増していたので、末永は丁寧に一礼した。

「お次に控えております」

「うむ」

「御免下さいまし」

衝立ひとつを隔てて末永は端坐した。

図書頭は何か書き物をしているらしい。あるいは書類などを調べているようにも思われる。紙をめくる音、墨をする音、ときどき筆を机に置く音、そして軽い咳ばらいなど、末永の耳には、相変わらずいとも穏やかに聞こえて来た。

午の刻をすぎて溝江仙兵衛と村上次右衛門がやって来た。

「殿様は」

溝江が小声で聞く。末永が目でこたえた。

「お目通りが願われるか知らん。少し工合のわるかことばってん――」

あたまを掻きながら、溝江は村上をふりむきつついった。

二人は英船へ最後の検使として舟を乗付けたのだった。受取るものを受取ったら、さっさと出帆いたすようにそうして、今後決して入港相かなわんということをいい渡すために行ったのだった。ただし、それは表向の口上で、内々は、そんなことの申し渡しで、何となく、相手を引きとめ、出帆を遅らせ焼討の時間をつくるのが目的であった。

「かれこれいたしておるうちには如何に悠長な諸藩のものどもにしろ、二百や三百の軍勢を先発させぬことはあるまい。大村勢にせよ、鍋島勢にせよ、何人かの姿が見えたら、それを合図に、黒船焼討の第一発をぶっ放すことだ」

この二人は、奉行からの内命を受け、単衣の下に鎖帷子《くさりかたびら》を着込み、舟底には手槍を伏せてさえいたのだったが、末永もそのことを知っている。

「お取次して見まっしょ」

こっそり衝立の向うのけはいを覗がおうとした時、奉行の声があった。

「だれかまいったのか」

「溝江、村上の御両人でございます」

「通せ」

やっぱり静かな声だ。

やがて二人は末永を先に奉行の前へ出た。

「御苦労だった」

奉行の方が先に声をかけたので、両人はいよいよ困った。

「お役にも立ちません。万屋町の嘉右衛門船の船頭どもが、四挺艪で一生懸命漕いでくれましたばってん……」

溝江は額の汗を拭き拭きいった。

「是非もないことだ。はじめから敵に先手を打たれておるのだから」

「は、折角まいりましても、私どもの船が飽の浦ば通る時分に、黒船はもう鼠島《ねずみじま》のあたりさね行きましたもん」

よほど急ぎもし、あせりもしたと見えて、衣紋がくずれている。そして、鎖帷子が肌にギャラついて如何にも凛々しさは見えていた。

「よろしい、休息するがよい、万事はすぎ去った」

「恐れ入ります」

「あ、待て、バッテーラという舟の漕ぎ方を役所でも稽古した方がよいの。早さからいったら、和船の艪にはくらべものにならぬようだ」

「はい」

「すぐにバッテーラを備えるように、そして、めいめいに漕法の訓練をするがよいぞ」

「は」

二人がほっとした気持ちで引下がった時、末永は再び奉行の前へ出た。

「大村上総介様、おいでてでございます」

奉行の眉が一寸くもった。

「ただいま何どきじゃ」

「正ひつじの刻、でございます」

黒船が白帆をひけらかして港を出去ってから今の時間にして二時間たっぷりかかっている。海は凪ぎなり、追手はよし、黒船はもはや五島沖を通りすごしたかも知れない。

（今時分になって何しに来たのだ）

そんな気持ちが、奉行の眼にちらついて、瞳が鋭く光った。

「お通し申してましても……」

末永は口尻に薄わらいを見せていった。

「うむ。広間で逢おう」

末永を出してやるとすぐに図書頭は広間へ行って大村上総介を待ちうけた。ほとんど入れちがいに上條徳右衛門が書斎へ入ってきた。

「殿様、肥前様御家老諫早播磨様、おいでてでございます」

衝立ごしにいい入れたが、返事がないので、さらに一言二言をよびかけつつ、衝立の中をのぞきこみ、あわてて広間の方へかけ出した。広間ではもう大村上総介との対面をすまして図書頭は書斎へ戻るところだった。

「諫早播磨様、御到着でございます」

「そうか」

いともあっさり答えて、書斎へ戻るのを、徳右衛門は追いすがりつつ口早にいった。

「お具足を召して、陣羽織に御太刀、鉄砲隊をお召つれになって……」

「その方、お逢いしてくれ。奉行は腹痛で寝ております、とでも申せ」

「はい」

「くれぐれも御苦労様でござったと申し上げるがよいぞ。――大村上総どのにも、その通り、申し上げたばかりじゃ」

徳右衛門のあたまが上がった時、もうそこに奉行は見えなかった。

異国寿娯六

九

ヲップルさんとお花さんはこのごろはやりはじめた道中すご六を遊んでいる。すご六といっても、ヲップルさんとお花さんと合作の手製で、二人はこれをおらんだ寿娯六《すごろく》と名づけている。振出しが長崎で途中には香港《ホンコン》があり、呂宋《ルソン》があり、台湾《たいわん》があり、バタビヤ、交趾《こうし》、天竺《てんじく》などがあって、一足とびにおらんだが上りになっている。何を包んであったのか、ガワガワと光ったおらんだ製の広い紙にお花さんが象だの牛だの虎だのといろいろな獣の形をかき、ヲップルさんが少しづつおぼえた日本の仮名文字で、ルスンだのホンコンだのと地名を書こんでいるのだ。バタビヤまで来るとお菓子をひとつ食べられるとか、ホンコンへ来ると一回休みとか、そんなことはヲップルさんが極めたのだった。

「それバタビヤへ着いた。バタビヤだバタビヤだ」

ヲップルさんが口沙香《こうさこう》をいきなりとって口へ投げ込んだ。お花さんもついでに食べる。

「狡《こす》かねえ」

「お相伴」

そういっててお花さんは賽《さい》ころを投げる、一が出たり二が出たりすると、平気で投げ直して六か五の出るまでやっている。ヲップルさんもそんな時は賽ころなしでいきなり上りへ持って行ってしまったりするのだった。

「そうれ勝った、おらんだ上りじゃ」

両手を叩いているヅーフの衿首につかまってお花さんは、ヂャンヂャンゆすぶってくやしがった。

かと思うとすぐに御機嫌をなおして、

「ヲップルさん、本国へかえりたかでしょ」

甘ったれた声で顔をさしよせた。

「うむ。お花さんは行きたいか」

「いや、うちは長崎が一番よか」

「おらんだもよかぞ」

「ううん、長崎の方がよっぽどよか。おくんち（諏訪祭礼）のあって、お精霊《しょうろう》ながしのあって、それからハタ揚げのあって……」

「あしたにでもおらんだ船が来て、ヲップルさんが帰ることになって、そして、お花さんば連れてゆくというたらどうする」

「そしたら困るねえ、——ちょっと行ってすぐ帰って来るとなら、行ってもよか」

「ちょっと行ってすぐ帰る、そんげんことは出来ん、バタビヤへゆくだけでも、二カ月ぐらいかかるとじゃもん」

「二カ月——そんならおらんだまで三カ月くらいかかるばい」

お花さんはふと、けさ出て行った英国軍艦のことを思い出した。

「あの船も半年ぐらいかかって長崎まで来たとですか」

「うん、まだまだかかっとるかも知れん」

おらんだも、いぎりすも、ふらんすも、いすぱにゃも、ぽるとがるも、ろしやも、皆んな戦ばかりしている。百年も二百年もつづけていくさをし、お互いに負けたり勝ったり、きのうの味方がきょうの敵であったり、きょうの敵があしたは仲良しになったり、ただもう欧羅巴《よーろっぱ》中が戦争の連続で、おらんだはその戦争の渦巻の真中に巻き込まれているのだと、ヅーフは説明した。

「四年も五年も、おらんだの船の入って来んとも戦争のおかげじゃ、ああして威張りくさって長崎ば荒しまわったいぎりす船でも、今頃、どこかでおらんだ船にやっつけられるとかわからんとじゃ」

ヅーフは欧羅巴の話をいちいち砕いては話した。お花さんとても、名も顔も知らぬ人ながら、自分の父親のお国の話ゆえ、まんざら無関心で聞き流すことではなかった。

「そして、いつになったら、いくさはおしまいになるとですか」

「あしたにもおしまいになるかも知れん、その代わり、またすぐはじまるじゃろ。人間がこの世に生きとる限り、喧嘩ばっかりするし、国と国とが別れとる限り、戦争というもんは絶えんと」

「長崎にはなかですばい」

「そうじゃ、長崎にはなか。その代わり、いぎりすの軍艦にあんげんひどか目に会うても、手出しは仕《し》は得んとじゃ」

ヅーフはいうまじきことをいった。お花さんがムッとして、

「ヲップルさん。おうちが、そんげんことばいうなら、お奉行さまにいいますばい。大村の殿様でも肥前の兵隊でも、もう少し早う来なはりさえしたら、あんげん船ぐらい何か、松明に火ばつけて、ポンポン投げこんだら、一遍でぼうと燃えてしまいますたい。番所でも砲台でも、さむらいさんのひとりも居《お》んなはらんじゃったけん、仕方のなかとじゃもん」

お花さんがこれほどくやしがりであろうとは、ヲップルさんにとって意外だった。よい程にあやまって、話題をかえようとしたが、お花さんはしかしおらんだや、バタビヤの話が聴きたかったらしい。

「欧羅巴ではふらんすが段々強くなって、いぎりすは追いまくられてしまう。それで逃げ場のなかけん、印度に出て来て、それからだんだん東の方に来て、おらんだや、ぽるとが

るや、いすぱにゃの領分になっとる島々ば横どりしようとしとるとじゃ。きょうこそ、おとなしゅう出て行ったばってん、今に日本でも、支那にでも、いぎりすから荒しに来るにちがいない」

こんな風にヅーフが説明した時など、深刻な顔をしてお花さんは可愛い眉に八の字をよせたりした。

「甲比丹、お奉行さまがお見えになります」

末永通詞が部屋の外から声をかけた。

「おう、お奉行さまが、さあどうぞおかまいなく」

「お花さんのお給仕で、ここで御飯ば一緒に召上りたかとですげな、よかでしょうか。よかなら、すぐお食事ば持って来ますばってん」

よいも悪いもない。ヅーフは手ずから椅子を按配し、食卓を整え、お花さんはお茶お菓子の用意などに取りかかった。

つい先ほどの凛々しい陣羽織姿に引きかえて、麻の単衣に夏羽織をはおり、小刀一本差した和やかな姿で、奉行はやって来た。

「お花さんの白たまを食べそこなったので、もう一度ご馳走になりたくて来ました」

入って来るなり、図書頭は冗談をいった。お花さんは真赤になったが、

「もう白玉は食べてしまいました」

あっさりいい消してしまう。

「それは残念、ではせめてお茶でもいただきましょう」

その代わり、口紗香《こうさこう》と雲片香《うんぺんこう》のございますなどといって、甲斐々々しくお花さんはもてなした。口紗香も雲片香も唐人伝来の砂糖菓子であった。

膳番が、その間にそれぞれお膳を運んで来る給仕人が来たのにわざと断わって、お花さんのお給仕、末永のお相伴という風で、小ぢんまりと落付いた夕食が始まった。ヅーフも図書頭も、あんまり酒のいけぬ方だったし、末永までが下戸だったので、ほんの二、三杯の葡萄酒が、三人を真赤にしてしまった。お花さんまでが一寸ひとなめで赤くなって、両手でこめかみをぐいぐい押さえながら、苦しい苦しいといった。

「目の舞うて、あたまのくらくらするばい」

それでも、一生懸命お給仕につとめた。

「お奉行は長崎の前はどこにおいででございましたか」

ヅーフは聴く。

「江戸で生まれて、ずっと江戸住居《ずまい》です。去年長崎へまいったのが、旅の仕はじめで、ははは、まことに世間知らずの我ままものです」

「去年、やっぱり暑い頃でございましたね」

「左様、長崎奉行を仰せつけられたのは去年正月晦日でしたが、江戸を立ったのは、七月二十三日、長崎表へ着いたのが九月五日でしたゆえ、かれこれ一年になろうとしております。四年ごし長崎詰めになっておられる甲比丹にくらべると、新参者です」

ヅーフは幾度か、この三日間の出来事について、奉行へ見舞の言葉をいおうとしたが、奉行は一切を忘れ果てたように世間話ばかりしていた。

どうやら一年くらしたことで、長崎の食べものもひと通り食べることが出来たが、それでも、まだまだ、アラの湯びきの旨さや、鯨の百ひろの味や、盆の十六日の水たきの加減のよさが、本当に判ってはいないことの、殊におらんだ船の本物を一度も見ないので、おらんだ名物の本当のよさにぶつかることが出来ないのと、そうした事柄について熱心に話しかわした。

「まるでけさのお奉行さまとくらべると、人のちごうたごたる」

あとでヅーフは末永にいった。食事がすんで、お花さんのお茶が出たりすると、間もなく、奉行は末永を残して、自分ひとりぶらぶらと書斎へ戻った。

「穏やかないきとどいたお方のけん、腸《はらわた》の煮えくりかへるごとあっても、じっと押えつけて居《お》んなはるとです。根が高家の若様にお生まれなはったとのけん、どこか知らん、人品がちがいますたい」

末永は図書頭の人柄を説明した。

図書頭は高家前田隠岐守の次男で、松平舎人の家へ養子となったこと、松平舎人の家は高二千石に過ぎないが、本家の松平周防守は御老中の家柄であることとの、実家たる前田家に至っては、堂上方と武家方との間に立って雲の上の御用向きを扱う家柄ゆえ、なみなみの家柄とは較べものにならぬことの、長崎奉行になる前は特に船方御勤務として海のことには明るいお方であるなど、話はそれからそれとはずみ、夜は次第に更けまさった。

亥の刻（夜十時）のお太鼓が鐘の辻の時の鐘と入りまじって聴こえる頃、お廊下に人の往き来が俄かにはげしくなった。お花さんはそっとお廊下へ出たが、すぐに引きかえして末永に囁いた。

「お医者様の多勢来なはった。お奉行様のお部屋に、何事かあるとですばい。行って見まっせ」

末永ははじかれたように突立上がり、

「甲比丹御免」

ただ一言を残して飛び去った。

十

甲比丹の食卓をはなれた松平図書頭は書斎へ入って、二通の手紙を取出した。ひとつは勘定奉行柳生主膳殿、今ひとつは同役曲淵甲斐守殿と宛名を書いた。柳生主膳は勘定奉行の中で長崎港のかかりであり、曲淵甲斐守は前任の長崎奉行である。

二つの書状はきょう英国軍艦が出帆したあとで、書き上げたものであった。大形の文箱に入れ、表書に「破封無用」と書いて厳重に封印をしてから、近習を呼んだ。

「すぐにこれを月番へ渡すように。必ず、宿次並町便《しゅくつぎなみまちびん》の中に差加えよと申せ」

近習はせき立てられる気持ちで、文箱を抱いて廊下の外へ去った。

それを見送りがてら、図書頭は何気なく廊下へ出た。廊下も座敷々々もひっそりと打静まっている。さすが、南国の長崎ながら明月の頃ともなれば、夜に入っての秋風がひいやりと忍び入り、潮騒《しおさい》の音さえ著しく冷えまさって来る。

図書頭康平は、いったん脱いだ陣馬織を横抱きにして縁端の障子をあけた。十八日の月は、空高くかかっていたが曇りがちの空であった。

図書頭は縁から下りて湯下駄をつっかけ、真直に庭の隅へ行った。そこには小さな稲荷の祠があり、ささやかながら籬《まがき》が結ってあった。陣羽織を籬のそばにばさりと置いて、図書頭は祠に向ってうやうやしく拍手を打ち、ややしばらくぬかずいた。

月がほのかに雲間をはなれたのを図書頭はちらりと仰いで、湯下駄をぬぎ、陣羽織の上へ東向きに坐った。

やや広い中庭である、植込の楠の木の茂った葉ごしに風頭山《かざがしらやま》の木々の茂みが一緒になってこんもりと盛り上がり、そのうしろへ彦山が高々と聳えている。ちょうど横っぱらへ、やや円味のかけた月が、俄かに冴え冴えと光りはじめた。


彦山の山の端に出る秋の月、こんげん月はえつとなかばい

蜀山人大田直次郎が詠んだその秋の月である。礼拝がすむと図書頭は麻の紋服を肌ぬぎ、肌襦袢一枚になった。甲比丹の部屋の食事以来、腰にはただ一振の小刀を帯しただけだったが、今、それを鞘ごと抜いて膝の上で鞘をはらい、何の躊躇もなく襦袢の片袖を切りはなし、刀身にくるくると巻きつけた。

「立派な御最期でございました。脇腹をぐっと一突、一文字に引まわして、そのまま、切尖をつかみ咽喉のふえをぷっつり鍔元まで、刀がうしろへ突きぬけておりました。私が駈付けました時には早うつ伏せになってこと切れておいででございましたが、表向は御急病御重態との御披露で……いやはやまことにお痛わしいことで」

ちょうど廊下を右往左往していた医者たちの中に、梅栄という老人を見かけたので、末

永がよびとめて、様子を聞いたのだった。梅栄は少しも包まずに打明けてくれた。

梅栄は、図書頭について、江戸から下って来た医者であり、図書頭の養家というよりは、本家松平周防守お出入りの医者として、家族なみに扱われた人柄の好い老人であった。

「先ほどまでは、少しもそんげん御様子は見えませんでした」

ヅーフはいった。

廊下も、座敷々々も人の出入りが多いので、末永が梅栄老人を甲比丹の部屋へつれ込んだのであった。長崎奉行が切腹した話を、おらんだ邸の甲比丹と一坐でこっそり聞かせてもらうというのは妙な話だったが、覚悟を決めた後、それとなく甲比丹と夕食を一緒にしたほど図書頭がヅーフを信頼していたので、そのことを梅栄も末永も知りぬいていたからであった。

「大村の殿様とお逢いになった時からの御覚悟でございましょう」

梅栄はいった。

「いや、その前でございます。大村様にお逢いになってからの御覚悟なら、まるで面《つら》あてということになりますたい。殿様の御生害（＝自害）は決して面当《つらあて》ではございません」

末永は松平図書頭の心をよく知っていた。

《旗合せの節、おらんだ人両人奪ひとられ候をそのままにいたしおき、検使のもの、一旦、西役所へ引とり候事、甚だ柔弱の取扱かひ、日本の恥辱に相成り、畢竟家来の臆病とは申しながら、主人として、常に申付けやう行き届かず、今更公儀の御威光をけがし候段、申わけ無之、これ一ケ條。

十五日の夜、端艇にて英国人港内へ乗入れ候儀は案外にて尤も、陸手の備へのみ頓着いたし、沖より理不尽に左様の仕わざ有之るべき儀、心つき申さず候、肥前両御番所にて万一、右等の儀有之候はば、防ぎとめ申すべき儀、別段指図も相加へず候段油断のいたり、是れ二ケ條。

十五日は晴夜にて、右英国人端艇三艘、両御番所まかり通り候儀内実は肥前の番衆見分いたし居候へども、畢竟詰合ひの人数少なく候間、遮ぎり候事も相かなはず候故、見流し候儀は、全く、当年は最早おらんだ、船参らぬものと心得、内々にして国許へ引きとり両番所合わせて漸々百五十人ぐらゐも相詰め候仕合せゆゑ、所詮三艘の黒人を防ぎとめ候事相成らず、わざと見のがし候段、跡にて相顕はれ、右は鍋島家の不埒と申、第一奉行たるものも不行届にて、肝慎の図をはづし候段、今更ながら、不念の至りなり、これ三ケ條。

異国人より法外の横文字差出し不届至極に付き、焼討手当を、肥前筑前両藩へ申し渡候ところ、人数到着無之、是非に及ばず、おらんだやしきより穏やかなる取はからひを願い出候まま、拠ろなく、薪水、野菜類与へ、おらんだ人よりも牛二疋、ブタ等相贈り候由、彼方より焼討にならぬやう取鎮め候儀は、不調千万、是れ四ケ條。

　大村上総介儀、今二タ時計りも早く到着候はば、申談し候うて、役所の人数、並びに地下役人ども、又は諫早播磨守の人数等を取合せ、焼討仕るべく候ところ、肥前人数間に合ひ申さず、上総介遅参候うては據ろなく、その中、英国船出帆候儀、残念至極に存じ奉り候。これ五ケ條。

　向後、長崎奉行の儀、大身のものに仰せつけられたく候、右五ケ條不調法、不行届の段々に、今更後悔に及び候へども一身の恥辱は差おき、天下の恥辱を異国へ顕はし候條、不調法の仕合せに候、御断わりのため、切腹仕候段御披露給はり度候。

八月十八日　　松平図書頭康英《ひで》
》

　これが切腹を前にして、図書頭が、柳生主膳と曲淵甲斐守へあてて書送った二通の遺書の内容であった。

　悉く公憤に対する申し條と、今後の長崎警備への注意のほかは、何ひとつ、私事にわたることは書いてなかった。

　長崎港外に「英国闖入す」と知らせを受けた時から、図書頭は手のとどく限り手配をいそいだことだったが、それが到頭、何の甲斐もなかったと見てとるや、すでに切腹の覚悟を定めていたものらしい。

「立派なお方だったのに、――」

ヅーフは溜息をついた。

「四十一歳、前厄でございました」

梅栄が末永にいって目がしらを拭いた。その時、お花さんが突然声をあげて泣き出した。その場に絶えられず、取乱して突伏した。

十一

ヅーフが草鞋の穿き方を稽古している。お花さんが穿かせる役目だった。紐をしっかり結んでやると、十歩もあるかぬうちに、わらじだけすっぽぬけて、紐は足首に食い込んでしまう。ゆるく結ぶと、二あしばかりでわらじは横っちょにずれてしまう。

「むずかしかね」

ヅーフは首をひねり、お花さんはもてあました。

「何のために、わらじの稽古など、始めるとですか」

末永甚左衛門が来て、くすくす笑った。そして、自分で穿いて見せて、紐のかけ方、わらじの当て方、あるき方のコツを教えた。

「お花ちぃは、結《ゆ》いつけ草履のほか知らんじゃろ。わらじば穿いたこともなかくせに、教えられるもんか」

末永の教えたコツで、ヅーフのわらじがしっかり足についた時、末永はいった。お花さんが少しご機嫌をわるくしてどこかへ行ってしまった。

「わらじの稽古が出来たら、こういうもんば着るとです」

ヅーフは両はしを赤に染めた笈摺《おいずり》（＝巡礼者の羽織）を卓子の上からとった。末永もヅーフも、お花さんがふくれたことを知らなかった。

「札所まいりのごたるたい」

末永がびっくりした。

「君も行きませんか。役所へお願いしたら、ゆるして下さるげなけん、おまいりに出かけます」

松平図書頭が切腹したので、長崎は奉行なしのままで、文化五年（一八〇八）の残る月日を慌だしく送り、文化六年の春を迎えた。そして長崎を守るために、日本国の恥辱を二度くりかえさないために、一身を捨てて建言した図書頭の意見は、ひとつひとつ、事実になって現れてきた。

烽火山《ほうかさん》にはのろし場が出来て、異国の船の入港を江戸までも一気に知らせる方法が講ぜられ、肥後の細川藩は港に常備兵を置く役目を申しつかり、新規の大砲は野母《のも》、小瀬戸《こせど》の遠見番に備えつけられ、鉄の石火矢十門はスズレ、女神《めがみ》、神崎《こうざき》、高鉾《たかほこ》、蔭《かげ》の尾《お》の新台場のためにも鋳造され、まだその上にも高浜、川原、樺島などにも大砲がすえられた。

　異国の船の白帆が、野母の沖遠く見えたら、見つけ次第に野母の番所で大砲五発を打放す。それを受けて高島、香焼《こうやぎ》、小瀬戸などの港口の番所々々は、いずれも五発づつの砲声で受けつぎ、砲声とともに烽火山に村方から百人の村人が上がってのろしを打上げ、大音寺、大徳寺の二山は梵鐘をつづけ撞きに撞きならすという申し合せも出来あがった。そしてその頃には町の人々総出になって、いざというときの火消しがかり、兵糧方、玉運び、あれもこれも、攻防ともに少しの手落ちもなく取りきめられた。

　そればかりでなく、英船フェートン号の処置について並々ならぬ怠慢ぶりをさらけ出した肥前鍋島家は、その年の当番をとり上げられて厳重に逼塞を命ぜられ、筑前の黒田家がそれに代わることになった。役所の検使はじめ通詞たち、会所側の町役人、船頭、船方、人足に到るまで、功あるものは賞せられ、臆病未練な振舞をしたものは、それぞれに譴責を蒙ったり押込めをいい渡されもした。

　月日が経つと、当日の沖合で、人々が振舞った臆病ぶりが、ひとつひとつ知れわたって来た。異人の剣つき鉄砲を見たばかりで、海へとび込み泳ぎ損なっておぼれかかっているのをかえって異人の船に助けられたものさえあった。かねては威張りくさって強がっていた役人ほど弱虫で、しかも、こと済んで役所へもどると、弱虫変じてたちまちに強のものになったりした。その代わりに、始終一貫、ビクともしなかつた人々の働きぶりも目だって来た。

何しろ雨降って地かたまり、一切の面目が変わったにつけ、長崎の町民たちは一入《ひとしお》図書頭を慕った。諏訪神社の玉園山の麓、松の森に康平社という祠が建ち、松平図書頭を神として祀ることになった。康平は図書頭の諱《いみな》で、長崎奉行になるまでは松平康英と名乗っていたのを奉行になるについて康平と改めたのである。

次男坊に生まれた不仕合せで長い間、小普請入りをして、生き甲斐のないその日その日の中から、船いじりを志ざしたのが縁となって、お船方の諸役を申しつけられるようになり、やがて見出されて長崎奉行にもなったので、男子四十にして惑わず、いざこれからというので名乗をも周囲の人が変えさせたのだが。――

ヅーフは今、初の彼岸詣に康平社へ詣で、大音寺の墓まいりをもしようとしているのだった。

「しかしわらじかけには及びますまい」

末永はいった。

ヅーフは笑って答えない。

どこかで、啜り上げるやうな声が聞こえる。末永はあたりを見まわした。

「お花ちぃ」

返事がない。

「お花さん、何ば泣いとるとか」

ヅーフが呼んだ。やっぱり出て来ない。

「腹かいとるばい」

「何が気に入らんとじゃろか」

二人が小声でいって、顔を見合わせたが、ヅーフに笈摺をかけてやることで、末永は夢中になっていた。

「両方に赤い色ば付けたとは、両親そろっているしるしで、真中ば赤うしたとは、片親で、青色にしたとは親なし児のしるしげな。本当かい」

ヅーフはいった。

「甲比丹は御両親が揃うておいでと見えますね」

うしろへ廻って笈摺をかけてやろうとした末永は、甲比丹の服の背中が椅子ずれのために手のひらほどの大きさに、二つならべて摺り切れているのを見つけて思わず吹出した。

「笈摺をかけるわけがわかりましたか」

甲比丹も笑った。

「ごもっともです」

「部屋の中におるとわからんですが、表に出ると目だちますたい。頼めば何か乗物がいただけますばってん、駕籠は窮屈かし、馬に乗ったら、それこそ背中の桃饅頭がぴかぴか光りますもんのう」

ヅーフは始終笑いながらいう。

「背中の桃饅頭か、ははは」

末永が首をひねって感心する。この町の名物で、祝い事のやりとりに用いる桃饅頭、それは、桃を押しつぶした形に出来ていて紅を二刷毛さっとかけた饅頭だった。すなわち、ヅーフの服の背中のすりきれが、さながら同じ形、同じ大きさに並んでいたので。

ヅーフがも一度笑い、末永が再び「桃饅頭か」とくりかえした時、お花さんも釣り込まれた。笑いがとまらないらしい、横腹をかかえ肩に波打たせつつ、卓子かけの下から転げ出して来た。

「ご機嫌なおったか」

ヅーフが背中を撫《な》でると、笑いくずれながらも合点合点をする。

「いったい何が気に入らんじゃったとかい」

末永がいったら、切って捨てたように笑いをやめ、再び、くるりとうしろを見せて次の間へ行ってしまった。そこはお花さんが自分の手まわりをいつも置いておく戸棚のあるところだった。

「お天気のかわり易かねえ」

末永が苦笑いをし、ヅーフが手を振った。

「まだまだこれからはもっと酷うなるじゃろ、そろそろ年頃じゃから」

「ヲップルさん、――」

甲比丹の言葉が切れるか切れぬかに、お花さんはとげとげしく呼びかけて戸棚のかげから出て来た。

これも笈摺をかけている。紅紐のとめをつけた水浅黄色の手甲をつけ、同じ紅紐の脚絆の足ごしらえは、前からしていたし、紅鼻緒の麻裏草履《あさうらぞうり》を紫のきれで、これも前から、踵にゆわえつけていた。

ヅーフが、今いった蔭口を聞かれたかと思って、末永と顔を見合わせたが、そうではなかったらしい。

「お詣りに行きまっしょ」

ひどくはしゃいで、ヅーフのそばへ寄り添った。

「お揃いで、似合いますか」

ヅーフが娘の肩へ手を置くと、娘は身体をひねってヅーフの手をよけ、そのくせ自分からすりつけるように、ヅーフと並ぶのであった。

「甲比丹が赤で、お花さんが青、これは面白かね」

末永は何気なしにいったのだが、この一言にヅーフもお花さんも一緒に萎れてしまった。

両はしの赤い笈摺は両親そろっているしるしで、真中の赤いのは片親のしるし、真中の青いのは両親ともにないというしるし。――今、ここに末永の眼にうつる両人は、偶然にも、親のあるなしを一口にいい切れぬ人たちだった。

遠く遠く半年もかかる海の向うから渡って来たおらんだの人が、丸山の花魁になれそめて残すともなしに残して行った一粒胤のお花さんなればこそ、しかもこんな可愛いいくらか赤味のある髪の毛を持ったあどけない娘のお母さんは、産後の肥立ちがわるくて、その俤《おもかげ》をさえ、娘の心に残してはやらなかったという。みなし児お花さんのあわれさは今更いうまでもない。ヲップルさんはヲップルさんで別のあわれさがあった。

(甲比丹の御両親は本国ですか、それともバタビヤですか)

それは図書頭が、はじめて長崎奉行としておらんだ屋敷を訪問した時、葡萄酒の杯を傾けた唇から漏らした言葉だったが、その時ヅーフの顔色がさっと曇った。

(私は文化元年に長崎に来ました。その前は約十三年もバタビヤに住んで居りましたので、前後合わせて十四、五年両親には逢いません。たよりを聴かないことも十四、五年です。両親揃って生きているのやら、死んだことやらそれもわかりません)

ヅーフは笑いながら答えた。

(それはどういうわけですか)

図書頭にヅーフの言葉はとんと解せなかった。

（日本のような国に生まれて、こうして静かに穏やかに、親代々のお知行でこの世を安楽に暮らしておいでの日本のさむらいさんはおわかりにならんとも無理はなかですばい）

ヅーフはその時、しみじみと図書頭を見た。図書頭が長崎へ赴任する前から、図書頭の家柄や、養家、実家の親たちのことを、通詞たちの噂を通じてほぼ知っていたので、その時、図書頭は葡萄酒のせいで、ほんのり色づいた顔が冴え冴えしていた。

（私の本国のおらんだの方はずっと戦乱がつづいております。どの国とどの国という相対の戦争ならば、同じ戦乱つづきでも、勝つか負けるかで、人民どもの心の持ちようがはっきり極められますが、きょうの敵があしたの味方になり、きのうの同盟国がきょうの敵国になる。それればかりでなく同じように手を握っていても、手の中に刺があったりする。まるで茨の中に立って毒虫にたかられているような欧羅巴の各国です。その上に大概の人は、父と母の国籍がちがい、友人同士の国籍もちがっていたり、お互いに安心してものいえる人間は一人もいない。それが先祖代々こんがらがっておりますので、ある一カ国に、少しでも隙が出来たら、八方の国が隙をねらってかきまわしに来ます。途端に、あらゆる欧羅巴人の家庭は、親子兄妹、眼を見張り、耳をすまして家の中同士、心のさぐりあいをはじめます。私などは両親とも幸いにおらんだの種ですから、家の中は何の隔てもありませんがその代わりにおらんだが負け戦となったら、どこにも頼り場も、逃げ場もなくなりますけん、どっちにしても、苦労は免れません。五、六年もたよりのわからぬままで暮らしましたからどうなっておりますことやら」

図書頭とヅーフの間にそんな話のあった時、末永が通詞をしたので、いまもなおおぼえている。五、六年来、まったくたよりを聞くことも出来ない両親の身の上が、今どうなっていることやら、せめて当座の気休めに、両親無事に揃ったしるしの笈摺を、洋服の椅子摺れかくしにかけている、ヅーフの心持を末永なればこそよくわかった。

「今年はおらんだ船の来るかしらん」

お花さんは蘭館の横門をくぐりながらいった。甲比丹は何もいわない。

「今年は来るでしょう、文化元年以来、バタビヤのことづけをもって、唐人船が来たことはあるけれど、本もののおらんだ船は、もう五年も来ませんけん、淋しかねえ」

末永がいった。

出島の門を出る時にヅーフのわらじはもう斜めになっていた。

海岸の捨石に足を踏みかけて、覚束ないながらもわらじの紐をなおしはじめたが、どうにもならない。お花さんが結んでやった。笈摺をかけ、菅笠をかぶったヅーフとお花さんでは誰が目にも、異人と合の子娘とは見えなかったが、その側に羽織袴を着、大小を横たえた末永甚左衛門が立っているのでかえって目立った。

「今からわらじがゆがむようでは、松の森までの間に何十遍切れるじゃろか」

「百遍ぐらい、百遍ぐらい」

お花さんもからかい気味にいった。

「本蓮寺にもお詣りしましょうか」

ヅーフは突然そんなことをいって、またしても道ばたにしゃがんだ。二、三丁もあるかないほどの距離であったろう。

「本蓮寺は何ですか」

「成瀬因幡様のお墓」

「そう、甲比丹はこの前の前のお奉行様も御存知でございましたね」

「存じております。寛政十二年（一八〇〇）にこちらへ来たとですけん、肥田豊後守様に成瀬因幡様、それから曲淵甲斐守様に、去年なくなった松平図書頭様です」

「松平石見様の時は、――」

「そう、あのお奉行様も長崎でおなくなりになったとですな、ここのところ、大分お奉行様の厄年がつづきますね。私は、去年石見守様がなくなったという時に来ました。七月でございましたけん、石見守様の初盆に出会いましてお精霊流しにもお逢いしましたたい」

ヅーフは無理にも話題を考えだして話しかけた。話しかける度にわらじの紐をなおしたり、足の指先に食い込む石ころや、泥を気にしてつまみのけたりするのだった。

ともかくもして諏訪神社までは行った。おまいりが済んで、長坂の上に立つと、ここでこそおなじみの彦山が裾野を中島川に洗わせつつ一木一石の目さわりもなく聳え立っている。彦山の裾野につづいて、右へ右へ波打っている風頭、愛宕、準提観音《じゅんていかんのん》、佐古、稲荷の山々は一面に砂子をちりばめたように凧揚げの凧で空をうずめているのだ。春三月を通じて、この港の名物のひとつたる年中行事の凧揚げがあるので、ヅーフははじめて菅笠をはずしてはればれと空を見渡した。

「今年のハタ揚げはお天気つづきでようございましたね」

ヅーフがいう。

「あのハタは伊太利亜という国のハタと同じもんだという話ですが本当ですか」

末永はいった。

「そう、私は伊太利亜のことは知らんが、ハタの模様はたしかに、船の旗じるしば真似したとにちがいなかでしょう。あれは日本の言葉で凧というでしょう。凧のことば、ハタというのは長崎ばかりというじゃありませんか」

寛政十二年以来、九年間も長崎にいるヅーフは、長崎に生まれながら、まだ二十六歳の末永甚左衛門よりは、遥かに長崎のことをよく知っていた。そして、お花さんのような小娘に末永とヅーフの話は一々初耳のことばかりであった。

「ヲップルさん、お茶屋に休うで、べたもちば食べまっしょうや」

お花さんは甲比丹の手をとって甘ったれた。

「べた餅はあとじゃ。図書頭様のお宮にまいってからじゃ」

ヅーフが意地わるをいい、末永と共に長坂を下りにかかった。諏訪の名物べた餅茶屋は長坂の上であり、松平図書頭のお宮は長坂を下りて、その下の石段をもっともっと下りた松の森にあるのだから、そんなに下りたり上ったりするのをお花さんは馬鹿々々しいと思った。

「おうちたちばかりまいってきまっせ。私はここで待っとる」

またしてもお花さんが随身門のかげにかくれて拗ねはじめた。

どんごろす

十二

末永甚左衛門は母と共に銅座に住んでいた。大小五間ほどの小家ではあったが、母と二人きりには広すぎるくらいだった。

銅座川に面した八畳の居間に机をすえてものを書き、母がそのそばに来て針仕事をしている、行燈《あんどん》ひとつが母子の手もとを照らしている。

春の夜は大徳寺の初夜の鐘を、川ごしに聞いて間もない頃だ。あたりが静かなので、ひどく夜更けらしい感じだった。ほとほとと戸を叩くものがある。

母が立とうとしたのを、甚左衛門がおさえて、どなたですと呼んだ。

「あたくし」

女の声だ。小首をひねりつつ、母が出て行ったが、やがて、花やかな顔をこの部屋の行燈に照らしだされたのは、思いがけないお花さんだった。色が白く、黄八丈の袷衣の柄がはれやかなので、陰気に見えたこの座敷が、如何にも春の夜らしくなった。

「どうして今時分、――よう来ましたね」

母が出窓の障子をあけてやったり、座蒲団を出してやったり、お茶を入れたり、しきりにかばってやる。この頃のようにおらんだ船の来航がとだえると、かえって何かにつけて蘭館から通詞への用向きが殖えるので、しかもそれは蘭館調度の上の雑用が多いので、お花さんが末永へ話を持込むことも、足繁くなっていた。それゆえに、末永の母とはとりわけ親しくなっている。

とはいえ、それは大概、朝のうちか、昼間のことで、夜に入ってこんな風に若い女の子がやって来るのは珍らしい。

「あら、ここからも彦山が真ん前に見えますのう。川向こうが大徳寺、大徳寺の右の方が稲荷岳、左の方が風頭それから彦山、そして豊前坊に烽火山、皆見えてよかねぇ」

お花さんは窓先にほんのりとかすむ夜景をいちいち指さしてよろこんだ。

「お花ちぃの生まれたところも見えるでしょう」

末永の母がいった。

大徳寺の森つづきにほんのりと花やかな灯かげが丸山の廓である。母はそのことをいったが、お花さんはそれをいわれると、急にしおしおとなるのだ。

障子をしずかに閉めて、急にお行儀よく坐り、両手をついてお辞儀をした。

「夜分に出まして、すみまっせん。急にお頼みしたかことのございましたけん」

「きのうは草疲《くたび》れたじゃろ」

末永がきのうのお詣りのことをいう。

「あのくらい平気ですばい。おうちこそ、草疲れなはったでしょう。お諏訪さまの石段ば何べんも上ったり下りたりして」

「ははは、石段ぐらい困らんばってん、誰かしらんが、拗ねるとには困ったばい」

お花はげらげら笑った。末永の母が、その日のべた餅を持って来た、小さく押しつぶしたように出来た牡丹餅《ぼたもち》のことを、この土地の人はべた餅と訛っているのだ。

「これが、おうちの拗ねなはったもとでしょう。どうぞお食りまっせ」

母も笑った。

べた餅は少し固くなっていたので、三人とも、食べにくそうに口に入れて、ややしばらくだれもものをいわなかった。

「末永さまのお母しゃま」

お花が用をいいはじめた。

ヅーフのために仕立物をしてくれないかというのが、お花さんの相談でもあり、用向でもあった。

「こんげんものば持って来たとです、どうにもならんでしょうか」

風呂敷包の中から麻袋がいくつか出て来た、

「何の入っておったとですか」

「お砂糖かも知れんと」

「まァ」

末永も驚いた。持って来たお花さんも実は困った顔をしている。

砂糖ではないにしても、ドンゴロスと長崎言葉でいわれるズックの袋は、可なりしみとよごれで、ひどいものになっていた。それをこれだけに洗いさらしてとにかくも、よごれを取り去るのは容易ならぬ努力にちがいない。

「だれが洗うたとですか」

「私」

「お花ちぃが、――まァ」

「これでトッポ袖の着物の出来ればよかと思うとるばってん」

お花さんはいった。バタビヤあたりから、約そ五、六年も前に何かを入れて送って来た荷造り袋のズックをこんなにまで洗濯して、手綺麗につぎ目をはがして、どうにかこうにか、切れ地にして持って来るまでの努力を、こんな小娘の手ひとつで仕上げたとは、とても想像がつかなかった。

母子は交る交る手にとって、ズックをひねくりまわし、お花さんを打眺めた。お花さんの手の指は大方すりむけて血さえにじんでいる。

「着物にならんでしょうか」

「ヲップルさんがこれば着るといいなはったとかい」

　末永が聞く。

「いゝえ、まァだヲップルさんには見せんとです。造ってあぐれば、きっと着なはるでしょう」

「ヲップルさんに着せるにしても、造り方ば知らんもん――」

　母はまごつきながらいった。お花さんがあわててそれを打消した。

「おらんださんのとっぽ袖のごとせんちゃよかです。日本風のとっぽ袖でよかです。きのうは笈摺ばかけたり、わらじでも穿いたりしなはったとですもん、あんげん桃饅頭ば、ご丁寧に二つも、背中にひっつけておくより、ドンゴロスのとっぽ袖が、よっぽどよかですばい」

　お花さんが急に雄弁になった。末永の母も本気になって、ドンゴロスのきれの見つもりをはじめた。

　末永はきのうの甲比丹の背中に発見した洋服の椅子ずれを思い出しつつ、蘭船入航のとだえて以来、すでに七年に及んでいることを思い出していた。

「それにしてもお花さんは、いつこんげんことば考えたとかい」

「ずっと前から考えとりましたばってん、都合のよかきれのなかけん、ただ考えとったばっかりです。きのうお詣りするとき、ヲップルさんが、わざわざ笈摺ばたのみなはったけん。それで思いついたとです」

「大丈夫、おらんださんのとっぽ袖のごとは出来んばってん、どうやらこうやら、体裁よかごと造ってあげまっしょ。お花しゃまが、こんげんよか知恵ば出して、骨折なはったとのけん、うちも、一生懸命、骨折らにゃなるめぇ」

母もひどく張合を感じたらしかった。

「もうひとつ、甚左衛門さまにお願いのあるとです」

お花さんは風呂敷の隅にもひとつ包み込んだものがあった。それは絨緞という敷物のきれはしだった。

「これで何ばつくるとかい」

「靴」

いった方もいわれた方もどっと笑った。絨緞のちぎれで靴をどうすれば出来るのか、正に奇想天外である。

「靴ねえ、――」

「出来ると思うばってん、どうでしょうか」

お花さんは独り言をいいながら、別に綺麗に泥を落とした靴底をとり出して、靴底の上へ絨緞のきれにふくらみをつけながら、冠せて見たりする。

なるほど、つくれば出来そうでもあった。

「どこか頼んで下さるところはなかでしょうか」

目をかがやかして、あどけなく首をかしげて、甘えるように、お花さんは末永を見た。

「よし、ふぢくらやさんに頼んで見よう。出来んことはなかばい。よか考えじゃ。これもお花ちぃが考えたとかい」

「ううん、これは、ヲップルさんの考えなはったとです」

靴も破れてしまった。服もすりきれた。食べるものはもうずっと前からなくなっているので、今はヲップルさんもホウセマンも、シキンムルも、皆が皆、日本風の食べ物を無理に食べ慣らしている。

お花さんは問わず語りに話した。むろん、大概は末永も知りぬいていることであり、末永に聞いて母も知っていることではあったが、あれもこれもと取まとめて数えられると、いまさらながら蘭船入航の途絶と蘭館生活の逼迫とが、並々ならぬ難儀だったと思い当たるものがある。

「たったひとつ、おらんださんたちが大事にしておった牛と野羊、それさえも去年のフェートン号のおかげで出してしもうたとでしょう。可愛そうかですばい」

なにげなしにいったお花さんの言葉、これこそは末永をひどく驚かした。

「あの牛と野羊は、おらんだ屋敷の飼い料じゃったとかい」

「い、え、おらんだ屋敷にあるとは出さんでもよかごと、一生懸命にホウセマンさんが頑張りなはったとばってんフェートン号で、どうしても聞かんじゃったとげな、もう一疋よこせ、野羊もよこせって、意地のわるかことばいうたとげな、いうこと聞かんと、また捕虜にするぞというて、ホウセマンさんば引っつかまえたとげな。いぎりす人はひどかねぇ」

「はじめて聞いた。ヅーフさんも苦しかったろう、あの時、お奉行さまも、ヅーフさんの心持ばよう知っとんなはった。どうかして、いぎりす船ばやっつけてと思いなはったとじゃが、どうにもならんじゃったからね」

それにしても、甲比丹がそれほどまで、ことのなりゆきを気づかって、苦しい我慢を仕通したかといまさらながら、末永は、それぞれの立場を察し暗然と目をつぶった。

「お花さん、末永甚左衛門、きっと引受ける。何でもよかけん持って来まっせ、今度おらんだ船の入って来て、おらんだ屋敷に不自由なことのうなるまで、どんげんでも骨折ってあげますと、ヲップルさんにいいまっせ」

決然といいはなった甚左衛門の言葉を聞いて、お花がいそいそと立ち上がる時、もう亥の下刻をずっとすぎていた。

十三

「おあつらえの靴にとっぽ袖、お待ち遠さまでした」

末永はわざと町人の真似をして巫山《ふざ》けながら風呂敷包みを卓子の上にひらいた。

絨緞の靴とどんごろす製のおらんだまがいの服が、ものものしく甲比丹の前に現れた。

ヅーフはこの服と靴の由来をよくは知らなかったらしい。ちょっと手にとっていじって見ながら、これはといった。

「お花さんは」

「きのうから顔を見せない」

「病気」

「そうではあるまい。あの娘のことだから、何か――」

「とにかく、靴も着物も、お花さんが頼みに来て私の母が造りました」

ヅーフは無言で卓子の上を見なおした。小娘のいわず語らぬ心づくしがうれしくて、ものがいえなかった。

「早速、頂戴して身につけましょう」

「お着せします」

末永がうしろへまわり、すりきれた服をどんごろすの服にかえさせた。元より、豆が入って来たのか、砂糖が入って来たのか、八重の潮路をはるばる二カ月あまりの月日をかけて送られてきた荷造り袋の二度めの勤めである。見た目も不ざまで、格好もおかしかったが、真心がこもっていた。ヅーフの肩にかけると、それはそれで一風格を備えた面白いものが出来上がった。

「どうです、着心地は」

「甚だよろしい」

「お花さんは、あなたに相談して頼みに来たとじゃなかったとですか」

「うん、寝耳に水です。何ひとこと、いわんでした。背中の桃饅頭ばとりのけてあげましょうかと、そんなことをいうたことはある」

「靴のことも」

「図書頭さまのお墓まいりに出かける晩、ヲップルさんの靴はもう穿かれんごとなりましたねぇといった。それで、私は、あの時、わらじば穿いたとですたい」

「なるほど、そう聞けばようわかりました。背中の桃饅頭は笈摺でかくして、靴のかわりにわらじでごまかそうというわけですな」

ああした子供っぽいあたまで、だれに教わらずとも、あれこれと考え、気をくばっているのだ。きのうからきょうにかけて、甲比丹の前に顔をあらわさないのも、いずれは何かをどうかしてくれる用意なのかも知れない。

ヅーフも末永も同じことを思いつつ無言で着かえたものを取片付けたりした。

「親に早く別れる子は心のゆきとどきがちごうて来る、思いやりが深うなるともいえますかな」

ヅーフはいった。

「ヅーフさんはお花さんのお父さんと逢いなはらんでしたね」

末永が聞いた。

「いや、掛川で死んだヘンミーさんの前の人ですから、私は知らん。ヘンミーさんさえ私がここへ来る前の人じゃったから」

ヅーフの前の館長が、ワルデナール、その前がヘンミー。お花さんの父にあたる人はその前の甲比丹である。

とにかくも身ごしらえが出来ると、甲比丹と末永は机を向う前から相対して腰をおろし、甲比丹は二冊の本と、沢山の紙と、鵞ペンと墨壺を二人の間に置いた。

二人はこの頃から甲比丹のいいだしで日蘭辞書の編纂にとりかかっているのだ。

(船がいつ入って来るか見とおしがつかんし、船が来なければ交易は出来んし、ぼんやり遊んで暮らしても仕様がなか、こういう時に何かしたらと思うが……)

はじめに甲比丹がいい出し、末永がそれについて思いついた。

(蘭日辞書をつくりましょう)

これが仕事のはじまりだった。もう大分の日数を両人はこのことに費やしている。末永のおらんだ語の智識とヅーフの日本語の智識とが、ほとんど互角の程度だということを双方で気づいていた。それが何より好都合だった。

「甲比丹が長崎においでたとは、文化元年でしたね」

「いや、その前に一度来たとです。寛政十一年（一七九九）、あめりか船のフランクリン号というのをバタビヤで借りて、それに乗って来たとがはじめてでした」

寛政十一年といえば、今からちょうど十一年前のことだ。二人とも、うっとりと年を繰って見る。

「私は十五歳で、元服をした年です」

「私は二十三歳だった」

「二十三歳、そうですか、それではお花さんはそのころ六つか七つになっておりました」

「なるほど、そういうことになりますな」

「お花さんが生まれた時は、私の父の甚左衛門がまだ達者で、いろいろ世話やいたとです。赤ン坊の時は、私の母が抱いて寝たりしたのでよくおぼえております」

末永がなつかしげに語る、ヅーフはうっとりと聞いた。お花さんはどこへ行っているのか、まだ現れてこない。

「さ、仕事にかかりましょう」

ヅーフがいって、二人は辞書の編纂をつづけた。参考書は蘭人フランソア・ハルマという人が約《およ》そ百年前にアムステルダムで編纂した蘭仏辞書だった。実はその本がおらんだ屋敷にあるのを見て、ヅーフは思いついた仕事でもあった。その中からひとつひとつ書きぬいて、重複を捨て、日本国に縁の遠い言葉を捨て、その代わりに日本向の言葉を殖やすという風で随分面倒で根《こん》の要る仕事だった。でも二人は倦《あ》きずにやっている。

突然、窓際近くワーッという声が上がった。ヅーフがふと立ち上がる。末永はそれを押さえた。

「ハタ揚げのさわぎですばい」

末永は窓から外を眺めつついった。外には今、切りあいで飛ばされた二重縞のハタが、ひらりひらりと空を流れてやがて海へ落ちそうになっているのが見えた。切り勝ったハタはメッケンと名付ける模様で、如何にも意気揚々と青空から長崎港を見下している。長く尖った赤の三角形を紙の真中へ叩きつけたように描いた模様、それがメッケンというのであった。

ただ、凧揚げといっても、この港の凧揚げは類のない凧揚げである。程よく糸をのばして空高く揚げると、やがて相手にとってふさわしいという敵を物色する、互いに好敵手と見れば小あたりに当たり、敵が逃げれば追い、向かって来れば、身がまえをなおすという風に、堂々の陣を張り、双方の意気もあい、風の工合も頃合よしと見る時、立派に組んで糸を合わせる、いったん、凧の糸が合ったら、むやみに手繰りよせず、ゆるゆるとのばして糸目を惜しまぬところに古武士の風格ありとしてあった。

引かかった糸と糸が、双方で伸ばしあっているから、中々切れない、あとはただ風の吹き工合に様子がかわり、はずみを食って糸のしまった方がプッツリ切れて凧は宙に飛び、ここにハタ揚げの勝負はきまるのだから、勝った方も、負けた方も、見物も、歓声一度に揚がるということになるのだ。

「ヨイヤー、ヨイヤー」

鬨の声がややしばし鳴りもやまなかった。おらんだ邸のある出島の向う河岸江戸町の河岸で揚げていた人々のかちどきであった。

「お花さんがちょうど私の家に泊まっている時出島に火事がありました。そしておらんだ屋敷はあら方焼けてしもうたとです。火事場へ父がかけつける、私がお花さんを負ってやったりして……」

再び末永が昔ばなしに立ちもどった。

「それそれ、その火事だ、火事で焼けた蘭館が新規にできあがった時、私はフランクリン号で入って来たとじゃ。家ばかり新らしうて甲比丹がおらんので、まるで空家のごたる気持じゃった」

「火事が寛政十年（一七九八）三月六日の晩で、その時、甲比丹のヘンミーさんは江戸へ参府しておったとです。」

　末永は辞書つくりの参考書の中から手控えを引っぱり出して繰って見たりした。

「私の来たとは夏じゃったが」

「そうです、ヘンミーさんが江戸のかえり道遠州掛川《かけがわ》で病気になって四月二十四日に死にました。そのあとはラスという書記さんが甲比丹代理をしておったとで、フランクリン号の入って来たとは、その次の年の夏のことでございますたい」

　思い出し思い出しして、二人は十年前をたどりつづけた。

「寛政十一年に来て一度かえったとかおっしゃいましたが……」

「左様、本当のことばいうと、掛川で死んだヘンミーという人は丸山であんまり遊びすぎて、蘭館の会計ば相当ごまかしたらしい。おまけにそのあと始末を引きうけたラス君が、また、古今無類のお人よしで、寛政十年の火事で、蘭館の書類があらかた焼けてしもうたからよかごたるものの、それでさえ、私がここにやって来て整理にかかろうとしたら、皆目滅茶々々で手がつけられんでしたもんね。それだから、バタビヤに戻って、上官の差図を受けて来たとですたい。その時はフランクリン号で来て、フランクリン号で戻ったとです」

「その次に本当に来て腰を落ちつけたとが、文化元年ですか」

「そうです、一度目と二度目の中には五年の年月がはさまっております」

「それにしても、六年間というもの、ここに――」

表から威勢よくお花さんが戻って来た。かなり大きな風呂敷包を背負って、扉をあけるのもやっとこさというくらいの骨折だった。末永が荷物をおろしてやると、そのまま床へべたりと坐って、肩で息をしている。

「ああ、くたびれた、重たかとですばい。御苦労さまねぇ」

「どこへ行っとったとですかい、きのうから顔ば見せんけん、病気でもしとるとじゃなかろうかと思うて――」

「病気ばするもんか、うちゃ強かとじゃもん。まァ風呂敷の中ばあけて見まっせ」

風呂敷の中からは、古絨緞のきれはしと、支那靴と支那人の上衣の古びたのなどが出てきた。

「よろしい、わかった。これはこのまま、また私が持ってかえって、おらんだ服と靴につくりなおしてくれればよかとじゃろ」

末永は笑いながらいい、ヅーフがそのあとについていった。

「そして出来あがったら私が着るということになるとじゃろ」

「ちがいます。ヲップルさん、あんまり欲張りますな。きものの背中に桃まんじゅうの出来るとは、ヲップルさんばかりじゃなかですばい。ほうせまんさんも、しきむるさんも、皆、出来とんなはる。自分ばっかり、よか着物着て、それでよかもんですか」

お花さんは、せっせと風呂敷をつつみなおして、末永の方におしやった。
「末永さま、これば私にかつがせてくれまっせ。おうちん方へ今から持って行っておうちのお母しゃまに頼みます」

十四

たしかにバタビヤからはおらんだの船が二艘打ち揃って長崎へ渡ったという噂が、どこからともなく、長崎会所の耳に入ったのは文化六年（一八〇九）の秋のことだった。ただし、長崎には蘭船の姿も、三色旗の色も見えぬままに文化六年は暮れてしまった。

つづいて文化七年が来て、ことしの夏こそはことしの夏こそはという中に、去年バタビヤを出た二艘は途中で英国軍艦のために沈められたともいい、捕獲されたともいう噂だけがとび込んで来てやっぱり一艘の蘭船も入らず、そして文化七年も暮れた。さらに文化八年も。——。

ヅーフと末永の辞書編纂は、ここ三年の間に大分かさ高の原稿に出来上がったが、麻袋の服は二度もやぶれて仕立なおし、絨緞の靴も五、六代目となって、今蘭館の異人全員の足には雪踏靴《せった》というのが流行している。

靴底とても、踏みつぶしてしまえば、もう代わりがないので、次は末永の知恵で日本風の雪踏を改造するということになった。

雪踏の鼻緒をとり去って鼻緒の代わりに絨緞の古ぎれを足にあわせて縫いつける、そうすれば雪踏底をつけた絨緞靴というのが出来上がるのだった。

「これは上等です。これならば、いくら踏み切っても、あとの補充が出来ます」

ありがとう、ありがとうとヅーフは喜んだ。

文化九年の春が来て、お花さんも十九になった。末永は二十八歳であり、ヅーフは三十六歳であった。

三年あまりもひとつことをやりつづけているとだれいわねども、そこここへの噂に上って、佐賀屋敷からも、大村屋敷からも、何かしら参考書がとどけられて来た。殊に、薩摩屋敷はかつてヅーフが江戸参府の時、島津重豪侯へのお目通りをゆるされた上に、重豪侯の次男で中津藩奥平家のあととりになっている奥平昌高などへは、先方から謂われるままに、フレデリック、ヘンドリック、という名まで差上げたりした縁故があるので、特に島津家の蔵書借出しの便宜を得ることが多かった。

島津家の書物蔵は築町《つきまち》にあり、銅座川ひとつを隔てて末永甚左衛門の住居と隣り同志というほどの近さだった。

夥しい本の数々を薩摩屋敷の水門から運び出して、舟に積みそのまま舟を向う岸へつければ、そこには末永の家の桟橋がある。

「お母さん」

末永は小舟に積上げた本の山から顔を出して母を呼んだ。

「あい」

母のかわりにお花さんが出て来た。出来上がった仕立物を受取りに乗合わせていたのだろう。

「お母さんも呼んでくれまっせ。三人で陸揚げじゃ」

末永は袴のももだちを高くとり、肌ぬぎになって本の山をくずしにかかった。

「このまま出島に持ってゆけば仕事の早う片づくばい」

お花さんが無意識にいったので、末永ははじめて気がついた。間もなく、お花さんも今受けとった仕立物の包みをかかえて、舟へ乗り込んだ。

「これだけの本ば皆読みなはるとですか」

お花さんが本の山の間から色白の顔をのぞかせていった。末永は自分で艪《ろ》をこいでいる。ほんの二押三押で舟は海へ出た。ゆらゆらとした春の海だ。正面は稲佐の山が近々とかぶさりかかるように、遠くは金比羅岳が三角に盛り上がり、ずっと遠く岩屋山が頭を見せている。皆、春の下萌にもえ立つような若草の匂いを漂わして、そうした景色の中におらんだ屋敷の三色旗はくっきりと浮かび出ていた。

「ヅーフさんと二人で読むとです」

「何年かかるじゃろか」

「さあ」

「読んでからどういう風にするとですか」

もし、自分に手伝えることならしてあげたいという気持が、お花さんの顔にありありと見えていた。

ヅーフと末永が蘭語と日本語をひとつひとつカードにしてそれを順に箱へ入れてゆく。箱の中で又整理して数えて書き上げて――、というだけの単調な仕事だが日一日とカードの数は殖え、箱の中は盛り上がってゆくので煩らわしさは増すばかりだった。

「お花さんも加勢してくれるかい」

「出来るならいくらでもしますたい」

船が蘭館に着くとヅーフは二階の窓からそれを見ていて、しきりに黒ン坊を呼んでいる。

「ヨンゴ、ヨンゴ、――スワルトヨンゴ」

スワルトヨンゴというのが黒ン坊の給仕のことである。いくら呼んでも返事がない。

「シャカターリス、――アシスタント」

ヅーフはつづいて書役を呼んだ、これも返事がない。とうとう自分で下へ下りて来て、三人がかりで本を書斎へ運び上げた。三人ともしっとり汗ばむほどの上天気であり温かくもあった。

本がすっかり卓子へ積み上がると、三人がとりあえず本の置場をきめる。それからつづいてカードの作成にかかる。お花さんは思いがけなくも、蘭語のアルファベットを知っていたので、末永が考えたよりも立派な助手であった。

「いつ、だれに教えてもろうたとかい」

お花さんが答える前にヅーフがいった。

「教える気もなかったが、どんどんおぼえこむのでね。やっぱり血すじは争われんもんです」

お花さんはさっと顔色をかえ、カードを投げ出して部屋を出て行ってしまった。

末永はハッと思った。

「甲比丹」

ヅーフは全く気なしにいったのだから、そのまま仕事に没頭していたが――、

「また怒ったぞ。甲比丹、一番悪いことをいったんだ」

末永に注意されると、甲比丹も当惑した。

血すじは争われないという言葉、それはお花さんの本当に痛いところを真っ向からついたことになる。この頃のように娘っぷりが整うにつけてお花さんは、どうかして合の子ら

しくないようにつくり、合の子らしくないように動き、合の子らしくない言葉をつかいましょうと、そればかりを専念しているのだ。それだのに、真っ向から血すじは争わないものだ。とは――。

「私が悪かった。どうしたものだろう。困った。本当に困りました。あやまって来ようか」

「あやまっても駄目でしょう」

「うむ」

二人は止むを得ず捨ておいて仕事をつづけた。すぐに拗ねる、そしてどこへともなく姿を隠す、そんな時にだれがなだめても機嫌をなおしてくれない。その代わりに打棄ってさえおけば、ひとりで機嫌をなおして、ニコやかにあらわれて来る。もし、そんな時に一言でもひやかしたりすると、二度目のお拗ねさんがはじまる。そうなったら、断然もとへはもどらないというたちだった。

「時の来るのを待ちましょう」

末永がいった。

「この頃、あのくせがいくらか薄らいだようでもありますね」

「薄らぎましたとも、ああいうのは、やっぱり智恵のつきはじめに高じて来る癖ですよ」

「そうかも知れない」

「もう十九ですからね」

二十八歳の末永が、ひどく老人ぶったいい方をしたのが自分でおかしく、クスクスと笑った。

突然、外で、騒々しい声が起こった。今年もちょうど凧揚げの季節で、長崎中の空が凧でうずまっている。こんな時に、どっとあがる鬨《とき》の声や騒々しい罵しり声は凧揚げにつきものなのだ。二人は気にもしないで仕事をつづけた。

外の騒ぎはいよいよはげしくなった。罵る声わめく声、何となく打棄っておかれないものであった。

「スワルトヨンゴがまたハタ揚げばやっとるとかも知れん」

ヅーフは眉をひそめた。黒ン坊はハタ揚げが大好きで、時とするとおらんだ屋敷の大屋根からハタを揚げては、切りあいをやるのだ。

「いかんいかんというのに、どうしてもいうことを聞かん」

ヅーフはだんだんむずかしい顔になった。

「私が行って見ます」

末永が行こうとするのとお花さんが入って来るのとほとんど一緒だった。

「末永さん、ヨンゴが打たれよります」

お花は息をはずまして報告した。

「よし」

末永は大急ぎでとびだした。

やっぱり黒ン坊はハタ揚げをしていた。デスペンセールという料理番までが一緒になって大屋根へ上り、盛んに揚げていた上に、向う岸の江戸町から揚げたハタをものの美事に切り負かしてしまった。切りまかしたばかりでない、相手の切れ糸がおらんだ屋敷の大屋根へ落ちかかったのを、料理方はとび上ってむしりとった。これが喧嘩のもとだった。黒ン坊は勝ちほこった勢いで、江戸町側をなだめるつもりで下へ下りたのが、相手にとっては軽蔑でもされたように思えたのだ。

「くらわせろ」

「打ち殺せ」

この港特有の荒々しいいい方で江戸町の若い衆は黒ン坊をおっとりこめ、こずきまわしているところへ末永が入って行ったのだった。

末永が手きびしく黒ン坊を叱りつけた上に二つ三つ拳骨をやることによって、江戸町側は造作もなく手を引き、かえって黒ン坊のためにいいわけなどしてやったりしてことはあっさりすんだ。

「ご安心下さい。何でもないことですから」

末永がそういいながらもどって来た時、部屋の中に見てはならぬものを見つけた。

ドアは七分ほど開いていた。ドアのかげに甲比丹はお花さんを抱き、お花さんはおとなしく抱かれていた。

末永の声を二人とも気がつかなかったらしい。これはと思って、末永はあわててむきなおりすべり出るように部屋を出て、改めて足音をはげしく立てながら、少ししてから戻って来た。

もうその時は二人とも、いつも通りのお花さんとヅーフで、黙々とカードをいじっていた。

「黒ン坊どうしましたか」

甲比丹が聞く。

「すぐに仲なおり出来ました。怒らないで下さい。皆、ハタ揚げるんです。黒ン坊だって揚げたくなるのは当り前ですたい」

「デスペンセールも一緒になっておったとですか」

「そうです。しかし――」

末永が黒ン坊と料理番のためにいいわけをしてやろうとした時、甲比丹は話をよこへそらした。

「お花さん、今夜は三人で食事しましょう。デスペンセールにいいつけて下さい。私たちのためにご馳走をつくるようにと。それがあの人たちへの罰です」

「はい」

お花さんは素直に部屋を出て行った。何となく言葉少なになっているのが目立った。

「お花さん、気持ちなおりましたか」

末永がそっと聞く。

「大丈夫、私詫びました。すぐにゆるしてくれました。もうこれからつつしみます」

ヅーフはもっと何かいおうとした時、お花さんが戻ってきた。

「いいつけてくれましたか」

「はい」

「ご苦労様でした」

お花さんはおとなしく仕事をつづけた。

「黒ン坊君、毎日ハタ揚げすると、毎日ご馳走がいただけますね」

末永は高らかに笑った。

「まァ、あんげんこすかことばいいなはる」

お花さんも派手に笑った。甲比丹もつづいて笑った。

和やかに三人の仕事はどしどしと進んだ。

唐人の喧嘩

十五

盂蘭盆の夜が来た。日が暮れると、港の人たちは皆それぞれの墓へ行った。新盆の家は十三日から、その他の家々は十四、十五の両夜、燈籠をかかげ、墓碑の前に毛氈を敷きつめ、割籠を持ち出し、酒をあたため、夜をこめて酒もりをするのだった。

（ご先祖さまが、娑婆へお客になって見えなはる。御逗留の間は、それぞれ自分の分限に応じて、ご馳走ばさし上げ、子孫がこの通り繁昌しておりますというところばお目にかけにゃならん）

長崎の人たちはそういう心持でいるのだ。だから、酒は多いほどよく、ご馳走も山海の珍味を尽くすほどよいとしてあり、どうかすると、墓地へ三味線を持込み、芸人芸者を呼んで、ならいおぼえた唄浄瑠璃のたぐいなどに興じる人さえある。

末永の家も長崎地つきの家なので、大音寺の裏山の墓地へ上った。家族が少ないので、燈籠をかつぎ上げるのと、灯を入れるので親子の仕事は一杯であった。石碑のならんだ前へ緋毛氈を敷き、唐人風の昆爐《こんろ》、唐人風の提籃《ていらん》（＝茶道具入れ）を引よせて、母は我子に茶をすすめ、子は母のために飲み水を汲んで来たりした。

父親を見送った時、親戚故旧（＝ふるいなじみ）に贈られた燈籠が、ここ数年の年をすごす間には、大分破れもし、こわれもしたが、まだまだ墓地をめぐって二段の燈籠棚をつくるには充分であった。

「お父しゃまが悦んでおんなはるばい。燈籠のあかりが、ほら、どこよりも明かるか」

母はお茶をすすり菓子をつまみながらあたりを見まわした。

ここは風頭山《かざがしらやま》につづく山腹で夥しく樟の樹が茂った中で、山のいただきに近いあたりまで段々墓の連続である。

大音寺のとなりが晧台寺、それから長照寺、延命寺という風に、約そ二十にあまる寺々が、山門をならべていた。墓地を背負っているのが悉く燈籠をかけつらねたので、全山挙《こぞ》って灯の山となっている。母は茂った樹々の間をすかして、我家の燈籠のあかりの美くしさをたたえた。

「日蘭辞書が仕上りますと、お父しゃまは、まだまだよろこびなはります」

甚左衛門はあけてもくれても辞書の編纂であたまが一杯であった。

「もう半分ぐらい、出来たじゃろうか」

「七分、というところです。薩摩屋敷の御本ばお借りしてからどんどん捗ります」

「お花ちぃも加勢しよるというじゃなかの」

「へい。一生懸命やりよります」

「あの娘はよか娘じゃ。おらんだ語も知っとるばいね」

「よう知っとります。はじめからあの子ば加勢に頼むとよかったとです」

「血筋というわけかねえ。おらんだの言葉がわかるとは」

「お母しゃま、あの子が来ても、おらんだ語のことについていうちゃいかんですばい。こないだ、甲比丹がしくじりなはった」

甚左衛門はその日の話を母に語った。

「可愛そうに――」

母はそれだけしかいわなかったが、胸の中にはいろいろなことが考えられる。好い娘だのに、合の子というので、どこへ行ってもよそよそしく扱われる。自分もそれを知って、何かと控え目にもなり、気兼ね性にもなる。あれで毛色が変わってさえいなければ、十九という年ごろを、人が黙って見すごすはずもないのに、今ごろは、雨の降るほど持込まれる嫁入り先の選択に困っている頃であろうのに、――。

「合の子というても、あの娘はそんげん目立たんとばってん」

母はいった。

髪の毛だって赤いといえば赤い、眼の色は茶目なのだし、色が白すぎるにちがいないが、色の白いは七難を隠すというから、これも苦にはならぬはずなど、母はくりかえしくりかえしお花さんをあわれんだ。

「お母しゃまはお花ちぃが可愛いうしてたまらんとじゃもん」

甚左衛門が笑うと、母はぽっと頬を染めながら、

「だれが何ちゅてもよか娘じゃもん。ものごとによう気がつくし、正直で、素直で、はきはきしていて、無邪気で――」

「気に入らんとすぐふくれてすねて――」

「そのくらいのことは疵にゃならん、拗ねても、ふくれても、打棄らかしておけば、自分でごきげんばなおしなはるもんね」

あまりにもひいき強さを自分に感じて母はくすくすと笑い、甚左衛門はどっと笑った。近所の墓でも賑やかに笑い声がひびき、子供のいる家族など、支那風の鉄砲花火を打ちあげ、石火矢を打ちあげ、線香花火をともしたりするので、ひっきりなしに耳を打つ爆竹の音、鼻をつく煙硝の匂い、眼を射る火花のきらめきなど、ただ美事なものであった。

「お前はあの子のこと、どう思うとるとかい」

母が突然いい出した。

「どうと云いますと……」

「たとえば、もしあの子ば嫁に貰おうかと私がいうたら……」

甚左衛門がまた何もいわないうちに燈籠のかげから女の声が華やかに聞こえた。

「末永様のおばしゃま、お参りに来ましたばい」

とび込んで来たのはお花さんだった。

すぐにお線香をもらって、お石塔へひとつひとつともして燈籠の蝋燭をとりかえたり、昆爐の火をのぞいたり、いつもの通りにひとはたらきはたらいてから毛氈へ落つき、小風呂敷にして持って来た唐人花火を出すと、もう火をつけはじめた。

「お花ちぃはマメなかね」

母がいうと、お花さんは笑いもせずにいう。

「おうちん方のお墓は、パチパチも鳴らさずに、母子で話ばっかりしよんなはるけん、お父しゃまのさびしかていいなはるじゃろ。末永さん、おうちも石火矢でも打上げまっせ」

お花さんは随分大形の石火矢まで包の中に入れて来たのであった。

「ほう、これは危なかばいね」

「大丈夫よ。おうちは男じゃありまっせんか。火ばつけなはりまっせ」

甚左衛門も止むを得ず、石火矢を墓地の隅に持って行かねばならなかった。

「も少ししたら、おらんだ屋敷においでまっせんかってヲップルさんのいいなはった。出島の船ば出してやんなはるげな」

蘭館の船を出島波止場から出して銅座川へまわしてもらうことになっている、末永の母も銅座川からなら舟に乗っても差支えはあるまいからと、甲比丹からの伝言を伝えにお花さんは来たのであった。

「行かれんもんね」

母はいったが早仕舞いにすればよかろうといい、もしあしたならお精霊様を船に積み込むことにしてなど、お花はしきりに勧めた。

「こんなん（＝この人）にかかっちゃとてもかなわん」

承知でもなし、不承知でもなく、母子がまごついている間に、お花さんはどんどんあたりを片付けた。

「お墓の燈籠ば、海の上から拝んで見まっせ、ほんにほんに美くしかとですばい」

はしゃぎ切ってしゃべりまくるので、とうとういくらも経たぬうちに、母子は甲比丹の船に乗って港内へ出ることになった。

燈籠に残った蝋燭は石塔の前に立て残し、燈籠はそれぞれ燈籠籠へ納めて、昆爐の上には毛氈をまきつけ、これは甚左衛門が背にないにする役目であった。母は提籃を持ち、お花さんは茶道具や薬缶をぶらさげた。

大音寺からまっすぐ思案橋へ下り、銅座川に添って少しゆけば、もう末永の家であり、表木戸から入って荷物を土間へ片よせておき、そのまま水門へ出ると、そこには黒ン坊が艪づかをとって待っている。

「ヲップルさん」

お花は小声で呼んだ。

「おう」

ヅーフは屋形の中から返事をする。皆が船の中へ吸い込まれるように入り、船は間もなく港内の真中あたりへ出て流し船にしつつ、皆が舷へ出た。

眼を射るような眺めだった。

港のまわりは鶴の首をぐるりと曲げたような長くつらなる町々であり、そのうしろは三方悉く山で囲まれている、山の中腹がそっくり段々墓であり、墓場という墓場はひとつ残らず、燈籠が二段三段、中には五段棚ぐらいにしてともしつらねてあるので、まるで、長崎中に瑠璃光をともしつらねたようなものであった。

「五十年あまりも長崎に住んどりまして、これほど美くしかところは始めて拝見しました」

母はそういって、しばしば溜息をついた。甚左衛門もはじめてであった。お花さんは母子の間に介添して、あのあかりが、なにがし家のお墓で、これがなにがしでと、熱心に説明した。

「ご先祖のお祭りをする、これ、本当にいいことです。私の本国にはこういうことありません。日本でも、こんなに大きなお祭りをするところ、長崎だけだそうですね」

毎年この風景を海上から見なれている甲比丹にもこれは珍らしかった。

夜が更けても墓の燈籠はなかなか消えなかったが、さすがにひいやりとなって来たので、船を戻すことにした。

「ありがとうございました」

丁寧に水門の桟橋に立って母が小腰をかがめ、末永も手をあげて船を見送った。

「さよなら、おやすみなはりまっせ、おやすみなはりませ」

お花は甲比丹により添うほどにして幾度もくりかえし、甲比丹も黒ン坊も、いくらか高声でさよならをいった。

「おらんだ屋敷に泊まるとじゃろか」

母が船を見送りながらいった。

「そうとも限りまっせん、よしんば泊まっても、お花ちぃの部屋はちゃんと出来とっとです」

末永がおらんだ屋敷の家々を説明したが、母にはよくはわからなかった。ただ、二人だけが船でかえってゆくという心持が淋しく感じたらしい。

十六

仕事が捗って薩摩屋敷の本だけは返す時がきた。再び船に積み込み出島の波止場から黒ン坊が漕ぎ出した。本の数が多いのでお花さんが手伝いがてら甚左衛門と共に乗り込むことにした。

「お母しゃま、お花ちぃが来たよ」

甚左衛門は我家の水門へ舟が着くころ、窓下へ向って母を呼んだ　母もうれしげに窓から見下した。

「もうお寝みよっとですか」

お花さんは愛想よく舟の中の本の山から顔を覗かして挨拶をする。

黒ン坊をあわせて三人の力でともかくも重い本を陸揚する間に、母はお茶を淹れたり、柿を剝いたりした。

「ヨンゴさんも、上がって食べまっせ」

母は黒ン坊を呼んだが、黒ン坊は上り口へ腰をかけて、物珍しげに家の中を見まわした。

島原トンゴという細長くお尻の尖った柿を母はせっせと剝いて皆にすすめた。

「もうこの柿の出たとですか、私は、今年、初もんですばい」

お花さんはうれしそうに柿を取ったが、ちょっときまりがわるかったらしい。くすくすと笑って再びお盆へもどした、末永も笑い母も笑った。

「さァ、遠慮なくおとりまっせ、甚左衛門も一緒に、私も頂戴します」

母が自分の手へひと切れをとり、お花の手の出し好いようにしてやる。

「島原に親類のありますけん、いつでも世間よりひとまわりぐらいも早う、この柿の食べらるるとです。よかったら、おやしきに持ってお帰りまっせ」

母はどこまでもお花さんをいとしがった。

「ありがとうございます。ヲップルさんにももろうて行きましょうか」

お花は黒ン坊にいった。

「今夜はゆっくりしとりまっせ、ぜんざいもつくりよりますけん」

母はもう七りんに火をとって、ぜんざいをつくる用意をしている。

本をそっくり床の間に納め、おらんだ屋敷で借りて来た麻縄や、風呂敷の類を一束にし黒ン坊にわたしつつ、甚左衛門も茶の間へ戻って来た。

「あしたから、草稿ば清書せにゃならん。この分なら今年一杯には出来上がるかも知れんね」

末永はいった。

「今月一杯なら大丈夫ですばい。うちも大分慣れたけん」

お花もつりこまれて、辞書編纂に張り切っている。

「ほんにお花ちぃのおかげで捗りました。ヅーフさんと二人きりならまだまだ来年一杯かかるはずじゃった」

甚左衛門につりこまれて母もうっかりいった。

「お花ちぃはおらんだ語ばどなたに教えてもろうたとですか」

いってしまってはっと思った。いってはならないことをいったのだ。さりとて、いまさら言い消しもならず、こっそりお花の顔を見たが、仕合せと聞こえなかったらしい。

表が俄かにざわついているのだ。ちょっとの騒ぎですむかと思ったが、騒ぎがだんだんはげしくなる。

「通詞さん、私、かえります。役人、随分めんどうです」

黒ン坊は表の様子を見て来たらしい。あたふたと水門へ去った。

この家と地つづきの唐人船御用さつまやの造船場で大喧嘩がはじまり、波止場役人や庫役人が御用提灯を持って、続々とかけつけて来るようだと黒ン坊はいった。

「またやったとかい。あいつらはこの頃喧嘩ばっかりしよる」

甚左衛門は苦い顔をした。

「甚左、きょうのとは大分ひどかばい、昼間から様子のおかしかったもんね」

母は家の中にいて、存外唐人の動きをよく知っている。

唐船では働らいている唐人人夫と地元の人夫はそれぞれ仕事の分限もきまっており、地元人夫は陸だけを受け持ち、唐人人夫は船だけで働らくときまっているのに、それがとにかく乱れ勝ちだった。唐人人夫が禁制を犯して陸あるきをし、どうかすると幾日も唐人屋敷外に寝泊りまでして、内々の儲け口をねらってあるくので、地元の人夫はそれをほじくろうとする、それがだんだん高じてのもつれなので、どっちにも、上役人の目をくぐる内緒事という弱身があるので、争いは複雑にも深刻にもなりまさって、とうとう、血を見るほどの騒ぎになった。

殊更に穏やかな秋の夜頃である。さつまやの船普請場をとびちがいながら、あそこに一組ここに一組と組打がはまり、殴りあいがはじまり、叫ぶ、罵しる、わめく散々の騒ぎだった。波止場役人、庫役人など、それぞれ持場々々の提灯をつけ、六尺を振ったり十手を振りかざして駆けつけたが、組打の人数があまりに多く、喧嘩がはげしいので手がつけられなかった。

「この騒ぎでは、当分外に出られんばい」

母がいった。

お花も甚左衛門も黙って顔を見合わせた。

「私だけなら何事もなく出島にかえられます。お花ちぃが居ると、意地のわるかお役人が、何ばいうかわかりまっせんけん」

黒ン坊は役人のしらべ立てを按じていた。

「いっそ泊まって行きまっせ、かえって昼間になってからの方がよかろばい」

母は頻《しき》りにお花を泊めたがった。そして黒ン坊ひとりが、甲比丹へ柿のおみやげを預かって、再び銅座川を下った。

黒ン坊の舟を水門へ送り出すと共に甚左衛門が戸じまりをして部屋へ戻った時、お花は母に手伝って甲斐々々しく三人のための寝間ごしらえをしていた。

枕は幸にあるからよかった、蒲団も充分だし、こっちへお花ちぃ、こっちが甚左衛門、私はここになど、母は上きげんで独り言をいいながら、三つの枕をならべた。

「おばしゃま、私は」

お花さんが、自分の寝床を次の間へでも下げて往きそうな様子だったが、母は笑い消してしまった。

「遠慮せんちゃよか。どうせ、表の騒々しかけん、すぐには寝られんたい。ゆっくり辞書の相談でもしながらおやすみまっせ」

母はそういって、お花の枕を真中へ置いた。

お花は強いていやともいわなかった。

表のさわぎはまもなく静まったらしい、さつまやの火のまわりの拍子木の音が冴え冴えと秋の夜の静寂を思わせる頃、甚左衛門はすやすやと睡ったのに、甚左衛門の母とお花さんは、夜の更けるのも忘れて、もそもそと話しつづけた。

十七

翌朝、およしは引きつづいて上機嫌だった。およし、それは甚左衛門の母である。提げバラ（竹で編んだ小さな買いもの籠のこと）を用意して、すべての長崎の内儀たちがするように、市場へ買いものに出かけようとしつつお花をさそった。

「私が持ちまっしょ」

お花はお花で、姑にでも仕えるように、いそいそとさげバラを受取り、およしに引添ってあるいた。

「市場の人たちが、甚左衛門にお嫁さんの来なはったとでも思うたかしらん、皆で見よりなはったね」

およしは甚左衛門にでもなく、お花にでもなく、にこにこしながらいいいいかえって来た。

「紅《べに》さしの新らしかとの出とったけん買うて来た、南蛮漬にしてやるけん、甲比丹に持って行ってやりまっせ」

およしは紅さしというさかなを器用に腹を割いた。

「けさは、大層ご馳走でございますね」

甚左衛門は膳につきながら目をまるくした。

「よかお客さまのお出とるけん」

母が笑った。

紅さしという肴は夜の御飯にまわして、朝の膳にはいわしの酢に、新いもの煮しめに、椀のものなど賑やかに並んでいた。

「お腹の虫のびっくりしなはるばい」

お花は仰山《わざ》とらしく膳の上を数え、およしはそれを打消した。

「出島のご馳走の足もとにもよりつかんばい」

「ところがお母しゃま、出島はこのごろひどかとですばい」

目を円くしてお花は出島蘭館窮迫の有様を説きはじめた。

「日本人なら、ご飯さえあれば、味噌なめても梅干しゃぶっても、三度三度は楽にすみますばってん、異人さんは気の毒か。やれ牛乳のほしかてろの、牛肉ば、何日目かに一度は食べにゃなるめえの、野菜は何と何、どういう風にしてって、ヨンゴさんは毎日毎日うろうろしよりなはるとです」

なるほど聞いて見ればもっともだと思った。

「靴と着る物だけが困っとりなはるとじゃと思うとった。食べものはなおさらでございましょうのう」

「船は一体いつ来るとでしょうか。もう、大分来んばい」

「ちょうど七年」

「どうしてまた、そんげん長う船の来んとじゃろか」

「和蘭の本国の方で大戦争の始まっとるとですげな」

母子の間の問いつ問われつ話がつづいている間、お花はせっせと新いもを食べつづけたが、事々しく顔をあげて甚左衛門にいった。

「甲比丹のお国はいくさで負けて、いぎりすにとられてしもうたという話ですばい」

眼玉を一杯に見ひらき、唇をとがらせていう。

「私もそういう話ば聞いた。長崎会所でも皆がそういいよる。お奉行様もそのことは心配しよりなはるが……」

まさかと思う気持を残して、甚左衛門は食事の箸を納めた。

「いよいよそれが本当なら、ヲップルさんは一体どうなんなはるとじゃろか」

お花のとり越し苦労がはじまった。

「ははは、心配せんちゃよか。おらんだの船が二艘ばかり、たしかに長崎の港に入ろうとしとるという噂ば、こないだから聞いとるけん。たとい、本国の方に何があってもバタビヤはバタビヤで立ちゆくとじゃろ」

甚左衛門は割に楽観していた。

「末永さんの前ばってん、そんげんこと、あてになるもんですか。おらんだ船二艘、もうじき来る、もうじき来るって、風のたよりばっかり、ほんにお前は屁のごたる、音ばっかりで目にはちっとも見えんと」

お花が調子に乗って尾籠な口をすべらした。母子がどっと笑う前に、お花は真赤になって突伏してしまった。

いつまでも顔をあげない。とうとう、およしが心配してのぞき込んだ。

「どうしたとですか、お花ちぃ、お花ちぃ」

「御免おせつけまっせ」

ひきつるような声であやまって、ぴたりと平伏した。母子はお花さんが泣いているのかとさえ思ったのだが、恥ずかしさに居たたまれぬ気持ちでいるのだった。

「あれがあの娘の身上ばいね。竹を割ったような気性というとはあの子のことじゃろ」

お花が帰ってから母はいった。何がどうであっても、お花を好きでたまらないのだ。

「お母しゃまと来た日にゃ、ほんなこと、目に入れても痛うなかとじゃもん」

「それはそうと、いつか知らんも聞きかけてやめたが、お前はどう思うとるなん、あの子のことば」

およしが真顔になって聞いた。

「その話はもう少し見合わせておせつけまっせ」

返事をするのが苦しく、甚左衛門は母の眼をよけて他の用にとりかかったりした。

「気に入らんとじゃろか」

「い、え、私はお母しゃま次第でございますばってん、ただ、今のところ……」

「今のところ、どうしたというとなん」

「たとえこっちで望んでも、あの子が来てくれんでしょう」

「そんげんことはなかごたる」

「聞いて見たとですか、本人に」

「うん、それとなく聞いて見た」

「そうしたら」

「顔は真赤にして、そんげん仰しゃると、うち困りますばいといいよった」

「困るという意味は」

「わからんばってん、お前のお嫁さんになることばきらいじゃなかと」

「きらいじゃなかばってん困るというとですか」

「うむ」

　甚左衛門はお花さんとヅーフの間にほんの少しの疑いを持っている。現に、いつぞやお花さんが合の子問題で拗ねたあとで、二人の態度の上に見まじきものを見ているので、そのことがいつも胸先につかえていた。

　たしかにそうとは思えない。しかし、そうでないとはどうも信じ得ない。そのくせ、お花さんが甚左衛門に多分の好意を持っていることはたしかなのだが、さればといって甲比丹に対して持つ好意も甲乙のないものに見えるのだから、結局、お花さんの気持ちはわからないというよりほかはない。

「とにかく、もう少し待っとって御覧じまっせ、そのうち、はっきりした返事ばするかも知れんたい」

蘭館の会食

十八

音ばかりで姿が見えないとお花さんがうっかり口を滑らした屁のような噂の蘭船二艘というのが、目のあたりに長崎の港へあらわれる時が来た。

もっとも、本当の蘭船ではなく、唐船に荷を托して持込まれたので、積荷といってもほんの旱魃に霧雨が降ったようなもので、殊によったら、かえってあとの苦しみに悩むもとなるようなものだった。

（まずまず当分、本当の蘭船が入って来るあてはありますまい。和蘭本国はそっくり仏蘭西国領になったり、バタビヤその他南洋蘭領はあらかた英国のものになってしまったのだから、世界広しといえども、出島のおらんだ屋敷こそ、たったひとつの和蘭国旗の樹《た》て場所なのだ）

おまけに、こんな忌まわしい消息をさえ、この船は甲比丹の耳へ齎《もたら》したのだ。

「どうぞ嘘であればよいと思いますが」

長崎会所からは通詞をよこして甲比丹に見舞をいった。

「大丈夫です。たとい本当であっても、和蘭は必らず持直す時がきます。英国にしても仏蘭西にしても西班牙、葡萄牙、皆、よその国の持っているものを奪いとることばかり企てる国ですが、和蘭に限っては、まだまだ他国の土地を一寸たりとも奪いとろうとしたことはありません。この点は日本国もそうです。人のものを奪う人は、一時目的を達することがあっても、やがて、おのれの力に負けるか、敵が盛りかえしてやっつけに来るかして、とりかえされてしまいます。我がものも渡さず人のものも取らないという立派な気持ちさえ持っていたら、国は何千年でも滅びるものではありません」

甲比丹は真剣に信じているらしい。

今夜は代船でやって来た澳門《アモイ》仕立の唐船船頭や荷主たちを蘭館へ招待して、会食をすることになっていた。

随分久しぶりの会食なので、お相伴に呼ばれている長崎会所の町年寄たちをはじめ、五ケ所衆も一人の不参者もなかった。西役所からも五、六人ほどの役人が来ていた。

「丸山の芸妓衆ば寄附しましょう」

会所の衆からそういう好意を寄せてくれ、蘭館出入りの商人たちに丸山のおいらんを寄贈するということにもなった。

お料理は前日から会所であつめて蘭館へ持込み、此の港で一番の料理人といわれた大砥石という親方が蘭館炊事場に大きな板を持込み、弟子の洗い方や、煮方をつれて来て特に長崎風のしっぽく料理をつくることにした。

「唐人船に代船ばしてもろうたけん、特別に冬至のぜんざいもちばつくることにしました」

出島の向う岸の江戸町の名主さんがしるこの大鍋を持って来させた。

十二月の冬至には、唐人館でも唐船でもおだんご入りの汁粉をたべる習慣があった。今は十月だから二カ月もくり上げることにはなったが、それでも縁起を祝うのによい思いつきであった。

「お花ちぃもそこに坐って食べまっせ」

会所の高木清左衛門がいった。

「うちは、あっちで頂きます」

お花さんは今日こそ、朝から蘭館の中をかけまわって、目まぐるしいほど働いている。昼間の間は襷かけで裾まではしょって、あねさんかぶりの姿が縦横無尽にとびまわって見えたが、日が暮れると、如何にも小ぢんまりと身だしなみよく、お座敷へものなどを運んだ。

「いくつになったとかい」

高木が無理に引きとめて、お花さんをしげしげと見た。

「もう来年は二十でございます」

「そんげんなるばいね。そろそろ花嫁さんたい」

高木清左衛門をおしつけるように、薬師寺次郎左衛門がいった。

「もう、嫁入り先はきまっとるとじゃ」

「ほう、それは初耳ばい、どこのおかっさんじゃろか」

「ははは、きまっとるじゃろ、お花ちぃ」

「知りまっせん」

お花はどんどん逃げ出してしまう。

「ほんなことかい」

「ほんなことさ。通詞の末永さんのお嫁さんに、もうじきなるとじゃろ」

何人かいた人たちが一斉に薬師寺を見た。少し隔った椅子にかけているヅーフまでが、目を輝かして薬師寺を見た。

こうした場景になっているところへ、何の気なしにお花さんがぜんざいの口なおしにお煎茶を淹れて持って来たので、皆の目が、今度はお花さんひとりへ集まった。何となく、けしきばんだ様子を、お花さんが感じないわけはない。

いそいでお茶をくばり、いそいで逃げ出そうと思ううち、急須の蓋をとり落としたりしてまごつかされてしまった。

「よう、末永さんの奥さん、しっかりしっかり」

人のわるい薬師寺が好い年をしてはしたないことをいった。

「ちがうと、ちがうと、ちがいますばい」

身もだえをしてお花さんは薬師寺に迫り、薬師寺は図に乗ってからかった。

「ちがわんちがわん、たしかに末永さんの奥さんたい」

「打ちますばい。そんげんいじめると」

袂をふりあげる。

「ははは、御免々々」

薬師寺はひややかに袂をはらいのけた。

例によって、一目散に逃げ去って、お花さんはそれきりあらわれなかった。

もっとも、そのあとは会食がはじまり酒が出て、芸者たちが座敷を斡旋したので、お花さんがいなくてもすんだことはすんだのだが。

十九

皆酔ってかえった。

「甲比丹、しっかりやってくれまっせ。たといあなたの本国にどんげんことがあろうとも、長崎のもんは決して薄情なことはせんけんのう。ほんに安心しとりまっせよ。いぎりすがどんげんあばれまわっても、出島にだけは指一本ささせんけんの」

酔った勢いでくどくなって、こういう風の慰め言葉を会所の人たちは口々にくりかえし、ヅーフの手を握ってふりまわしつつかえって行った。

ヅーフも同じように手を振っていた。

「頼みます、頼みます」

中にはこんなことをいう人もあった。

「四年前康平社様（松平図書頭のことを長崎の人はそう呼んだ）が命がけで幕府へ諫言してくれなはったけん、これからは、もう、長崎の警護はちゃんと出来とりますもんね。肥前様でも、筑前様でも、大村さんでも、もう二度と再び、間ぬけなことはせんもんね。なあに、町年寄の力だけでも、一晩や一昼夜ぐらいの防戦は出来るとですばい。何しろ、安心しまっせよ」

強がりを並べたててゆく人よりも、黙って甲比丹にお辞儀をし、甲比丹の目をじっと見つめてかえる人も随分多かった。そういう人こそ本当の頼もしい人たちだった。

外国人と日本人というよりも、同じ長崎人同士という親しみが蘭館と会所、蘭館と役所、さらに蘭館と長崎の人たちの間には、日一日と深まさって行った。

「うれしかね、ヅーフさんが、今夜こそ、本心から打解けてくれなはったけん」

大通詞の楢林は、五茄酒の盃をヅーフにすすめ、自分もつづけざまに飲んで、ヅーフの両肩をしっかり抱くように両手で支えたりした。

「打解けます、ほんとに打解けます。ほうら、ここに、こういう人の居《お》んなはるけん真底打とけますたいね」

ヅーフは身近に居た丸山の花魁の手をとって自分の膝の上へピシャピシャ叩きつけながらいった。ヅーフがこんなに酔ったことは恐らくはじめてであったろう。

例の麻袋の筒袖を着、絨緞の雪踏の靴を穿いているという奇妙な風俗だった。

客が皆かえったのは亥の下刻に近い頃で、料理場も奇麗に片付き、広間もあら方片付いてしまうのを見はからってお花さんは自分の部屋に用意しておいた水のみコップや水さしを持って、ヲップルさんの部屋に行った。

ドアをコツコツと叩いたことは叩いたのだが返事のあるなしに拘らず、入ってゆくのが普通なので、その時も、つかつかと入った。

ランプが細くともり、中はしんとしている。ヲップルさんは寝台へ入って他愛もなく眠っており、そのそばには丸山の花魁がうしろむきになって腰かけているところだった。

お花さんはびっくりして水さしをお盆ごと放り出すように置き、あたふたと、自分の部屋へ、逃げ出してしまった。丁度、お花さんが慌ただしくヲップルさんの部屋をとび出した時、出あいがしらに廊下でぶつかったのはホウセマンだった。

「これこれ、子供はそんなところへ入っちゃいかんばい」

ホウセマンがむつかしい顔をしていった。

「子供じゃなか。もう一人前の大人ですばい」

どういうわけか、お花さんはむきになって、ホウセマンを睨みかえした。

「ははは、これはこれはお見それしました。立派な大人ですか。それではホウセマンの部屋までちょっと来てくださらんせ」

ホウセマンも酔っていた、足もとがふらふらするくらいで、わざとらしくもなくお花さんにしなだれかかった。ふりはなすように身をかわしてお花さんはどんどん自分の部屋へ行った。引っぱずされたホウセマンは床で足をとらてれてけたたましい音を立てて打倒れた。その物音でヅーフは目をさましたのだろう。

「水、水」といった。

軽い着物に着かえ、頭のかんざしやびらびらをとり去って身軽な姿になった花魁がすぐに水を差し出した。

「いつの間に、だれが持って来たとか、ちっとも知りまっせんでした」

そんなことをいいながら、甲比丹のあたまの毛の乱れに櫛の歯を入れてやる。

「お花さんが……」

うっかりいって、ヅーフはハッとした。いつも寝間へ水を持って来てくれるのは、お花さんの役目のひとつだった。きょうも、いつもの通りにお花さんが持って来てくれたとすれば変わった寝間の様子を、あの子が見たに相違ない。

酔ったとはいえ、迂闊なことをした。ヅーフはたまりかねて、水を飲みさしたまま、ドアを排して廊下へ出た。

廊下はもうひっそりしている、どの部屋もどの部屋も暗くなっている。

「スワルトヨンゴ、スワルトヨンゴ」

ヅーフは呼んだ。それも寝たらしい。どこにもだれからも返事はなかった。

軽く口笛を吹きながら、甲比丹は部屋へ戻った。

「お花さん、寝たらしいです」

「そうでしょう。だれもかれもおやすみなはったでしょう。あなたもよう眠りなはりましたね」

「あんた、起きておったのですか」

「はい」

「なぜ」

「どなたも寝ろと仰しゃらんですもの」

ヅーフは目を見ひらいて、女を見た。寝ろと仰しゃらんから起きているとは、何という律儀な気持だろう。

「それではおやすみなさい」

「はい。ありがと。ほほほ」

「ははは」

枕もとの卓子からヅーフがたばこをとると女が火をつける。一服吸いつけて煙を吐きながら、ヅーフは相手を見なおした。

「あなた、名前は」

「京屋の瓜生野《うりゅうの》と申します」

「瓜生野さん、瓜生野さん、そうですか。生まれ、どこですか」

「長崎でございますすげな」

「よく知らない」

「はい、幼少の時から両親に死なれましたけん、お祖父さんとお祖母さんに育てられました」

「ほう、気の毒な、両親そろっておらん人、まことに気の毒です。それで、両親そろうた人というのも、なかなか少ない」

「甲比丹はお国を出てから、随分におなりなはりますすげなの」

「本国を出てからは大変です。長崎に来たばかりでも——」

「お国のこと、ご心配でございまっしょ」

「あんた、私の国のこと、知っておいでか」

「はあ、ようわかりませんばってん、長崎の人たち、皆んないいよりなはります。英吉利が憎らしかって」

「ありがとう、それをいって下さるだけでもうれしい。――ああ、私、酔いました。坐っている苦しか」

莨《たばこ》は半分にしてヅーフは寝間へ横たわった。

「夜がふけると冷えます。もう十月も半分すぎましたけん」

瓜生野は甲比丹を寝かしつけて、夜具の四すみをとんとんと叩いた。

「そうだ。うっかりしていると、また、起きておるとでしょ。ははは、あんたもおやすみなさい」

「はい、ありがとうございます」

瓜生野は折目正しく両手をついた。

二十

翌朝、お花さんはいつもより寝坊をした。六つ半という時刻であったろう。洗面場へ行くと、そこにゆうべの丸山の人が来ていて、顔をあらっているところだった。

「おはようございます」

向こうから丁寧にお辞儀をされたので、お花はきまりがわるく真赤になってあたまをさげた。

「ゆうべ、水さし、あんたが持って来ておせつけたとですか」

「は」

「お世話さまでございました。私、ぼんやりしておって」

「ヲップルさん、起きなはりましたか」

お花は聞く。

「まだでございます。よう寝入っとんなはるとです」

「お起きなはったら、紅茶ばいれてあぐるとです、それから御飯の前に果物ばあぐるとです。私の部屋に来ておせつけまっせ、何もかも用意してありますけん」

「ありがと、これからすぐに」

お花が手ばしこく顔を洗うのを待って瓜生野はお花の部屋へ行った。

小さいが奇麗に片付いており、そして、ひと通りのものが揃っているのを、感心して眺めている。

「見なはりますな、恥ずかしかけん」

お花は瓜生野にはじめから好意を持っている。瓜生野に限らず、丸山から女たちが来ると、親身になって世話をやいたり面倒を見た。大概の素人は丸山の女たちをそらぞらしく扱いたがるので、お花さんの親切ぶりはひどく目立っていた。

「お花さんと仰しゃるでしょう」

「はい」

「おうちのことは、丸山の人、大概知っとりますばい。出島にはお花しゃまのおんなはるけん、ほんに助かるばいって、皆、いいなはります」

お花は自分のよい噂を真っ向から聞かされたので、えり首まで赤くなった。

「ヘイ、お待遠さま」

手ばやく持って行ってもらうものをひと通り渡すだけ渡すと、追いまくられでもする心持でおのれの部屋に戻ろうとする。

「おうちも遊びにおいでまっせ、二人だけで居ると、おかしかもん」

瓜生野はすすめた。

「あとからいきます」

聞き流そうとするお花を熱心に呼んだ。

「ぜひとも今、一緒に行きまっしょ」

両手にものを持ったままで、お花さんのゆく先をふさぐようにする瓜生野の、如何にもものやわらかな、そして素人っぽい態度にお花さんはまごつかされた。

「お花さんを呼んでください」

ヅーフはその部屋で瓜生野にいった。瓜生野のうしろからお花さんが入って来るのを見て、今度はヅーフがひどくまごついた。

「三人で食事しよう。お花さんはこっち、瓜生野はそこ」

ヅーフは甲斐々々しく自分で立って、二人のために席を設ける、二人は二人で、ヅーフのためにお膳立をした。

三人仲良く食事をはじめたが、どうしたことか、お花さんがいつもほど賑やかでなく、ヅーフがいつもより何かにつけて言葉数が多く、二人へのおとりもちがよかった。

「もうじき寒うなりますばい」

瓜生野は、何しろちくはぐになりがちの坐敷を取りつくろうという心持らしい、愛想らしくもない愛想をいったりした。

「梅園の菊、咲いたか」

ヅーフがいう。

「そうそう菊が満開です。丸山においでまっせんか。皆で大事にしてあげますばい」

瓜生野がやっと話のつぎ穂を得た。

中島川の菊もよかろうし、準提観音道のもみじ、茂木木場《もぎこば》の松茸狩もおもしろそうだなど、三人の間にいろいろ長崎近郊名所や、秋の行楽ばなしがくりかえされた。皆がいろいろの遊びどころを思いのほかよく知っていることに、お互い驚いた。

「こんげんことばいうだけでたのしみですたいね」

ヅーフは苦笑いをする。

「ほんなこと、三人が三人とも、あそこがよか、ここがよかって、知っとるだけで、皆んな行かれん人ばっかりのけん」

瓜生野も微笑ましげにいう。

瓜生野は丸山という籠に入った鳥であり、ヅーフはおらんだ屋敷という檻に入った異人であり、お花さんだけが、どこへなりとも気ままにあるける身体ではあったが、これも亦合の子ということが、世間を狭めている。

三人の言葉はちょっとの間途切れて、部屋の中がしんとなったとき、かすかに三味線の音が聞こえはじめた。三人はまた別の意味で耳をすました。地唄の三味線らしい、穏やかに、ちょうど、渓川の水の苔むした巌の上を滑るが如く流れる、そういう風なしずかさで、区切り区切りに聞こえて来る。

「ゆうべの黒ン坊さんでしょう」

瓜生野はいった。

ゆうべ宴たけなわになったころ、ヅーフが特に黒ン坊を呼んで注文を出した。

「わすれましたから、旨くいきません」

黒ン坊はしきりに辞退していたが、結局、三味線を持出し、立派な身がまえで弾きはじめたのであった。

奉行所の人たちも、会所の人たちも、そしてヅーフも唐船の便乗客も、悉《ことごと》く驚嘆した。ヅーフの前のワルデナール、その前のヘンミー甲比丹が殊のほか三味線を好きだったのでわざわざ内島勾当（三味線の妙手）を呼んで、まず自分に稽古して見ようとし、とても出来そうにないので黒ン坊に覚えこませたのだった。リュベンという男とバンシャルという男、二人の黒ン坊だった。器用と熱心に任せて、稽古をはげむほどに二人とも立派に三味線を弾くようになった。

バンシャルなどは、内島勾当うつしで唄まで唄いこなした。

花も雪も、はらえば清きたもとかな、
ほんにおもへばむかしの、むかしのことよ、
わがまつ人もわれをまちけん、おしのほとりにものおもひ羽の、

凍るふすまに、なくねもさぞな……

こうした味な文句が、どうかすると、出島屋敷の高塀の中から、奇妙な節と、奇妙ななまりとで、和やかに洩れて来たりするのを、江戸町あたりの人は、しばしば聴いた。それが黒ン坊の手すさびであると知った時に、長崎の府内で、どんなに評判したことか。今、バンシャルの方は死んでリュベンだけが残っている。

ゆうべはそれを甲比丹がよび出してやらせたのであった。

「リュベンさん上手ですね」

瓜生野は首をかしげて三味線の音色に聞き惚れている。

「私ゃ、評判ばっかりで、ほんものははじめて聞いたとです」

お花さんも感心した。

「ゆうべは、あの通りに渋ったくせに、きょうになったら自分から好い気になって弾きよります」

甲比丹がいう。

「ほんなこと、ゆうべは私が三味線ば弾きまっせって、いいに行ったら、リュベンは真青になったとですばい、どうしてじゃろうか」

お花さんが聞いた。

ヅーフはそれについて面白い話をした。

バンシャルもリュベンも、三味線の稽古をおぼえ込んで以来、面白くなって、ともすれば丸山へ出かけ、内島勾当をだしぬいて、芸者たちに稽古をつけてもらったりした。芸者たちもまた、おもしろがって親切に教えこんだ。

「あんまりしげしげ通ううち、丸山の女郎衆に惚れてしもうて、このお屋敷ば逃げ出したとです」

甲比丹がそういった時、瓜生野もお花さんも、膝を打ってうなずいた。

「うん、そのことなら、知っとる知っとる、出島屋敷ば逃げ出してから、港にいた船の底にへばりついて、五、六日もかくれておったとでしょう」

「そうだ、食わず飲まずで海の中に半びたりになったもんのけん、苦しうてたまらずに町に出て来たとじゃ」

「そんげん惚れなはったとじゃろか、頼もしかねえ」

瓜生野が感心する。

「そして、どうなりましたか」

「ひょろひょろして出て来たところばつかまえたとじゃ、そしてそのまま出島に返されたとじゃ、話はそれですんだばってん、バンシャルの奴、とび出す時に、私ゃ死にますって、はっきり書いた書置をおいといたもんのけんそのくせ、死んだ様子もなかったとで、本人がいよいよ出て来るまでは、随分大騒ぎじゃったもんね」

「それで命は助かったとですか」

お花さんは我がことのように心配している。

「うん、命は助かったばってん、やっぱり寿命のなかったとじゃろ、間もなく死んだばい」

「それで、リュベンさんも、自分に死ぬ番でも来ると思うて、青うなったとたいね」

甲比丹は手を振った。

「いや、それればかりじゃなか、バンシャルがよほど未練ば残したと見えて、その後、出島屋敷に黒ン坊の幽霊の出るという噂まであったとじゃもんね。それでリュベンの奴、怖ろしかったとじゃ」

「あッ、だまって、あんげんよか声ば出しよります」

瓜生野は耳をそばだてる。まことに、くせはあるけれど、美くしい声だった。錆さえあって、律の音の高い、味のある声が刻々に高まさった。

——おつる涙のつらよより、
つらき命は惜しからねども、
悲しき人は罪ふかう……

三人はじっと耳を傾けた。

阿蘭陀冬至

二十一

十二月に入ると、出島屋敷は、阿蘭陀冬至の支度で忙しかった。唐人館の冬至の賑わいはいうまでもない、それほどでもないが、阿蘭陀屋敷も、小ぢんまりと冬至の祝いをして盃をあげることになっていた。

唐人館の冬至には、不断の出入り方はじめ唐人役人も、長崎会所も皆ご招待で、あらゆる掟のゆるす限り、夜をこめて賑やかすことになっているのだが、おらんだ屋敷では人を呼ぶほどではなかった。

それが今年は、特別に、末永甚左衛門だけは来てくれるようにと、甲比丹から耳打があった。

「お花ちぃも一緒に行こう」

ちょうど母のところへ来てくれたお花に末永はそういった。

「うちゃどうしゅうか知らん」

お花が渋りながら、およしの顔を見る。近ごろは、お裁縫の稽古をしたいというので、時折およしのところへ来ており、それに、ああまで入りびたりにしていたおらんだ屋敷にも滅多に泊まらず、狭くるしい江戸町の裏長屋に閉じこもって、昼間だけしかおらんだ屋敷には行かなくなっている。

「考えんちゃよか、来まっせ来まっせ」

末永は気がるにすすめ、およしもすすめた。

「何と思うて、甲比丹は今年に限っておらんだ冬至のご招待ばしなはったとじゃろか」

およしはいった。

「ちっとわけのあるとたい」

末永が様子ありげに笑う。

「わけというと——」

「もう少しの間いわれんという話じゃ」

「甲比丹に聞いたとですか」

「いや、甲比丹はひとこともいいなはらんさ」

「そんなら、どうしてわかったとですか」

「あるところから聞いたと、いずれ話す時の来ればすぐ話すばってん、今のところではいわれん」

末永がそんないい方をして思わせぶりらしく、にやにや笑うのは珍しいことだった。母のおよしまでが気もちを悪くした。

「お花ちぃ、もう聞きますな」

「末永さん、お母しゃままで気持悪がりなはるじゃありませんか」

お花は末永の膝をゆすぶった。自分から口をすべらかしたことが、こんな面倒をおこしたのについて末永は苦しそうだった。

「甲比丹にお目出たのあるとげな」

とうとういってしまった。

およしもお花も目を丸くした。

「お目出たって何じゃろか」

およしがいう。

「お目出たはお目出たさ」

「御祝言」

お花はもっともらしくおすましの顔になった。

「だれと」

末永が問いかえすと、お花は無造作に、

「おようしゃまと」

「およしゃま」

今度は末永が目を見はり、およしが眉をひそめる。

「およしゃま知んなはらんですか。丸山の瓜生野さんのことたい」

京家の瓜生野は丸山での呼び名で、まことの名は土井およしという由を、お花さんはいつの間にか聞き知っている。

丸山の女がおらんだ屋敷へ入るのは三日間を限りとしてあったが、三日目毎に切りかえをしさえすれば、幾日でも入っていられることになっていた。瓜生野が入る前に、ヅーフの相手として引田屋のいろは、そのほか園生、此瀧などという女が入ったこともあった。しかし、ヅーフは大概の紅毛人がするように、丸山女をあまりしげしげとは呼ばなかった。今度の瓜生野だけは今までの仕来りと全然ちがっていた。

三日の切りかえをあとへつづけ、さらに三日、また三日とつづけて、出島乙名を不思議がらせるほどの有様だった。今お花さんが御祝言じゃろといっても、格別不思議ではなかった。

「まさか、丸山のおいらんばお嫁さんにもらうわけにもゆくめぇ、何しろ、相手が甲比丹じゃもんね」

およしはあたまから聞き流したが、末永は笑わない。

「祝言はせんでも、おようさんなら、おかみさん同然たい」

「およしゃまが、ヲップルさんのお内儀さまになんなはれば、ほんに、よかお内儀さまばいね」

「お花さんは、どういうわけでおらんだ冬至に行かんとかい」

末永が問題をもとへ引戻した。

「わけはなかばってん……」

「この頃、出島にも、あんまり行きよらんじゃろ」

「へ」

「どういうわけで」

「わけはなかと、ただね——」

「ただね……」

「何かしらんばってん、邪魔になろごたるけん」

ぷっつりいい切ったお花を末永が偶然ふりむいたとき、お花は真赤になっていた。

「邪魔になんぞなるもんですか、どんどん行っておあげまっせ、行かん方がかえっておかしかですばい」

およしはとりなし顔にいう。

お花はこっくりこっくりしていたが、おとなしく末永へ向き直った。

「そんならつれて行っておせつけまっせ」

二十二

おらんだ冬至という名を仮に呼ばせてはあっても、それは冬至に何のかかりあいもないことだった。

毎年十二月二十五日、とりも直さず、クリスマスの祝い日なのだが、切支丹禁制の国の一隅にあって、出島屋敷という限られた区域で、交易だけをゆるされている異国人としては、耶蘇の降誕日をさえ、表向には祝うわけにゆかなかった。いつのころから、だれの思いつきで、これを仕来たりにしたか、唐人屋敷の冬至と月も日も相近づいているのを幸い、冬至祭りと名づけて蘭館在留の異人たちだけが、こっそりおまつりをすることになっていた。これはちょうど、観音様のお姿にまぎらわしい聖母マリヤ様を、この宗旨の人たちが、ひそかに祀っているようなものだった。

「おめでとうございます」

ドアの外から随分威勢よくよびかけてお花はヅーフの部屋へとびこんだ。そこにはおようさんとヅーフがさしむかいに腰をかけて日本風の将棋をさしていた。

ちょうど彦山を窓際に見る部屋であり、何年か前にはお花さんがお月見団子を供えたり、おせちのものをあげたりしたそれと同じ部屋であった。ヅーフお花さん合作の出たら目道中すご六を遊んだのもここだった。

「やあおめでとう。随分顔を見せなかったね」

ヅーフが愛想よくいった。

「そうでもありません。三日目ですから」

お花さんは軽く答えたて、瓜生野のそばへ行った。

「ヲップルさん、将棋出来なはっとじゃろか」

「お上手ですよ」

「いつの間に、おぼえましたか」

「きょうで三日目じゃ、桂馬のあるき方が、むずかしかです。ほかの駒はやさしいが」

「やめずにおやんなはりまっせ」

お花が少し身を引いて、おようのうしろ斜めにおように近く椅子を持って来た。

「ちょっと待ちたまえ、勝負ばつけてしまうけんの」

ことさらにヅーフが断りをいって、盤面に向かった。

何となく、丁寧な言葉づかいになり、よそよそしいほど行儀のよくなったお花さんを、ヅーフの方でも、同じ程度で丁寧に扱う気味があった。二人とも恐らく同じようなさびしさを感じていたにちがいない。

「今じき、末永さんの来なはります。銅座のお宅は私と一緒に出たとばってん、西役所に御用のおあんなはるげなけん、私に一足先へ行っとりまっせといいなはった」

将棋盤をのぞきつつ、お花はおように向かっていった。

「一緒じゃったとかい」

ヅーフが手をやめて事々しげにお花を見た。

(やっぱり来ない方がよかったんだ。ヲップルさんの目の中に私を邪魔にする様子がちらついている)

お花さんはそういう風に感じて、ものはいい得ず、ただうなずいて見せる。

(末永さんがさそいなはったとがいかんとじゃもん。いや、さそわれたにしても、私が来なければよかったとじゃ)

そんなことをムキになって心でくりかえしつつ、この部屋にじっとしているのは辛かった。

「おようしゃま、ぜんざいもちばしてあげまっしょか。いま来がけに島原町で餅ば買うて来たとです」

汁粉つくりをきっかけに、この部屋を出るつもりだったが、おようは手をふっていった。

「ぜんざい餅はもうしかけておきました。少しあったためればよかとです」

「そんなら温めて来ます」

とにかく、部屋を出ることは出た。

勝手はわかっている。いつもの炊事場で、いつも通り、たすきがけになって、お花は鍋を七りんにかけた。大きな異人風の竈が出来てはいるのだが、汁粉やお惣菜の小鍋立はやっぱり日本風の台所が手軽でよかった。一方に餅をあぶり一方に鍋を煮立たせしつつ、お花は考えた。

この前、ヲップルさんのところへ丸山から来た此瀧さんは、朝から晩までお顔の手入ればかりに浮身をやつして話をしかけても笑っては損だという人だった。その前の園生さんはほんのちょっとだったので、よくはおぼえない。いろはという人は、如才なく話をする人だったが、おしゃべりをはじめると何時間でもだらだらだらだらと話がつづいて逃げるのに困った。

前の二人にくらべると、今度のおようさんは、言葉数は少なく、親切ではあり、人柄も正直そうで点の打ちどころはないのだが、それでいて、何だか打解けられない。

（なぜだろう、なぜだろう、ちっともいやな人ではなく、いっそ好な人なのだけど、なぜ打解けられないのかしらん）

いろいろくりかえして見たが、しょせんはなぜだかわからない。

「だれかとお祝言の約束ばしたことあるとですか」

ある時、末永のお母しゃまに聞かれたとき、お花はかっかとのぼせるほど顔を赤らめて首を振りつついった。

「そんげんことがあるもんですか」

真剣にそう思っていったのだが、そのくせ目の前にちらと浮んだのはヲップルさんと末永の顔で、互いちがいにあらわれては消え、あらわれては消え、目まぐるしいくらいだった。

(私はヲップルさんと末永さんを同じくらいに好きなのだ。好きなことは好きだが、いよいよとなれば、ヲップルさんは、やがて本国へ帰ってしまう人だし、甚左さまは長崎生えぬきの人だから、末永さんのお内儀さまになりたいのは山々だが、それでいて、末永さまのお母しゃまに聞かれると、ただあてもなしに待てしばしをいいたくなる)

その心持がわからなかったのだ。

(いったい私の本当の心はどういうことになっているのだろう)

そんな風に考えなおす時もあった。

(めんどうなことをいっていないで、ただハイとだけいうおうかしら、そうすれば、みすみす果報が自分を待っているのに、私はどうしたというのだろう。素直に「ハイ」というひとことがどうも出にくい)

煙が目の前にむせかえるほど立ちのぼって何やら香ばしい匂いが鼻をついた。

(どこかで、何かを焦がしている)

お花さんはそんな風に思いつつ、もし末永さんのお嫁さんになったらということを考えて見た。

（末永さんはきっと出世をなさる人だ。人柄がまじめで、親切で、ものがよく出来て勉強家で、いつぞやフェートン号の時だって、通詞さんも役人さんも船頭さんまでが、総撫でにお咎めを受けた中で、たった四人だけ立派な侍だったといって褒められた、その中の一番に数えられたのは末永甚左衛門だった。なくなったお奉行さまだって、末永さんを特別に可愛がって、今度のお奉行さまも、末永さんびいきだし、それにヲップルさんだって何かにつけ、末永さんを……）

「お花さん、大変大変、何ば寝ぼけとるとですか」

突然、耳のそばでスワルトヨンゴの声がけたたましく響き、お花の目の前に、黒ン坊の手が、顔が、目まぐるしくあばれまわった。

びっくりして我れにかえったお花さんの前には、お汁粉に入れる餅が、消炭のかたまりのようになっていた。

「ほほほ、ほんなこと、うちゃ馬鹿じゃったねえ」

お花さんはげらげら笑いがとまらなくなった。

二十三

末永が来て、四人で汁粉を食べたあと、久しぶりで辞書つくりの仕事をしようという話が出て、末永とヅーフは書斎の方へ行った。

「きょうはおようさんと遊んでやりまっせ」

ヅーフがお花さんにいったので、お休みということになった。

台所へ二人が入って、食べものの始末をしたあとで、お花さんはいつもの彦山の見える部屋へおようさんをつれて行った。

「ここが一番好きです」

そんなことをいいながら、お花は窓際へ二つの椅子を据えた。椅子のクッションもこわれて、針金のぜんまいがコツンコツンとお尻をつついた。

「はよう船の来にゃいかんですばい」

お花さんがいう。

「甲比丹の靴でも洋服でも、あなたがつくんなはったとげなね」

おようは目を丸くしていう。

「ちがうと、末永さんのおばしゃまのつくりなはったと」

「あら、甲比丹はあなたがつくったといいなはった。何でもようしてくれるし、よう気がつくし、ああいう娘ばお嫁さんに持つ人は一生の仕合せじゃと、ホウセマンもいいなはったし、シキンムルもいいなはった」

およう はお花さんを見つめている。お花さんはきまり悪くなって話をそらした。

「甲比丹、きょうはお祝いのあるといいなはった、何のお祝いじゃろか」

「甲比丹のいいなはりましたか」

「末永さんから聞きました」

およう は黙ってしまった。お花もそれ以上ほじくっては悪い気持がして、これも黙り込んだ。ふとテレくさい目を上へあげると、窓のかまちに樅の木の小枝がぶらさがっており、枝には足袋が二足結び下げてあった。

「あんげんところに足袋のぶらさげてある」

およう がいって伸び上がった。

「あれはおらんだ冬至のおかざりげな、いつの年の冬至でも、甲比丹があいう風にして置きなはっと。いつもは、靴下ばぶらさげるとばってん、去年から靴下も何もなかけん日本の足袋にしなはったとです。二つあるけんひとつづつ分けまっしょや、何か入れてあるじゃろ」

お花が窓に乗ろうとした。窓の下は石だたみになっているので、もし踏みはずしたら大変だと、およう が止めた。

「私がよかことば考えました」

そういって、椅子を窓際へ引きよせ、椅子の上に立って見たが、少しのことでとどかない。椅子の上へ何か乗せようにも、針金がでこぼこで、すわりが悪い、あれこれと考えた末みかん箱をお花が持出して来た。椅子の凸凹へかぶせかけるようにして乗せると、およう
がそろそろとその上へ乗ろうとする。お花も乗ろうとしたが、結局お花の方が箱を押える役目になった。

今およウが、椅子の上でそろそろ立上ろうとした時、扉を押して入って来たのは末永だった。

「ア、いけませんいけません、そんげんことばしてどうなるもんか」

とびかかるようにして、椅子のそばにゆきおようをどかして自分が椅子に乗った。

「さすがに男ばいね、背の低かごたるばってん、末永さんの方が、うちたちよりよっぽど高かとばい」

お花は感心したように末永のそばへ並んで立った。

およウが前へまわって眺める。

「大分高かばい。二寸ぐらいもちがうかしらん」

およウはいった。お花は末永の肩と自分の肩と見くらべて見たり、手で肩にさわって見たりして、

「末永さんは痩せぎすのごたるばってん、骨はちっとも出とらんね」

そんなこともいった。

「剣術の出来なはるけん、肩っぷしの強うなったとですばい。よう似あいなる、二人そうしておりまっせ、動きますなよ。甲比丹ば呼んで来るけん」

おようがいそいで出て行こうとする。お花は真赤になって、末永が今窓がまちから下ろした樅の木の枝を引ったくるようにして部屋の隅へ行った。

「針に花かんざしに、ハネハネ」

お花は白足袋の中からそうしたものを引っぱり出した。

「こっちの足袋は半衿に、帯どめに……」

おようも足袋の中からいろいろ引っぱり出して、数え上げた。

おらんだ冬至という名でクリスマスを祝うのだから、従ってクリスマスプレゼントということをするのもわかるし、クリスマス祭りにもこの屋敷のおらんだ人たちだけが、ほんの心ゆかしに祝いあうのだった。

「お花ちぃもおようさんも、甲比丹にお祝いばいいまっせ。これはマリアさまのお祝いのけん、そのつもりでね」

末永は声をひそめていった。

「うちは知っとる、クリスマスというとでしょう」

お花はちゃんと知っていて、うっかり大きな声を出した。

「これ、そんげん声ば出すと、磔刑《はりつけ》になるばい」

女たちはちょっと顔色をかえて、目を見張った。

「この木は片付けてお置きまっしょか」

およう がそういいながら、再び椅子に乗ろうとする、末永は引おろすようにして、自分がそれに乗った。もっとも贈りものをはずした後の樅の木を大事にとっておくこともないので、椅子に乗るのはやめつつ、おようにいった。

「必らず、高かところに上りますな、そしてあんまり手ば上へ上げんごとしまっせよ」

懇々と教えるように。

「はい」

おようが素直にうなづくと、末永はお花にむきなおった。

「お花ちぃ、おようしゃまは赤しゃんの出来なはったとですばい」

末永の言葉をお花は何と聞いたのか、部屋の隅の卓子の上に、足袋の中から出したかんざしの箱をおき、その前へあねさま人形を立てかけたり、花かんざしをかざったりした。

おようも、心持ち顔を赤くしつつ、お花のそばへ自分の足袋からあねさま人形を出して置きならべた。お花のは、ももわれや、結綿島田《ゆいわたしまだ》の人形で、おようのは丸まげや島田になっていた。

お花は自分のそばへおようが来て、自分と同じようにあねさま人形をならべているのを見たら、急に思いついたように向き直り丁寧にお辞儀をした。

「おようしゃま、おめでとうございます」

二十四

文化十年（一八一三）のお正月が来た。末永は松が取れる間じゅう、御年始まわりや、お役所の仕事はじめやら、神詣でやらでいそがしく、おらんだやしきへも、ざっと十日ほど顔を見せない。

お花はおらんだ邸があんまり淋しすぎるからというので、暮からずっとここに寝泊まりすることにしていた。

「末永さんが何かいいましたか」

甲比丹は、お花の目もとを盗み見しつついった。おようも、暮に丸山へかえって、春はまだ出て来ていなかった。二人きりで、ぼんやりしていられないので、辞書つくりをぽつぽつとつづけているのだった。

「何のこと」

「私のこと」

「甲比丹のことって」

「わたしのおかっさんのこと」

「あ、およしゃまのことですか。そのことなら知っとります」

「もうひとつ、話ば聞きましたか」

「い、え」

「おかしかねえ、たしかに話すごというておいたとに」

甲比丹はちょっと思案したが、お花がほんとうに何も知らないので、思い切って語り出しはじめた。

お花も今年は二十になるのだし、末永だって二十九歳といえば、相当の年齢だから、二人ともいつまでも独りものでいられるものではない。お互いに気心もわかっているし、似あわしい間柄だから、いっそ二人が祝言をしたらどうだと、甲比丹は末永に切り出したのだそうだ。

「末永さまのお母しゃまは、はじめからそれを望んでいるというのだから、まことに好都合と思うとる。いっそのこと、本人同士で話し合ってみたらどうだというたことじゃったが」

ヅーフはお花を見つめた。

お花は他人事《ひとごと》のような気持しかしなかった。

「母さんはどういいなはったとですか」

「無論、よかとじゃ。お母しゃまもよか、末永さんもよか、お花ちぃの心持だけがわからんとじゃか、無論よかとじゃろと思う。いよいよそうなれば私も大いに安心じゃが――」

お花さんはぷっつりものをいわなくなった。鈴のような眼を見張って、ヅーフを見つめてばかりいる。

「本当によかことじゃと思うとるが――」

ヅーフは眩しげに眼をそらし、独り言のようにいって雪踏の靴をペタペタと床へ叩きつけた。

かすかに三味線の音が聞こえる。黒ン坊が代船入航以来、癖になってともすれば爪びきをする、その音かも知れない。ヅーフがふりむいて見ると、お花さんはもう目を伏せていた。目ばかりでなく顔を伏せて、長い振袖をあてている。

「お花さん、どうかしましたか」

「い丶え」

「泣いて居るかと思うた」

「ヲップルさん」

「何です」

「私が末永さんのお嫁さんになると、ヲップルさんは安心しなはるとですか」

「無論……」

いいかけてふと気がつくと、お花さんは真向から睨みつけるようにヅーフを見つめていた。

あとの言葉の出方によっては、つかみかかりでもするように、でなければ、だしぬけに隠れてでもしまいそうな、危険な空合いだった。

(いったい、この娘は末永をどういう風に思っているのだろう。決して嫌いではないはずだ。何しろ、心ひそかに末永に恋している、とさえ思われることもある、よし、左程でなくても、決して悪くは思っていないのだ。それだのに、この態度はどうしたことだろう)

ヅーフはそんなことをしきりに考えた。

(多分はこっちの出方が悪かった。このくらいの娘に相談をするような、ものを考えさせるようないい方がいけなかったのだ。ただ手みじかに、こうかああかと即答を促す、――いや、それよりも、こうしなさいと命令する。多少渋っても、躊躇しても、そんなことはかまわない、ぴしゃりいいつけたら、あとはとんとん運んでしまう。それでいいのだ、悪くてもいいになるのだ。そうすればよかった。命令即決、それが一番よかったはずだのに、――)

ヅーフは肚の中で、そんな事をくりかえしつつ、お花さんの眼を見つめた。お花さんの眼が少しづつ、やさしみを含み著しく沾《うるお》いを持ち、やがて、口尻のあたりにかすかな痙攣を起こして来た。

泣きたいのをこらえている。泣きだしたいのを我慢している。――ヅーフにはそれが感じられた。ヅーフの方で今度は胸先へこみ上げる何ものかを感じた。

「ヲップルさん」

女はわっと泣いてその場へ突伏した。

女の気持ちはわからない。女になりかかる娘の心持はなおさらわからない。瞼に溢れ出るのは涙だが、その涙にどんな複雑さが湛《たた》えられているのか。悲しいのか、苦しいのか、やる瀬ないのか、せつないのか、それともうれしいのか、はずかしいのか、くやしいのか。どっちにしたってただの涙だが、恐らく本人にもわからない涙なのだろう。

(とにかく、末永さんと結婚することにしたまえ。私が仲人をしてやる。こんな良縁はまたとないのだから)

ただこれだけを、はじめからいえばよかったのだ。そういう風に思いつつ、ヅーフはしきりに後悔した。今からいいなおしても遅くはない。ただ、簡単にいい渡して、あとはとんとんと取運んでやってそういう風に思いつつ、ヅーフはただ、泣きたおれた小娘をやさしくあわれに見つめている。

（おれはどうかしているんじゃないかしら）

何ものか心の糸のようなものに引きよせられる気持ちで、ヅーフは我と我が身をふりかえった。気がついて見ると、自分の手が、危なくお花さんの突伏した肩のあたりを抱いてやりそうになっている。

「甲比丹」

うしろから呼ぶ声、そこには瓜生野が立っていた。

「およう さん」

ヅーフはまごつきながら、とんちんかんな声で瓜生野の名を呼ぶ。

「末永さんがあなたを探しております」

「今行く、今、すぐにあう」

あわただしく、奇妙ないい方をして、ヅーフははじきとばされるようにその場をのいてしまった。

「おかしな人」

瓜生野はこの場のなりゆきについて、少しも気にしてはいなかった。

「お花さん、唐人餅ばもらいました。一緒に食べまっしょ」

やさしく呼び、お花さんも素直に身を起こす。

末永とヅーフの間には二、三冊の美濃紙判の本が置いてあった。ヅーフはその中の一冊を手にとり一身に見つめており、末永は両手を膝におき固くなってヅーフの目もとをみつめている。

随分長い間、二人はそのままの姿でつくりつけの人形のようになっていたが、やがて、ヅーフは大きな溜息とともに写本をいただくようにして机上に置いた。

「如何です」

末永がいう。声は低いが全身であびせかかるようないい方だ。

「うむ。……」

「好い本だと思いますが」

「どこにあった」

「おようさんのお父さんが持って来たとです」

「およう、おようのお親父さんとは」

「土井徳兵衛さんです」

「ほう、およりは何ともいわんじゃった。何ともいわずに、ただ君が私を呼んでるとだけいうた」

「そうかも知れません。――如何です。そういう本が皆で二十冊あります。皆んな持って来るはずですが、取りあえず見本のつもりで持って来たということです。見つけるとすぐに馳け出して来たとでしょう」

「二十冊もあるとか」

「そうです、二十冊あっても、揃うてはおりません。相当役に立つと思いますが――」

「役に立つどころか、まるで、闇夜に提灯をつけてもろうたごたる。これは大変なもんじゃ」

「役に立ちますか」

「立つどころか、――私はこの本を一生懸命探しておったのじゃ。ハルマの蘭仏辞書じゃ。こんな好い本が見つかったからは、私たちの仕事はどんどん進行する。ハルマの蘭仏辞書、それを日本の言葉に書きなおした本じゃ。ああ、ありがたい。何というれしいことじゃろう。末永さん、悦んでください。ああ、ハルマ、ハルマ、ハルマ」

ヅーフは本を手にとっては押しいただき、とび上るようにしては手と手を揉みあわせ、果ては末永の肩を両手に抱いて、ハルマ、ハルマと叫んだ。

瓜生野の父土井徳兵衛は立山役所の前で道具屋をしている。先代は侍の出でもあったのか、それとも奥州あたりの郷士と見えて、土井という名前を名乗り、小刀を一振、徳兵衛の代になっても腰に帯びているのだが、近頃奥州白河の住人が、旅先で路用に困った上、病気のため難渋しているとかで、この本を売りに来たのだという。何気なく、道具目利の目でしらべて見ると、たしかには判らぬながら、ヅーフに見せたら、何かの役に立ちそうだとわざわざ仕事先から末永を訪ねてやって来たのだ。

「直接に甲比丹にお逢いなさいと、私がいいましたら、如何にも、娘の縁をいいたてに、

ものを押し売りでもするようでいやだと申します。それならおようさんからいわせること
にしたらといったら、以《もっ》ての外じゃと、まるで本を投げつけるようにして私の手におしつ
けるとそのままかえって往きました」
　末永はそんな風に事の始終をいった。必ず必ず、おしつけわざにならぬよう、本当に入
用なものなら買取っていただこうし、さほど必要でなければ、どんどん返してもらいたい
と、くりかえしていった徳兵衛の言葉をもいい添えた。
「必要でないどころか、どんなに高くても買いとりたい本じゃ。ぜひぜひ、手に入れても
らいたいが、値段のところを――」
「それはあらかた聞いてあります。実は中川先生にも吉雄先生にもお目にかけて、代銀は
会所で立てかえていただくことになっております」
　上役の通詞たちへもまず話し合って、何から何まで至れり尽くせりという風であった。
　ヅーフが斯ほどまでに悦んだハルマの辞書というのはおらんだ人フランソア・ハルマと
いう人が、約百年ほど前に和蘭で発行した蘭仏辞書を、鳥取藩の医者稲田三伯と長崎の通
辞馬田清吉との協力で日本語に翻訳したもので、もとよりおらんだ語とふらんす語の辞書
に出来ているものを日本人ばかりの手で日本語に書きなおしてある。さながら闇夜に無提
灯でものを探るようなわけあいではあったが、しかしながら、とにもかくにも、おらんだ
とふらんす語の梯《かけはし》を知るだけの本にはなっている。

「すぐにすぐに、あるだけとりよせてくれたまえ。これがあれば、われわれの辞書編纂のために、立派な鍵が手に入ったようなものだ、よかった、よかった」

「本当にようございました。私たちの苦労を神様が助けて下さるとかも知れません。しかも、これがおようさんのお父さんの手で入ったとですからね。——」

末永も本を見なおし見なおししたが、すぐに立山へ行くことにした。

間もなく蘭館に運び込まれたハルマの辞書はヅーフと末永の手で整理された。多少の虫くい、多少の汚損もあったが、とにかく全三十巻ほどの本を二十巻ほど揃えることが出来た。

さしあたり、ヅーフが全部に目を通し、これを参考にして、これまで仕上げた仕事と照らし合わせ、なおすところをなおし、補うべきを補いつつ、さらに完成へと急ぐことになった。

「ずっと前から私は辞書がなければいかんと思うておった。辞書がなくてさえ、日本の人はおらんだ語を上手につかう。あれは皆父から子へ、師匠から弟子へ、口うつしに教え込んで行くとげなが、教わる人の苦労も苦労だが、教える方はどんなに苦しむか知れたもんじゃなか。それでいてさえ、立派な語学者があとからあとからと出来てゆくとじゃ。この上、辞書があったら、末世末代までどんなに重宝するかも知れん」

ヅーフは仕事にとりかかりながらいった。

「ほんなことです。三年前に図書頭様の時分にフェートン号が来てあばれた時にも、あとでその話がお役所では出たとです。どうしても異国の言葉の勉強ばする人を、もっともっと殖やさにゃいかん。たとい外国への渡航は禁制になっておるにしても、海と海がつながっているからには、先方から流れついて来る船をおしとめるわけにはいかんし、こっちから漂流する人間も、年々には何十人何百人というほどあるとですから、何かことがある前に、人間同士、ぶつかりあって、お互いに思うことが通ぜんというのはもってのほかの話です。と、こういうわけで、中山先生や吉雄先生はいつもそのことばかりいうておられます。ですからこの辞書を買いとることにも、すぐにおゆるしが出たようなわけで――」

末永もしきりに会所の意向や、役所の方針をヅーフに伝えた。

二人の問答を聞いているのか、聞かないのか、お花さんは始終黙々としてカードの整理をつづけた。どうしたわけか、お花さんは近頃いよいよ無口になり、何かなしに考えこんで見たり、あるいは人の言葉を聞きちがえて返事したりすることが多かった。そのくせ、カード整理の仕事となると、少しの手落ちも、滞りもなく、ともすれば末永を追いまくり、ヅーフをまごつかせるほどの明敏さで、着々と仕事を捗《はかど》らせる。

「お花さんは、ヲップルさんのお嫁さんになりたかとかも知れん」

ある時、おようがヅーフにいった。

いう人がいう人であり、事柄が事柄であったので、おようさんを見なおした。おようさんは淡々として笑っている。何のこだわりもなさそうだった。

「どうしてそんげんことばいうとか」

「お花さんが私にちらっとほのめかしたもん」

「まさか」

「お花さんは、自分でもそのことば気づいておらんとばってん、肚の底にはちゃんと、思うとるばい」

「だからさ、どうしてそれがわかるかと聞きよるとじゃ」

「わかるさ。辞書のことや、学問のことは、何も知らん私ばってん、男と女の心持はちゃんとわかりますたい」

如何にもよそのことのようにおようはいう。何にしても、丸山の遊女として、京屋のお職として立てられるまでには、この道への苦労は充分に積んであるのだ。さもありそうなことだと得心しつつ、ヅーフもにっこり笑った。

「もっとも、おうちのお嫁さんになりとうもあるほかに、末永さんのおかっさまにもなりたかとじゃ。天秤にかけたら、五分と五分かしらん、末永さんの方が少し重たかかも知れまっせん」

およウさんはこのことについては、もっと委しく微細にわたってお花さんの娘心を解剖するように説明した。説明されるヅーフには、はっきりそれが呑みこめるほどの明快さであった。

「心がうつるということはあるね。そういわれれば、私もひどくお花さんに心を引かされたけんの」

ヅーフがとうとう白状する。

「それは当り前ですばい。思えば思われるともいうし、打てば響くともいいます。本当のことばいうと、私はことによったら甲比丹とお花さんの仲が怪しいと疑がう気になったこともありますばい」

おようさんはさすがに、頬を紅らめて心の底をさらけ出した。ヅーフも赤くなった。そして、二人が快《こころよ》げに笑った。

「動いた、たしかに心は動いた。しかし、どんげんことがあっても、お花さんへ引かされる心の関所を踏みこえてはいかんと思うて、我と我が身を叱りつけたものじゃ」

ヅーフは真剣に、おのれをいましめるようにして呟いた。

「もし、もし、関所を踏みこえて、お花さんに二代目の合の子を生み落させるようなことがあったら、――」

「もういいますな、もう、その先はおっしゃりますな。私にさえ、そのことはようわかっとります。好き好んで合の子に生まれたわけでもなかとに、寄ってたかって、合の子合の子って、二言目には嘲弄《ちょうろう》しなはる。合の子に生まれた私に、何の罪があるとですか、私のお母しゃまは私ばじっと抱きしめて、髪の毛の黒うなるごとって、何遍も、何遍もあたまば剃ってやんなはった、幼な心にもちゃんと知っとりますって、いつぞや、お花さんが、泣きしゃべりにしゃべったとば、よそながら聞いたこともあります。その時分から、私も、私も覚悟して――」

およう は、おろおろと声をあげて泣いた。ヅーフも泣いた。二人とも、何もいわず、ただひた泣きに泣いた。

おようのおなかはもう、きょうかあすかというところまで来ているのであった。

赤《あっ》かとばい、のんのかばい。おらんださんからもろたとばい。――

江戸町の海岸で、子供たちが声を揃えてはやしたてている。昔からはやる長崎の子供の唄だ。

泣き入った二人の姿へ稲佐山の夕陽がうす寒く蔽いかかる頃であった。

母国の便り

二十五

文化十年（一八一三）六月二十七日の朝、深堀と野母の番所から信号があった。

「沖に白帆が見えた。おらんだ船入航」

のろしが岬から岬へ伝わった。注進舟が戸町番所から高鉾へと向かった。一隻、二隻、又一隻、二隻と。

これを数年前に英国フェートン号来航の時にくらべると、雲泥の相違であった。もとより、会所も、役所も、波止場も、中でもおらんだ屋敷は、上を下への騒ぎだった。何しろ、かれこれ十年目のおらんだ船である。元より、十年の間には、どうかして、一隻や二隻の代船が入ったには入ったが、それはどれもこれも申しわけだけにやって来た代船にしかすぎないので、交易らしい交易はひとつも出来てはいなかった。

今や、待ちかまえたおらんだ船が、正しく十年目に入港したのだ。

「ヲップルさん、うれしかね」

お花さんが久しぶりで、仇気ない娘らしいお花さんになってヅーフをうしろからゆすぶった。

「いや、まだ安心は出来んばい。またしてもフェートン号の二の舞になるかも知れんけんね」

ヅーフはいつもするように蘭館の出窓に立って遠眼鏡で沖を見つめた。

黒塗の船が、白帆に一杯の風をはらみ、いま、高鉾の島手前にあらわれているのだ。檣頭にはなつかしや紅白青の母国の旗が、朝風にひるがえり、船体はさぞかし充分の積荷を物語るように深い船脚を見せつつ、しづしづと港入りをしている。

と見ると、高鉾島の向うに、また一艘、同じ姿の黒船があとにつづいた。二艘だ。二艘のおらんだ船が入って来たのだ。

「二艘来たごたる。二艘も入って来たけんね」

お花さんは瞼を細めて沖を見た。大概、二艘づつ入るときまったおらんだ船なので、今目前に近よるのが矢張り二艘であっても、何の不思議もないはずなのに、お花さんのことさらめいたいいようは、しょせん、それほどまでに入船をあこがれていたことの証拠なのだ。

旗合せは正にすんだらしい。

横文字あわせも無事に終わったと見える。

前に二隻、うしろに二隻、さらに両側に二隻づつの番所の御用舟が、子持縞《こもちじま》の帆をあげ、颯爽として、黒船二つを守りつつ、しづしづと、ものの美事な港入りである。

「甲比丹、お目出とうございます」

出島の波止場から黒ン坊がどなった。

「甲比丹、おめでとう」

廊下からは通詞たちが呼びかけた。

「甲比丹おめでとう」

お花さんも、手をぱちぱち叩いて、踊りくるっている。

「スケップル、スケップル、スケップル、船の用意は出来たか」

ヅーフは波止場へ向かって呼んだ。

「出来ました。甲比丹も行きますか」

水門の方から、スケップル（水夫）の声だ。

「うむ、私も行く」

ヅーフはいつの間にか、身支度をすましていた。ちょうどそこへ末永甚左衛門も駈けつけたので、二人はいそいそ舟へ乗り込んだ。

「おめでとう、甲比丹、末永さん、おめでとう」

上からはお花さんが、両手をあげてはやし立てた。

「おめでとう、カピタン、ツエナガチャン、おめでとう」

お花さんに抱かれて、片言ながら叫んでいるのは、およふさんが生んだヅーフの独り息子丈吉君であった。丈吉はもう数え年三歳になっている。

「おう、丈吉、行って来るぞ、よかみやげの来るぞ、お菓子も、洋服も、靴も、シャツも、おもちゃも……」

舟の中からヅーフは我子をあやした。丈吉は嬉々として、おめでとうおめでとうをくりかえしつつ、お花さんの手の中で勢いよくとびはねた。あんまりあばれて、ともすれば取り落しそうにさえなるので、お花は必死になって丈吉を抱きしめた。

黒船はもう女神の鼻をこし、戸町番所の下をすぎた。飽の浦あたりには何十隻かの曳船が、櫓拍子をそろへてエッサエッサと漕ぎよせる。

「もうここまで来れば間違いはなかごたるね」

お花がいった。

「勇ましかね、皆が、まるで踊りでも踊るごたるたい」

近頃風邪の心地で寝ていたおようさんも起きて来た。

曳舟の船頭たちは皆赤いふんどし一本の赤裸だった。赤いふんどしに赤い鉢巻、それに赤い四半（正方形）の旗を曳舟の目じるしに建てつらねているので、花やかな上にも花やかだった。

「ヤッシ、ヤッシシ、ヤッシ、ヤッシ、ヤッシシ」

掛声がだんだん遠くなり、そして黒船がおいおいに近くなった。

「どうぞ間違いありませんごと、どうぞお願い申します。南無現光院殿俊誉浄雄大居士様」

お花さんは丈吉をおようさんに渡し、自分は彦山の方角へ向き直って一心に合掌した。

現光院殿というのは五年前にフェートン号のために受けた日本国の恥辱の責を一身に引うけて切腹した松平図書頭康平の戒名である。

おなじみの日は浅かったが、目のあたり甲比丹を通じて、幾度か言葉もかけられ、ともに或時のくるしみをも、ひしひしと胸に刻みつけているので、蘭館にしろ、港にしろ、何事かあれば、必らずこうして念ずることはお花さん、ヅーフ共通の習慣になっていた。

おようさんも、お花さんにならって手を合せ、丈吉も同じように手をあわせている。

「南無現光院殿さま、どうぞ、本当のおらんだ船でありますように、どうぞどうぞ」

とうとう、黒船は安心の錨を下し、ヅーフの乗っている舟も舷側へ横づけになったらしい。

「ヘンドリック・ヅーフ、ご機嫌よう」

あたまの上から、高らかに呼ぶ声を聞いてヅーフは身ぶるいをするほどのなつかしさを感じた。ざっと十年近くも耳にしなかった母国の人の我名を呼ぶ声である。

「おうごきげんよう」

タラップに片脚をかけヅーフは黒船の甲板を仰ぎ見た。

「やあ、相かわらず元気だなァ、早く上って来たまえ、つもる話が山ほどあるんだ」

デッキから見下しつつ、たぐりよせるように話しかけるのは、思いがけなくも、先任の甲比丹ワルデナールであった。

文化元年に、ヅーフが甲比丹として出島へ来た時、制規の通りに事務を引きついで、バタビヤに帰って行ったワルデナールが、十年ぶりで健かな姿をヅーフの面前にあらわしているのだ。

「これは驚いた。あんたが来て下さろうとは夢にも思わなかった。何しろうれしい。随分苦しい航海だったらしい。よくやって来たね。海上はもう安心か、英国との間の講和は出来たのか、それとも、まだ戦争最中をぬけつくぐりつしてやって来たのか、いや、どうも聞きたいことだらけだ」

たたみかけたたたみかけヅーフが話しかけるのを、ワルデナールはただ笑い顔だけで受け流しつつ、自分のうしろをふりむいた。そこには如何にも世慣れしたらしいおらんだ人が立っている。

「御紹介します。アブラハム・カッサ君です。どうぞ僕同様に御昵懇を」

ワルデナールの言葉につれて、カッサは世辞笑いをしつつ、手をヅーフにさしのべた。

「私、アブラハム・カッサです。ヅーフ君のお名前はかねがね伺っております。ははは、初対面という気はしませんよ。いやどうも、それに長崎は好いところですな。沖から入って来る風景の美くしさは、実にどうもすばらしいものです。それに、日本の人民たちは何という威勢の好いことでしょう。皆、裸ですね。ははは、まるで、ジャワかマレーにいるのと同じ感じです。ははは、どうも、これは」

カッサはペラペラとしゃべりまくっている。ワルデナールも、カッサに向かって、港の中をそこここと指さしつつ、あれが飽の浦、あれが稲佐、あそこに鍋かむり山があってと一々説明したが、ヅーフが聞きたがっていることについてはろくろく返事をしない。

「ところでワルデナールさん、いったい戦争は終わったんですか、本国の様子はどういう風なんです」

「本国は相かわらずですよ、まだまだ盛んに戦争をやっておる」

「そしてジャワの方は――」

「これはもう、至って穏やかに暮らしているのでね、我々もこの通り、殆んど平常通りに商業が出来るというわけで――」

「しかし、ひと頃は、英国の軍艦が荒しまわっておらんだの船は相当やられたということを聞いたが――」

「うん、一時そうだった。なかなか大変だった――」

「で、今は、今度来るについても、随分危険だったのじゃないか」

「いや、今は至極穏やかなんだ。もうこれからは今度の船をはじめとして、毎年の交易船は楽々と出島を賑わすことが出来る」

ワルデナールは如何にもことなげに笑いのけるのだが、何かしら合点のいかぬものがある。

「本国の方が、欧羅巴の方で大戦争をそのままつづけているのに、ジャワや印度の方で穏やかな航海が出来たりいつもの通りの交易をつづけられるというのは、ちょっとわからん。いったいどういうことになっているというのだろう」

「だからさ、ジャワの方はすっかり落ちつっているといってるじゃないか。そのことについては、あとでゆっくり話そう、何しろ、非常に複雑だからね。欧羅巴では仏蘭西のナポレオンがあばれまわって、欧羅巴中を我がものにしてしまうし、ロシヤが英国と連合軍をつくるやら、いやどうも、非常にこみ入っているのでね――」

「複雑はわかっている。そして、我々の母国おらんだはいったいどっちに属しているのか、どういう役目をつとめているというのだ」

「ははは、まァ待ちたまへ、君のように、短兵急なたずね方をしてもちょっと返事が出来ないんだ。まず、とにかく、出島へ落ち着いてからゆっくり話すことにして、……そうだ、今度の積荷は日本人をびっくりさせるものを持って来たぞ。何だと思う。とても当たるまい。ねえカッサ君」

「そうだ、あれは当たるまい、如何にヅーフ君の敏感を以てしても、当たるまいよ。まァ、とにかく、お目にかけましょう」

二人は何となしに立ち上った。どうも落ち着いて話すことをきらっている。何かしら隠し事でもしているという風だった。

腑に落ちぬながらも、二人にさそわれてヅーフは船尾へあるいた。デッキですれちがう水夫も、船員も、皆ヅーフの姿をもの珍しそうに見る。

思いなしかも知れない、何かにつけて心のゆるせない態度だった。

突然、ブルブルブルという吽り声が聞こえた、ひどく鈍重な、獣のうなり声だ。

「さあこれだ。どうです。この珍客は、ははは、えらいものを持って来ただろう」

ワルデナールが得意そうに指さしているのは檻に入れられて、気のなさそうに立っている象だった。今の吽り声もこれだったのだ。

「やあ、こいつは、なるほど珍客だが、さてこれを陸揚げする事を役所でゆるしてくれるかな」

そういいつつ、ヅーフは檻の前に立ってしげしげと打眺める。

象だ、象だ。バタビヤに居ればさほど珍らしいとも思っていなかったが、さて、こうしてはるばると八重の潮路の長旅を日本まで運ばれたとなると、ヅーフにさえ珍らしくなつかしみをさえおぼえる獣だった。

「しかしよくやって来たな、病気もせずに」

ヅーフは相手がものをいいでもするかのように、そばへ寄って、やさしい細い眼を打ちながめつつ、カッサがとりよせてくれたパンを、象の檻に入れてやったりした。

「どうだ、君にだって珍らしいだろう。これを日本国の大君に献上しようと思うんだが、どうだ」

とにかく、ヅーフの心持を転換させることが出来たのでワルデナールもカッサも、ほっとした様子で象の前に立った。


《大象年五歳、身の丈六尺五寸、頭より尾際までの長さ七尺、前脚三尺、あと脚二尺五寸、足のまわり二尺五寸、鼻の長さ三尺五寸、尾の長さ四尺五寸、牙二寸ばかり生えたり、出生はベンガラ。》

長崎みやげ文錦堂の版書にはそういう風に記録してある。薄墨色の不格好なけものの首筋に緋毛氈を敷いて、その上に黒ン坊がまたがっている絵だった。

ジャワから象が来たという噂は早々と長崎中にひろがった。

「文錦堂では早いところ、錦絵の支度が出来たげな。下絵ば一枚もろうて来た」

末永がそういって丈吉のところへ持って来た。たった、三歳の丈吉よりも、丈吉の母おようよりも、お花さんがもっともこの絵を珍重した。

「黒ン坊の文珠菩薩たい」

そういって、象にまたがった黒ン坊を指さした。象といえば、文珠菩薩という風に、その頃の人は仏書によってのみ、象を知っていたのだ。

「陸揚げすることになりましたか」

おようが聞く。

「まだきまらんとです」

「見世ものにするとですか」

今度はお花さんだ。

「それもきまらんと。役所ではいろいろ評議のはじまったとばってん、何しろ得心の行かんことがあるというわけでね。――何もかも甲比丹に任せてあると」

末永は曖昧にいい消している。

「見たかね」

お花さんは象の下絵を両手にひろげて、高くかざしたり、真直に立てたりした。

「どんげんいうて鳴くとじゃろか」

「ぐうぐう」

末永が口真似をすると、丈吉も口をとがらして、ぐうぐうと呻った。皆がどっと笑った。

「会見所に皆集まっておりますか」

末永は、西役所から来たばかりだった。

「ワルデナールさんとうちのヲップルさんだけ、カッサとかいう人、船におるとでしょ」

お花がいった。

「大分話しの長かね」

およういい添えた。

「ヲップルさんは大層腹かいとんなはる。何かむづかしかことのあるとばい」

幾度かお茶を運んで会見場の様子を知っているお花さんは、仔細らしく声をひそめていった。

「また、大村から兵隊さんの来るかしらん」

末永が一向ものをいわずに、二階の様子ばかり気にしているので、お花はつづけて聞きなおした。

「大丈夫、そんげんことはあるまい」

「船の上に大分いぎりす人の乗っておるごたるって、本当ですか」

「だれがそういうことばいった」

「ホウセマンが」

「ホウセマンのおしゃべり」

「いぎりす人はひどかね、おらんだの船なら見当り次第に沈めてしまうというけん。今度来とる船もおらんだ人ば追いやってしもうて、いぎりす人ばかりで来たとかも知れんね」

お花さんの想像は縦横無尽にめぐらされたが、まぐれ当りにしても、何かしらん考えられるものがあった。

「末永さん、ちょっと書斎へ来て下さい」

船へかえるワルデナールを送り出し、さらに少しの間会見所でひとり残っていたヅーフが末永を呼んだ。丈吉が甘ったれてからみつくのを、いつになく追いやるように母の手へ渡し、さっさと二階へ上った。

「心配事でも出来ましたか」

末永が口を切って見る。ヅーフはきっと口を結び、卓上にひろげてある書類に、目をやった。

「これは——」

「ワルデナールが持って来た書類だが、署名人の名を注意して御覧なさい」

いうまでもなく、ジャワは蘭領であり、おらんだ本国からはジャワの都バタビヤに蘭領印度総督が出してあり、長崎出島への貿易は皆、蘭印総督の名によってなされるのであったが、今、末永の目前にある書類の署名人は蘭領印度総督のヤンセンスではなく英領印度総督代ラッフルスの名になっている。

「ラッフルスというのは」

「英国人だ、我々おらんだ人に縁もゆかりもない英国人なんだ」

「それはどういうわけなのです」

「僕もそのことを聞いた。ワルデナールの奴、なかなかいわなかったが、彼れとしても、まんざらいわずにおくわけにはいかないのだ。で、とうとう本音を吐いたんだが――」

ヅーフは急に唇を咬みしめ身をふるわして書類を引き裂きでもするような勢いだったが、引き裂くことは出来なかった。

「末永君、よく聞いてくれたまえ、君の身辺に同じことが万一にも起こったらという心持で、今の私のいうことを聞いてくれたまえ」

一気にいってぐっと唾を呑んだ。あまりにも苦しいことをヅーフは口に出さねばならない。

「世界広しといえども、私の母国おらんだの旗が、天日をうけて翻がえっている場所は、たった一カ所しかないのだ。それは欧羅巴のおらんだ本国でもない、蘭領印度のバタビヤでもない、日本の片隅、長崎の港のはし、出島三千九百六十九坪の面積にだけ、日本国の心づくしで与えられているこのおらんだ商館、たったここだけが祖国の旗を、とにかく心おきなく建てられる場所なんだ」

いかにもいたたまらず、つかつかと窓際へ行って、江戸町岸に向かって建てられた大旗竿の三色旗をいつまでもいつまでも見守った。

「どういうわけで、そんなことになったのです。私には、どうしても、本当のこととは思われまっせん。もっと委しく聞かして下さい」

末永はヅーフのそばに立って、ヅーフの心を掻き乱さないようにつつしまやかに聞く。

「一八一〇年、日本の年号でいえば、文化七年の七月です。我が和蘭国はナポレオンのために攻撃されて、残念ながら、仏蘭西に併合されてしまった。同じ三色旗でも紅白青横だんだらのおらんだ国旗は、欧羅巴のどこの隅にも立てられなくなったのだ」

目をつぶって、本でも読むように味のない声で一気にいった。

末永はかすかに溜息と共に聞く。

「本国おらんだの没落をよいことにして、英国は東洋へ東洋へと手をのばしはじめた。欧羅巴中が戦乱で植民地のことは手も足も出なくなっている弱みをねらったのだ。一八一一年、日本の年号は文化八年だ」

「一昨年――」

「左様、長崎ではその前の奉行土屋相模守様が今のお奉行遠山左近様と交替をなさろうとしている時分だった」

「そうです、あなたの靴も、雪踏の靴にかわって、遠山奉行様が、つい釣り出されるように遠山金四郎と仰しゃった折のむかしばなしをお始めになりました」

「そうだ実に和やかな、思い出の多い奉行目見得の、その時分のことだ。八月三日に英領印度総督ミントー卿はラッフルスとともに一万二千の兵を率いてバタビヤに上陸し、たった五日間の戦争でいい甲斐もなく、おらんだ領バタビヤは英国領バタビヤになってしまった」

末永はもう何もいえない。

「それでも戦争はぽつぽつ続いた。九月十八日到頭、蘭領印度総督ヤンセンスさんが降伏したのでジャワもその近まわりの島々も、そっくり英領になってしもうた。あの書類にラッフルスと書いてあるとは、英国人ラッフルスじゃ」

いっさいの謎が解けた。文化元年以来、蘭船が出島に来なくなったのは、欧羅巴で閉め出しを食った英国が印度洋へ、南洋へ、支那海へと海賊かせぎをしてまわった故であった。文化五年に長崎までもあばれ込んだフェートン号は、正に英国流海賊かせぎの手口のひとつを日本人の目の前に覗かして見せたにすぎない。

他国の旗で覆面をして、まんまと忍び込み、こと面倒になったら、あっさりと覆面をかなぐり捨て、無防備と見れば、手あたり次第にあばれまわり、事面倒になりそうな時分には、尻に帆をかけてさっさと逃げさってしまう。没義道とも因業ともいいようなやり方、そのあおり食ったのが、おらんだ国であり、おらんだ領のジャワであったのだ。

「それで、ワルデナールさんはそのことについて、何と思うておりますか。これから先をどうするというよい考えでもあるとですか」

　末永が聞いた。

　ヅーフはびっくりしたように末永を振り向いたが、何も答えずに元の席へ戻って坐った。

「ワルデナールは何ひとつ心配することはなかとです。一八一〇年九月十七日までおらんだ商会の番頭で、その翌日からいぎりす東印度会社の番頭になったとです。いどころも仕事も変わらんとじゃから」

　一八一〇年は日本の暦で文化七年である。その年の九月十八日にいぎりすのラッフルスに攻められた蘭領印度総督ヤンセンスはいっさいを挙げて英国軍に降参し、無条件にいぎりす印度総督ミントー卿の部下になっている。

　国と国とが戦争をして、一方が亡ぼされるまではわかっているが、亡ぼされた国の役人がそのまま敵国の役人としていのこるという話は、末永にはわからなかった。まして、ワルデナールの指揮で、今、目の前に入港している船はまがう方なくおらんだの旗じるしが翻えっているのだ。

「甲比丹の仰しゃること、私によくわかりません」

「ははは、私にもわからない」

　ヅーフはそれ以上ものがいえなくなった。卓子に身をもたせ、あたまをかかえてややしばし突伏した。

末永は何かしら、胸に迫るものがあった。苦悶におもてをあげ得ないでいるヅーフを見ているに忍びなかった。卓上の書類を引きよせ、たどりたどり読んで見た。書類は見なれぬ英吉利語であった。文化五年にフェートン号のことがあって以来、松平図書頭の後任にすわった奉行土屋紀伊守からのお達しで、蘭通詞一同おらんだ語のほかにおろしゃ語といぎりす語の稽古をするようにと命令が下っている。そして皆が、不自由な稽古ぶりながらも、ひと通り探しよみに読み書きの稽古を積んだところであった。

書類にはいぎりす印度総総督ラッフルスの署名があり、内容にはヅーフの交替を命じている、しかも、ヅーフの後任としてアブラハム・カッサを指名してある文句も、おぼろげながら読みとることが出来た。

「甲比丹」

末永は強く呼んだ。ヅーフが顔だけあげて末永を睨みすえるように見つめる。

「あの船は正しくおらんだの旗じるしをたてておるばってん、本当はいぎりすの船ですたいのう」

ヅーフは苦しげにうなづいた。

「まるで婆さんを食い殺した狸が婆さんに化けて来たごたるたい」

畳みかけていった末永のたとえ話は、漸くヅーフのつきつめた心にゆとりを持たせることが出来た。

「その通りです。日本人のいいかたでいえば、いぎりすこそは不倶戴天《ふぐたいてん》の仇です」

「アブラハム・カッサとあんたを交替させようとしとるじゃありませんか」

「書類を読みましたか」

「読みました。おらんだの旗じるしを立てて、おらんだ人が来さえすれば交易する相手がいぎりすであってもいすぱにあであっても拘わんという道理はありません。あんたはどうなさるか知らんばってん日本の役人はそんげんペテンに引かかるものか。馬鹿にしとるたい」

　末永は書類を拳骨で叩きつついった。

「末永さん、むごたらしかいい方ばしますな。あんたにして見れば、だまさるるもんかと威張っていればよかとです。私は今、本国をとられたとです。その上に自分の職分までも、仇敵の手におめおめと渡さにゃならんごとなっております。しかも、それを引き渡す相手はというと、おめおめ仇敵に降参した自分たちの先輩で、しかも私をここまで引き立ててくれた恩人じゃ。渡したあとは私自身もやっぱり仇敵の手下について働らかにゃならんとです」

「甲比丹お察しします。まだそればかりじゃなか、甲比丹の財産はたしかバタビヤに保管してあるとでしょう」

「ワルデナールにしっかり預けてあると――」

本国を失ない、職を失ないおのれの足場を失ない、さらに財産をまで根こそぎ押えられているヅーフである。末永はもののいいようを知らなかった。が、ここまで突き放されたヅーフは存外強かった。

「末永さん、もう嘆きません。私は私の誠の道を行きます、いったんの恩誼は恩誼です。私の心はきまりました。いっさいの私を捨てて公けにつきます。天は私を助けて下さるでしょう」

「奉行も、長崎会所も、そして日本国もあなたに味方します。五年前の長崎は英吉利のフェートン号一隻をどうすることも出来んじゃったばってん、今ではちがいます。あの時以来、砲台の数も増やした。石火矢の用意も充分出来ておる。肥前でも大村でも島原でも、今度こそは愚図々々してはおらんはずです。軍艦も必ず港に揃えております。あんたは、こっちの用意の出来るまで、あいつらを逃がさんごとしておいて下さい。すぐにやります」

矢庭に立ちかかった末永をヅーフがとめた。

「待って下さい。少し、も少し、私に考えさせて下さい」

ヅーフははるか沖を見はらしながら腕を胸高に組んだ。

末永は甲比丹のいい出す言葉をじっと待っている。ヅーフはなかなか口を切らない。

「甲比丹」

たまりかねて末永がヅーフのそばに立った。

「もし、あなたのいう通りにすれば、あの船を真中におっとり込めて、ただ一打に海の藻屑にすることは出来るにちがいないが――」

「出来ますとも、きっと出来ます」

「そのかわりに、そのことがいぎりすの印度商会へ知れたらあいつらはどういう出方をするでしょう」

「さあ」

「多分、こちらへ攻めかけて来るものと見ねばならん。つまり日本いぎりすの戦争が起こる」

「うむ」

「いぎりすが攻めて来ても、なあに日本の肝っ玉で、ひとにらみに睨みかえして見せるとあんた方はいうかも知れんが、そうたやすくはいきません。先方は印度という踏台にバタビヤという足がかりが出来ておる。新手新手と繰り出してかかる日には、よし負けないまでも、随分長い間困らされなければならん」

「しかし――」

「まァ、待って下さい。私は今、面白いことを考えつきました。日本といぎりすの戦争を起こさせず、立派におらんだの面目を立てて、いぎりすを困らせようというのです。手伝ってくれますか」

「そんげん都合のよかことが出来ますか」

「出来ます。しかし、それにはあんた方がうんと腰を入れてお奉行さまにも手伝って頂かねばならんとです」

「大丈夫、あんたの目論見を話して下さい。今のお奉行様はむかしの金四郎さまです。きっと喜んで力を借して下さるに相違なか」

時の奉行は遠山左衛門尉であった。その以前遠山金四郎と称して旗本の二男坊に生まれ、市井の無頼の仲間に入って江戸中を荒れまわったのが、時あって遠山家の跡目を相続し、幕史としての腕の冴えを背中のいれずみとともに江戸っ子の間に謳われた人気者であった。

末永の力強いいい方が、甲比丹の顔のくもりを一度に吹きはらった。ヅーフは我が手のひらをおのれの拳で叩いて立上がった。

「よし、では頼みます。一応、私の計画を聞いて下さい」

ヅーフは椅子を引きよせ、末永はその前に腰を下ろした。

二十六

「象ば見せてやろうか」

末永がお花さんにいった。お花さんは今度来たおらんだ船に象が積んであり、それは江戸の将軍様へ献上するために持って来たのだと聞いた時から、今に、象というものが見られるのだとばかり思っていた。が、それはただ評判ばかりで、いつまでも陸揚げにならず、一向に見せてもらえる機会が来ないにつけ、いよいよ象が見たくてたまらなくなっている。

「ほんなことですか」

お花さんはからかわれているのかと思ったが、うそではなかった。

蘭館にたったひとつ、古ぼけた水夫の服があった。小さい型なので、着る人がなくなって残っていたのを着せられ、靴の代わりに雪踏を穿き、帽子の代わりにと、末永が頭巾を持って来た。どこかの隠居さまがかぶり古したのに、末永の母がドンゴロス（ズックのこと）の覆いをかけて如何にも異人の帽子にまぎらわしいものをつくってやったのだった。

あたまの毛をぐるぐるまいてあたまへ盛り上げ、その上へ頭巾を結びとめると、鼻と腮《あご》のとがり加減、やや青みを帯びた目玉、そしてぬけるほど色が白いのとで、どこから見てもおらんだ人の少年という風情になった。

「よか息子の出来たばい」

末永もいい、ヅーフもにこやかに打眺めた、お花さんもうれしそうに蘭館中をはしゃいでまわった。

「よう、上等のマドロス」

黒ン坊がうっかりいったので、ちょっとの間お花さんの顔がくもった。自分の顔が異人じみて見られることが一番辛かったので。――でもすぐに御機嫌はなおった。

「きょうは、甲比丹が、天晴れ男ぶりをあげるところば見せてあげる」

艀板へ乗り込んでから末永はいった。お花さんはちらと末永を見なおしたが、ただ、フフと笑った。

艀板のうしろからは夥しく小麦を積み込んだ荷足船が来た。

「あの小麦、どうするとですか」

お花さんは港内珍らしくそこここと見まわしながら、いろいろの質問を発した。子供の時からおらんだ屋敷を我家のようにしているので、港のことは何から何まで知っているようなものの、こうして船で乗り出して見ると、また、格別の見ものが見つかるのである。

「小麦百俵、お受け取を願います」

船へ乗り込んでから、末永甚左衛門は奉行からのお使の格式で、ワルデナールにいった。

「小麦百表、――それはどういうわけですか」

ワルデナールが目を丸くして聞きかえしつつ、末永のそばにきちんと足を揃えて立っている賢こそうな少年姿のお花さんをじろじろ見たりした。

末永の身ごしらえも、その日はちがっていた。裾にしめくくりの紐をつけた義経袴を穿き、吊太刀をして、羽織は筒袖のぶっさき羽織であった。羽織のうしろを割って朱塗の太刀の鞘が金具の金色を輝やかして長々とさし出しているのが、とりわけ凛々しく見えていた。

「甲比丹の男ぶりよりも、末永さんの男ぶりがきょうは余程立派かたい」

お花さんは舟に乗る時そういって末永を見なおしたくらいだった。

「象の餌として、お上からの下され物です」

末永があっさり答える。その間に小麦百表は黒船に横づけになり、ハッチをひらいてどんどんと裸の人足が運び込んだ。

「象は、間もなく陸揚げをさしていただくのですから、餌と申しても――」

ワルデナールが不思議そうに、しかし、思いがけなき奉行所からの好意を感謝しつつ、うれしさを顔一杯に漲らせながらいいはじめた。それを押し切って末永は説明する。

《日本国にはたぐひ稀なる大獣を頂戴したことには正に日本中の人を喜ばすことにもなり、お上はもちろん、大恭悦におぼしめされるにちがいない、しかし、熱い国に生まれ育った象のことではあり、季候慣れぬため、かつは餌の加減も判らず、万一、すぐにでも病気になったら、どう手当することも出来ない故、好意だけは受けるが、品物はお持ちかへりを願ふ。ただし必ず必ず、品物を返すことに角が立たぬよう蘭印総督へお伝えを願いたい》

と、鄭重をきわめたいい方であった。

「蘭館印度総督へ、特によろしく」

末永は何度もくりかえした、おらんだ印度総督ヤンセンス殿へという言葉に特に力を入れて。

ワルデナールはひどくまごついて、ただ、それはどうもどうもといった。ヤンセンス殿という名をくりかえされた時には、思わず知らず、それは、その人はとさえいいかけたりした。

ちょうどそこへヅーフがやって来た。取次のボーイがヅーフの名をいい入れる時分には、もうドアの外へどしどしやって来て、気軽そうに、ワルデナールへも末永にも、やあやあと会釈した。

「では私は引下ります」

末永がかえろうとする。ワルデナールが愛想よく、

「御苦労様でした。お奉行様へよろしくどうぞ」

送り出そうとするのをヅーフは打ち消すようにして引きとめた。

「末永さん、おって下さい。ちょうどよい折です。さっそく交易にとりかかってもらいましょう。ワルデナール、積荷の目録を見せて下さい」

いや応なしにワルデナールへ迫った。

「交易といっても、今すぐというわけには——」

「まァ好い。取あえず、積荷目録をお借りして、私が末永さんと御懇意づくでお打合せをしてもよか。二人の下見分が出来てからワルデナールにも、会所の人にも立合ってもらうという手がある。どっちにしても手廻しの早い方がよか。何しろ、正味十年ぶりの入航じゃからなァ、会所もお役所も、第一に私が肚の底から手をさしのべるようにして待っております。さあ、今ここでやるのか、それとも後刻、蘭館へやって来て下さるか」

せかれればせかれるほど、まごつくワルデナールだった。

「後刻、出島へ行きましょう。目録の再しらべをしてからでないと——」

「では待っております。末永さん、あんたも一緒に出島へゆきませんか」

ヅーフはいつもより威勢がよく、いつも以上にテキパキと行動した。

船長室を出るとすぐに、はじめて気が付いたように水夫服のお花さんによびかけた。

「ハナ」

それはちょうど、おらんだ名前の少年をでも呼ぶようだった。

「やい」

「お前はおらんだ船の中、見たことがあるまい。せっかく来たのだから見せてもらうことにしよう。末永さんも一緒に」

ワルデナールの返事にかまわず、どんどん先に立って船の中を見まわりはじめた。

ひと通り船内の見まわりがすみ、舷門へ来た時、ヅーフは末永にいった。

「積荷にひと通り目をとおしましたか」

「大体見当が付きました」

「あとで、すぐに出島へ来て下さい。これから第二段の仕事にかかります」

「かしこまりました」

二十七

出島にもどったヅーフと末永が話し合ったのはほんの僅かの時間であった。たった三言四言をヅーフの口から聞いた末永は容易ならぬ緊張を示していた。

「よろしい、甲比丹の考え通りにやりましょう。しかし、もし、話がくずれたら――」

「そうです、どっちへ崩れても一大事です。それは覚悟しております」

それ以上二人とももののをいわなかった。ただ何とはなしに眼と眼が見かわし、手と手がしっかりと握られた。

ちょうどそこへ、水兵服のお花さんが燕のように飛んで来たが、異様の緊張を示している二人の様子を見て、ハッとした。

（何事か起こりそうだ、容易ならぬことが）

そう思いつつ、二人に気づかれぬままに、こっそりとあとじさりをしつつ、甲比丹の部屋を引き下がった。

つづいて末永もそこを出て、いそいそと出島の総門を大波止の方へ立ち去った。

ほとんどそれをすれちがいに黒船からはワルデナールがイーネンという書記を伴れてやって来た。

甲比丹とワルデナールとの会談がここに始まった。

「先ほどは久しぶりで故国の旗を翻えした船が二艘までも目前にあらわれた嬉しさに、お恥ずかしながら、気が転倒しておりました。いくらか、心持を鎮めることが出来ましたので、改めて、思いつくことをひとつひとつ、お尋ねしたいと思います」

甲比丹がまず口を切った。

ワルデナールはヅーフにとって先任の甲比丹である。ばかりでなく、たった二十五歳の若さで、特に、ワルデナールの起用推薦によつて甲比丹となったので、先輩であり、恩人という立場にさえなっていた。ちょうど十年前、ヅーフがはじめて長崎に来た時は、放埒をきわめた先任の甲比丹ヘンミーが、滅茶々々に荒らした蘭館の帳尻をおし付けられ、ヅーフさえも共謀の巻き添えを食いそうになっていたのを。ワルデナールの証言と推薦により、潔白を証明されたばかりでなく、異例の昇任をさせてもらったヅーフなのである。

それほどの間柄でありながら、わざとらしいヅーフのいい方がワルデナールを驚かせた。ただ目を見張って次の言葉を待っている。

「この書類にあるラッフルスという人はどんな人ですか」

「先ほども申した通り、我々の本国和蘭は仏蘭西の侵略にあって併合されたんだ。延いてはジャワにまでも、仏蘭西の手が延びて来るといけないから、英国人が守ってくれている、というわけで——」

ワルデナールのいい方はいかにも曖昧だった。

「そうしますと、ラッフルスは英国人ですね」

「左様」

「英国の役人ですね」

「まァ、そうだ」

「我々の本国は仏蘭西のために併合された、そしておらんだの領地たるジャワを英国の役人が守ってくれているると仰しゃるのですか」

「まァ、そうだ」

「私にはどうも得心がいきません。そしてワルデナールというおらんだ人、すなわちあなたはラッフルスにとってどんな立場に置かれているのですか」

これはひどく皮肉な質問であった。

「そうひらきなおって聞かれると、甚だ困るんだが、とにかく、早い話が、ジャワもバタビヤも、その外近所のおらんだ領はそっくり英国の軍艦に降参するより仕方がないという悲惨な運命になったのだ。現場をはなれている君にして見れば、まことに心外と思うだろうがどうにもなりゆきは是非もない。何しろ、すべてがなりゆきでね――」

「あなたをいじめるようないい方ですみませんが、何れ、ジャワその他も英国軍に降参したと仰しゃるのなら、降服条約とでもいうのがございましょう。その条約文なり、条件なりを見せて下さいませんか」

「それは持合せていない」

「では私だけの考えを遠慮なく申します。本国おらんだが仏蘭西のために併合されたこと、ジャワその他が英国に降服したこと、この二つは、まァ、お言葉に従ってなるほどと申しましょう。ところで私一個にとって直接関係のあるこの出島おらんだ屋敷です。これだけは自然、別なものと思いますが、如何でしょう」

「しかし、おらんだの旗じるしが樹っている以上は――」

「いゝえ、そうは思いません。本国が仏蘭西のものになった、ジャワは英国のものになった。という風にそれぞれ本国と属領が別々に運命づけられたとなれば、日本国との約束で、かように一廓を与えられている長崎出島は、当然、これまた、別箇のものとして、日本国から追い立てられない限り、ふらんすのものでもなく、英国につくという理由もないように思いますが」

「ものの理屈というものはそういう風にもつけられるだろうか、何しろ、時のなりゆきというものがね――」

「何と仰しゃっても、私は私自身がおらんだ人である以上、そう、やすやすと早のみ込みをするわけにはいきません」

いい捨てて、ヅーフは席を立ち、窓際にあるいて出島屋敷に翻える三色旗を指さした。

「ワルデナールさん、あなたの仰しゃることが全部本当ならば、今や、世界のすみずみのどの地点にも、あのなつかしい三色旗は、あの旗竿にひらついている一片より以外、絶対に見られないのです。もし、日本までが、あの旗をとりはらえといったら、私はあの旗を抱いてこの島で死んでお目にかけます」

「ヅーフ君」

ワルデナールはヅーフのそばへ近々と寄っていった。

「君のいうことは一々道理に当っている。しかし幾度もいう通り、時の波に逆らってはいけない。高く飛ぼうとするものは、一旦身を沈めるということがある。今のところ一応、君さえうんといってくれたら、ラッフルスは君に向かって相当の事をするだろう。その点、私が責任を以て保証するつもりだが――」

声をひそめて何かの条件を持出しそうだった。ヅーフに鄭重にあたまをさげていうのだ。

「御好意はありがとうございます。私は利益よりもやっぱり名誉の方が欲しうございます」

「もっともだ、私とても君の立ち場を守ってやりたい、事実、過去十幾年間、君の身分のために、君の財産をふやすことについても、私の余力をあげて守りとおしてやった。今後も同じ態度で、君のうしろ盾になってあげたいと思っているのだが、どうも、事と仕誼によっては、それが出来なくなるかも知れないのでね」

ワルデナールの言葉が、ヅーフの首のまわりをしめつけるようにからみ始めた。過去十年間のヅーフはたしかにワルデナールの恩顧にあずかっていたのだ。さらに、バタビヤにあるヅーフの財産は、ワルデナールの名によって保管されているのだ。

(おれのいうことを聞かなかったら。お前の財産だって、没収してしまう権限をおれは持っているんだぞ)

言葉は穏やかに、態度も紳士的ではあったが、ワルデナールの肚の底はただこれだけのいい方に尽きている。

「是非に及びません。私の身分も私の財産の全部も、仰しゃる通り、英国の旗じるしの下であなたの手の中に握られているに相違ないようです。しかし、ワルデナール、あなたの立場も、あんまり安心の出来る立場ではないようですが――」

「いや、私の立場は――」

「いゝえ、そうではありません、あなたの乗っている船はおらんだの旗を立てながら、英国船であり船員の一人一人に到るまで英語をつかっている。もし、このことが長崎奉行の耳に入ったら、船もろとも乗務員は、そっくり打沈められるかも知れますまい。なぜと仰しゃい、五年前に、この港へまぎれ込んで来て、仕たい三昧の乱暴をした上に、取分け人望のあった御奉行様一人に腹を切らせたのは英国の軍艦でありました。それ以来長崎の奉行は英国を天地に入れぬ仇敵として睨んで居ります。かく申せば、あなたは多分仰しゃるでしょう、おれはおらんだ人だからと。ところが、長崎の人々の憎しみは、万一となったら、あなたの身の上に一番多くふりかかって来るにちがいない。それをなぜだか、お気が付かれますか。はっきりわかるように申しましょうか」

文化六年（一八〇九）に逆上ってヅーフは蘭船入航合図の変更を語りはじめた。旗じるしひとつを目あてにしていたのでフェートン号の不祥事は起こったのである。それゆえ、二度とその手を喰わぬために、港外伊王島で停船させ、船中から二人の人質をとってまことの蘭船たる実証をあげさせることに、一時は定められたが、海上穏やかな時ならよいが、もし波風の高い時には、とても出来ることではないので、バタビヤの総督府と出島の甲比丹とだけの間の秘密の合図を信号旗で定め、その信号の旗をふりつつ、見張り舟を近よせる申し合せが文化六年以来出来ておったのだ。ワルデナールの船は、今度も、その信号によって入港したのだ。ヅーフはそのことを指した。

「あなたと私だけ知った合図を特に用いて入って来た船が、蘭船でなく、英国船であったとすれば、この嘘はだれがついたことになるのでしょうか。だれが一番の責任者として、長崎の人々から憎まれるのでしょうか」

ヅーフはじりじりと押してかかった。ワルデナールは恐怖と憤怒に身を震わして一喝した。

「君に、君にかれこれいわれる筋はない。日本人どもの前に、何もかもさらけ出してしまえ」

ヅーフはびくともしなかった。

「仰しゃるまでもない、日本の通詞たちはもう来ているはずです。私呼んであげましょう」

ヅーフの手が呼び鈴にさわった。水夫姿のお花さんが慎重に身づくろいしつつ入って来た。

「末永さんにたのんでおいたこと、よろしく計らって下さい」

「かしこまりました」

お花さんは身を翻えして部屋を出て行った。

二十八

「どうだ、ヲップルさんの男ぶりの立派なところが見えたろう」

末永はいい、お花さんはしきりに首をひねった。

「これからどんげんことになるとでしょうか。恐ろしかねえ」

お花さんは声をひそめていった。

末永とお花さんは廊下に立っている。部屋ひとつ隔てて、一方の書斎はワルデナールたちのいる部屋であり、一方の会見所には、つい今し方、役所からの知らせによって大通詞《おおつうじ》五人が緞子《どんす》の袴にぶっさき羽織、白柄の大小厳めしく合図を待って控えているのだ。

一方の扉が開いてヅーフが出て来た。

「大通詞さん、見えましたか」

末永に聞く。

「見えました」

「はな、ホウセマンさんを呼んで来なさい」

「はい」

お花さんがとんで行ってホウセマンをつれて来た時、甲比丹はもう大通詞たちのいる会見所へ入っていた。

「ホウセマン、書斎の中にいるワルデナールさんたちの張番をするように、どこへも出しちゃいけないって、甲比丹のいいつけだよ」

末永は取次いだ。

五人の通詞は石橋助左衛門、中山作三郎、名村多吉郎、本木庄左衛門、馬場為八郎だった。甲比丹は丁寧に挨拶をかわすと共に、五人を見わたしてからいった。

「お多忙の中をわざわざ御出張願いましたのは、容易ならぬ大事件を申し上げるためです。私どもの商会、バタビヤの本部は英国の軍隊に占領されました。従ってただいま、当長崎の港に碇船しております、シャーロッタ、マリアの二艘とも、おらんだの船ではなくいぎりすの船だということがわかりました。私はこの船との交渉一切にたずさわるわけにはまいりません」

切ってはなすようないいかただった。

通詞は五人ともあっといったまま、ややしばし言葉が出ない。

「まことに御迷惑ですが、どうぞ、お役所へこの事を御上申下さいますよう」

「ちょっと待って下さい」

年長者の石橋がいった。

「甲比丹の言葉だから、今のお話を疑う余地はないが、しかしどう考えても本当とは思われません。何にしても、現在、別々の甲比丹として、随分顔なじみでもあり、御懇意にもなっていたワルデナールさんが来ているのだが――」

残る四人も同感だった。しかし、ヅーフが再び言葉をくりかえしたので、ようやく納得すると共に石橋はいった。

「どうも、それほどにおっしゃるのをおしかえす筋もない。そこで、お役所へ上申となれば、一も二もないことだが、その前に私どもだけで少し打合わせをしてみたいが――」

「承知いたしました。私は別間に差控えます」

五人だけが残って少しの間評定があった。長い評定ではなく、再びヅーフは五人の前に呼び入れられた。

「甲比丹、君は一図に君の責任上、この事を役所へ上申するようにといってますが、上申したら、事のなりゆきは実に簡単です。五年前の長崎とちがって、半時《はんとき》と経たぬうちに、船は二艘とも焼きはらわれてしまい、乗組員はひとり残らず死罪の申し渡しをうけるに相違ない。それをやってしまったら実も蓋もない。あんまり酷たらしい仕方だと思いませんか」

石橋の言葉はヅーフにとって意外だった。

「酷たらしいといえば母国を失い、一切を失って、今ここに孤影悄然として突放されている酷たらしさとどちらでしょう」

石橋は聞くに忍びない様子だったが、押しかえしていった。

「私たちのいい方は、いたずらに事なかれ主義ではない。許せるものなら許してやろうという気持ちです。船におらんだの旗を立てている。殊に文化六年に定めた合図で港入りをしたのだし、まして長崎には馴染のふかいワルデナールさんが宰領しているのだから、だれひとり、あの船について疑いを持つわけがないのでね——」

「このまま見のがしてやると仰しゃるのですか」

「そうです、その方が穏便です」

「もし後になってあらわれたらどういうことになるでしょう」

「むろん、我々五人打揃って腹を切ることになります」

「私は——」

「甲比丹は与かり知らぬことです。御安心なさい」

その時馬場為八郎がいった。

「甲比丹、あの船にワルデナールさんが乗っていなかったら我々はこれほどにあの船を庇ってやる気はないのです。長崎には殊更なじみの深い、そしてあんたにとっても縁故の深いワルデナールさんがあの船の宰領をしているばかりで、私たちは庇ってやる気になったのです。これほどの目こぼしをするからは五人がよくよくの義理を弁まえ充分の覚悟をきめてやるのですから、必ずあんたに迷惑はかけません。御安心なさるがよろしい」

馬場の眼には涙の露が宿っていた。大義のために恩人を捨てようとするヅーフ。ヅーフの心の切なさを察して一切の事象に目かくしをしようとする五人の通詞たち。彼いわずこれ語らず、出島蘭館に醸し出された長崎人とおらんだ人との間の情誼はかくの如くこの港の水のように和やかであった。

「ありがとうございます。皆さんの御好意は、ヘンドリック・ヅーフ、死んでも忘れません。――では、どうぞそういうことに」

皆がほっとした気持ちだった。

「この上のお願いには、どうぞ、あの二艘に関する限り、私以外の申し分はどうぞ絶対にお聞き下さいませんように」

「よろしい、承知しました。万事を甲比丹の計らいに任せます」

二十九

《長崎出島おらんだ商館々長ヘンドリック・ヅーフと、現ジャワ政府の代、元蘭領印度評議員キーレム・ワルデナール及び、バタビヤ外科長ダニール・エーンスリーとの協約》

《ジャワ島及び其の附属地の総督閣下は、千八百十三年六月四日付の書面にて、ヅーフはワルデナールの直接命令の下に置かれたる由通達せられたれども、ヅーフはこれを遵奉する事を拒絶する旨、ワルデナール及びエンスリー博士に言明せり。同書により て植民地が敵のために侵略せられしこと明白なれば、ヅーフは此命令に服従することと能はず、然して彼れは現に目前にあるシャロッタ、及びマリーの二船並びに二船にて渡来せし人等全体が危険の境遇にあることをワルデナール及エンスリー博士に警告せり。即ちもしワルデナールが日本人に、此二船は何国の所属なりや、何ものの名義にて渡来せしやを告ぐる時は、如何に婉曲にいひまはすとも、船は忽ち焼き捨てられ乗組員は悉く殺さるべし。日本人は五年前のフェートン号事件以来、英国人を恨み同艦の此地に於ける暴行に対して尤も深刻に復讐せんとて、機会の到来を待ちつつあれば、ヅーフはこのことに対し何の手段をも講ずる能わず、尤も此の事件のために長崎奉行及び肥前鍋島侯の重臣にして番所長たりしもの五名は切腹し、鍋島侯も百日の閉門となりしことなれば、日本人がかくまで英国人を恨むこと当然の次第なり。ヅーフは日本に於ける和蘭貿易の主長として自認し、ジャワの現政庁とは何等の関係なく、従ってこれに対して少しも責任を有せず。然れども、もし、ヅーフが事の真相を日本人に公表せば、日本に敵意の有無に拘らず二船の人々は必らず危険にさらさるる事となるべし、さればこそ次の協約を結ぶものなり。

一、日本人に嫌疑の口実を与へざるため二船の積荷全部はヅーフに引渡すべきこと。

一、ヅーフは常例の如くこれを取扱ひ、取引事務終了後、ワルデナールに計算す。

一、ワルデナール及びエーンスリーは文化六年以後、出島蘭館が長崎会所へ借財、及び本年度までの蘭館諸経費を、ジャワ政庁にて引受け、船荷の売上代金を以てこれを支払ふべし。

一、ヅーフはその報償として余剰金のある限り、本年度輸出をゆるさるる数量だけの銅をワルデナールに渡すことを約束する。

但し規定数量六千七百六十六ピコル　一ピコル宛十二両三匁五分の相場なり。

一、其外、ヅーフ個人の分として七百ピコルをもワルデナール等に渡すべし、此代金はヅーフ又はバタビヤに於けるヅーフの代理人に支払ふべし。尚ほ更に余剰金あらば、樟脳五百ピコルの売買も契約す。

右千八百十三年七月二十六日、日本にて協定す。

ヘンドリック・ヅーフ

ヰーレム・ワルデナール

ダニール・エーンスリー

立会人　ヤンコック・ブロムホフ

（『ヅーフ日本回想録』＝文学博士斉藤阿具氏翻訳本＝より抄出）

シャーロッタとマリーの二船が長崎へ入港してからちょうど一カ月目である。ヅーフとワルデナールとの間に、こういう協約書が出来、出島屋敷では、この協約書によって日蘭貿易が行われた。

思えばこの十年の間、引きつづいた欧羅巴の戦乱のために、毎年何艘ときまって入港していたおたんだ船はぷっつりと来なくなった。欧羅巴の戦乱のどさくさ紛れに英国軍艦が印度洋を我がものにしてしまうに及んでは、いよいよおらんだ交易の途は絶えてしまい、ある時は唐船に托して、ある時はあめりか船に托して、さながら忍び込むように、時折長崎への入船があったくらいのものだったので、今度のシャーロッタとマリーにこうしたからくりがあったにも拘らず、長崎会所の人々も一斉に活気づき、おらんだ屋敷の蘭人たちは活きかえったほどに景気づいていた。

しかも、船荷物の全部はいつもの品と悉くちがっている。荷物という荷物には悉く英国製のマークが貼ってあった。ヅーフと荷倉方のブロンホフとは人知れず、船底へ入り、ワルデナールと共にすっかりはがしてしまって陸揚げをせねばならなかった。

「人をだますということの苦しさをはじめて思い知りました」

荷揚げがともかくも着々と進んでいる時、ヅーフは末永にいった。

「五人の通詞さんたちもそのことを仰しゃってでございました。甲比丹がどんなに辛い思いをしているることかと、いいくらして、すまないすまないと仰しゃってでした」

「末永さん、今度のことで、一体、だれが損害を受けたでしょうか」

ヅーフが改まって聞く。

「だれといいますと」

「私は五人の通詞と共謀して日本の役所をも、会所をもだましたのですが、すでに人をだますという以上、だれかがひどい目に遭うか、苦しむかという結果を見なければならない。とすれば、一体、だれを苦しませたかというのです」

「恐らく、あなたひとりが苦しんだだけです」

「私ひとりが、――本当にそうですか」

「その通りです。正直に一切をばらしたら、今時分、あの船は二艘とも海の底に沈められております。乗組員全部は、小田の原《こだはら》か、浦上かで数珠つなぎになって殺されたでしょう。それから、船の荷物はそっくり焼き捨てられて――」

「それはたしかです、その通りに、ちがいないのだが――」

「それほどの酷たらしいことを、あなたは未然に防いだとです」

「それにも拘らず、私の心持が、こんなに苦しいのはどういうわけですか」

「あなたのしん底に持つ心の正直が、そうした苦しみを起こすんです。甲比丹、あなたは、まだよいことをしています。やがて起こって来るはずの日本いぎりすの戦争を、未然に食いとめました」

「それをあなたは認めてくれますか」

「認めるどころか、五人の通詞さんがそういいよりなはるとです」

ヅーフがいくらか軽い気持ちになれた様子を見て、末永もうれしかった。

扉の外にノックがあってワルデナールがやって来た。

「荷揚げは今月一杯に終わるらしい」

「万事首尾よく行きそうです。よい八朔《はっさく》の廻礼が出来るでしょう」

唐人蘭人ともに交易の御礼に奉行所その他へ贈り物をもってまわることになっている。

「十年ぶりの八朔か、エーンスリー博士もつれて行ってあげられるといいが」

ワルデナールとエーンスリー博士は、ヅーフの計らいで、このころ出島の花園の中の家に住んでいる。

「カッサ君も誘ってあげたい」

「それはよかでしょう。船長さんたちも、それから重だった船員も、皆打揃うて見ゆるとよかですたい」

久しぶりでおらんだ屋敷はのんびりした風景であった。荷揚げ人夫のかけ声が刻々に勢いづいて聞こえる。

出船の白帆

三十

八朔の用意がすっかり出来、二隻の船の荷揚げも悉《ことごと》く終わったとき、甲比丹は荷倉役のブロンホフを呼んだ。

「それで献上ものは何々であったか」

ワルデナールの船は江戸の将軍のへの英国政府からの献上ものとして象を持って来たのだが、ヅーフはこれをまずことわることにした。飼い方もわからず、江戸まで運ぶとなれば、容易ならぬ困難が伴うからと長崎奉行の役人たちがいったのを幸い、さっそく断ることの手順はつけたのだった。まだまだ夥しい品々を将軍家へという名で持込んでいるのだが、それも何とかして断るか、でなければ、おらんだ政府からの名に書きかえるかしなければ、せっかく五人の通詞たちと示しあわせた嘘がばれることになるのだった。

「ピストル二個入りの一箱、壁かけ用の大織物一枚、大姿見二面、銀の縁とり皿九枚を添えた料理場の鉢、卓子兼用手風琴、望遠鏡四個、ビードロの蓋をつけた置時計、それから象一頭というのです」

「待ってくれたまえ、象はかえすことにしたが置時計もいけないんだ」

「はい」

「たしか時計のふちにギリシャ神話の絵がついていた、あれがいけない。あいつを日本人は一も二もなく切支丹の絵像と思いこんでいるから」

「ごもっともです」

「とにかく象と時計だけを返すことにすれば、どっちかというとさほど大袈裟な贈り物とは思われまい。そのくらいのことなら——」

ヅーフは独り言のようにいった。

「積荷のペーパや製造元のしるしは皆はぎとったろう」

「はぎとりました。ひとつひとつ、私の手ではぎとりましたから大丈夫です」

「それでは入札の用意も出来ているというわけですね」

「出来ております」

積荷の目録が出来あがると、それは出島乙名の監督の下に、長崎会所からも立会って、出島総門前の掲示場に貼り出される。そして入札の日取り、品物目利きの日取りが決まるのだった。

長崎の町人たちは入船の日以来、入札の日の来るのを待ちかまえている。

「何もかもおらんだ渡りの品物で、おらんだ人がおらんだ船で持って来たものとしなければならない。もしあの船にイギリス人が乗り込んでいることが知れたらたちまち焼打がはじまるぞ」

「エーンスリーさんのことを、奉行所の役人がしきりに聞いておったと、黒ン坊がいいましたが……」

「そうだ、エーンスリーは最初に疑われた。さすがに長崎地元の日本人は目が高い。あれはアメリカ人だからといいぬけをしたが苦しかった。日本人はアメリカとイギリスの区別がわからないんだ。英国人がアメリカへ植民をして、植民地の英国人どもが独立をしたんだ、と、こういう風に話をしたんだが……」

「そういってもわからないんですか」

「わからない。人間の力で国というものを建てるということが日本人にはわからないんだ」

「なぜでしょう。日本だって、はじめは人間どもが寄り集まって国を建てたんでしょう」

「ちがう。日本という国は神様がお建てになったというんだ。そして神様のお子さまがこの国の天子様になり、天子様のお子様たちがすなわち人民になったというんだ。はじめから神様のお国で、今でも、神様の集まりなんだから、人間の力で国が建つといったって、どうしても納得しない」

ブロンホフは突然笑い出した。

「私から考えると、それほどわかり切ったことを納得し得ないということの方が、よほどおかしいです」

「いや、笑っちゃいけない。笑い出す君はよほどお人よしだぞ」

甲比丹は厳かにブロンホフをたしなめた。

「お互いに、何千里をはなれた異国にいて、何も知らずに長崎の人たちの情愛で暮らしているんだが、お互いの母国は今、世界のどこの隅にもないんだぜ、それを君は考えたことがあるか」

ブロンホフの顔色がさっと変わった。

「おらんだばかりじゃない。欧羅巴ではドイツだって、イスパニャだって、イタリアだってなくなってしまったらしい。皆ナポレオンひとりの力でふらんすのものになってしまっている。イギリスの海賊どもが、我々の蘭領印度を奪いとってしまったというんだが、そのイギリスさえ、いつナポレオンにやっつけられるかも知れないんだ」

ヅーフはブロンホフに語る自分の言葉のために、いつか泣けて来る気持ちだった。ブロンホフも目がしらをおさえながら聞いている。

「僕は今のことについて、君に話しているんじゃない。やがてこの戦乱が納まった時、ナポレオンはどんな風に欧羅巴を整理するかだ。きのう踏みつぶしたオランダを、明日になってまた新規に建てなおすかも知れない。今日抹殺されたドイツが、明後日にはまた新規まきなおしになってドイツという名で地図の上に描かれるかも知れない。しかし、僕のいおうとするのはここだ。どう生まれかわっても、結局はある時代の強い奴が、弱い奴をやっつけて自分に都合のよい名で、国というものをつくり上げたり、つくりなおしたりするに過ぎない。人間の力で無造作につくったりこわしたりする国というものが世界中に、これほど沢山あることを、夢にも知らないで二千何百年も神様のお国の民としてお天道様をいただいている日本人を君は羨やましいとは思わないか」

もう声が出なくなった。ブロンホフも涙のために眼が見えなくなった。ややしばらく二人は泣きつづけた。

ドアにノックがあった。

「だれ」

「ハナ」

お花さんの声だ。

「お入り」

お花さんが自分は水夫の服のままだったが、丈吉に日本風の振袖を着せ、おもちゃの刀をささせて、つれて来た。

「ほう」

ブロンホフがまず目を見張った。

「日本さむらいだ。ははは、日本さむらいだ」

「ヲップルさん。丈吉の紋どころば見せておせつけまっせ」

黄色のかたびらの大振袖には青海波の熨斗目が染め出してあり、衿と袖との五つのところに異様な漆紋が染めつけてあった。それはヅーフがいつも署名に用いるヘンドリック・ヅーフの頭文字、HとDの字の組み合わせたものであった。

「紋どころだ、なるほど紋どころだ。これ、だれが考えました」

甲比丹が丈吉を抱きよせながらいう。

お花さんは得意に胸をそらし、片手を腰にあて、片手で自分の鼻を指さした。

「お花さんが考えましたか」

ブロンホフがいった。

「私が考えて、末永さんに書いてもろうたとです」

三人が改めて定紋を見なおした。丈吉はヅーフの手からはなれるとともに、おもちゃの刀を引きぬいて振まわした。

「ヤア、ヤア。斬るぞ」

ブロンホフは足を踏みならし手を叩いて喜んだ。丈吉はもう六つになったのだ。元来大きい方だったので、八つといってもそうかと思われるほどの子だった。皆に可愛がられてすくすくと伸びてゆく。

三十一

五人の通詞の申し出によって、英船を蘭船と見立てての類かむり貿易は、とにもかくにも第一段をみごとに終わった、第一段というのは積荷の入札引きとり方である。さて、これから第二段の関所を越えなければならない。

総じておらんだ屋敷の貿易はすなわち交易であり、積荷に値をつけて一応長崎会所が引きとり、現金を支払う代わりにおらんだ船の望む品物を、代金に準ずるだけの数量だけ、再び積込ませるということになっていた。

積荷の引きとりにも長崎会所に規定された制限があり、積込み荷物にも品ものについてのみならず、数量についてはやかましい制限が定められている。

おらんだから持込むものは織物や家具、調度、薬品、砂糖であったが、おらんだが日本に求めるものは、金銀銅鉄の類であった。殊に、今欧羅巴の戦乱のために、いやが上にも銅鉄の類を欲しがっている。

それやこれやをいつもの通りの仕来たりで運んでゆくのについては何のさわりもなかったのだが、ワルデナールとの協約書にある《ワルデナールとエーンスリーは千八百九年以来の負債及び本年度までの諸経費を彼等の政府にて引きうけ、船荷の売上代金を以てこれを支払ふべし。ヅーフはその報酬として余剰金のある限り本年輸出を許さるる数量ほどの銅を渡すことを約束す》とある。その一カ条の始末について問題が起こった。

一八〇九年といえば文化六年にあたる、すなわちフェートン号が長崎を荒らして去った翌年であり、その年以来、おらんだ船は代船が来たり来なかったりしたばかりで、出島の蘭館は毎年の経費をそっくり長崎会所から立かえてもらっているのだ。満五年の間、出島に残ったおらんだ人たちは、衣食住ともに長崎会所で貢いでもらい、長崎会所はただの一度もいやな顔はせず、出島が求めずとも、あれやこれやと心づかいをしてくれた。そればかりでなく、長崎奉行所からは三日にあげず役人が甲比丹を訪問して日々安否を尋ねてやっている。

（何か不自由しておるか、地役人の注意はゆきとどいているか、会所からの仕送りは滞りなく来ておるか、もし病人でも出来たら必らず遠慮をせぬように。少しは無理だと思うことでも、求めるだけ求めて見るがよい。江戸表の規定のゆるす限り、何事によらずゆきとどかせるようにするから——）

親身をきわめた心づかいを五年間一日の如くに受けつづけて来たおらんだ商会であった。それほどにゆきとどいた長崎官民の親切は親切として、長崎会所との間に嵩み嵩んだ経費の負債額は実に去年までの分で八万二百六十九両あまりとなっている、それに文化十年度の経費一万五千九十三両を加え、さらに甲比丹として定められたヅーフの役得料を加えたら十一万二三千両にも上るのだ。

――船荷の売上代金を以てこれを支払うべし――

かように協定した本文通りに、二艘の船に積込む銅に換算して十一万両だけ引去ったら、一ピコルの銅も渡せないことになってしまうのだ。

こういうことはかつて一度もなかった。それはともかくにも船が毎年二艘づつは来ていたからなのだが、今年のような場合は特別なので、当然甲比丹としては、こんなに沢山の負債を即金払いにせずとも、内金払いにして船を送り出すだけの権限もゆるされており、長崎会所も決して悪い顔はしないことになっているのだが、ヅーフはそれをせずにワルデナールにそっくり負債を支払わせようとしているのだ。そのための協定者であり、同時にこれがおらんだ船かいぎりす船かの扱かい方の別れ路であった。

「さて、今年の銅の積出しは六千ピコルと定められている。それに特別を以て千四百六十六ピコルだけ増額してもらえることになったから、合せて七千四百六十六ピコルですが、それをそっくり積込んだら、夥しい貸分になって、結局五年分の負債は未払いのままの出帆という結果になります。協定によって、出島の負債はぜひとも片付けていただかねばなりませんし、銅はさし上げたいし、いろいろ考えました末、私の役得分だけバタビヤ支払いということにしていただいて、差引六千六十六ピコルだけ積んでさし上げましょう。どうぞそのおつもりで」

ヅーフのいい渡しは冷酷だった。ワルデナールもエーンスリーも立ちすくむばかりの有様でヅーフの顔を見つめた。

「船を出すわけに行かない」

「どうも仕方がありません」

「船脚が軽すぎて、船はひっくりかえってしまうだろう」

「バラストを入れればいいでしょう。船脚の落ちつくだけ石ころを用意させます」

「それはひどいよ。何しろ、戦乱のために、銅はいくらあっても足りないんだから」

「仕方がありません」

「銅を充分に用意しておかないと、ジャワの人たちだって納得しない。政庁を不信用がっているために紙幣というものが通用しなくなっているのでね」

「お気の毒さまです」

ヅーフの顔が勝手にしろという風に見えた。

「どうだろう、ヅーフ君、銅を君の役得分だけでも足してもらえまいか」

「いけません。私がいけないというのではない、長崎会所に対して、負んぶといえば抱っこというようなねだりごとはいえませんからね」

あまりにもワルデナールの苦しさを、しかしながらヅーフは見すごすに忍びなかった。

実際船脚の軽すぎるということもわかりきった話なのだ。

とうとう、樟脳五百ピコルと、バラスト用の鉄板千五百五十枚、樹脂十ピコルを足してやることにして折あいはついた。

「それでも五千八百六両のお立換になります。その上私の役得料千四百ピコル分を合わせて、これはバタビヤでお仕払いを願います。そのためというわけではありませんが、荷倉役のブロンホフ君に、乗込んで行ってもらうことにします」

「ははは、長崎からバタビヤまで馬を引ぱってゆくのか」

「そうかも知れません。ははは」

三十二

「気の毒だが、君も乗込んで行ってくれたまえ」

あとで甲比丹はブロンホフに頼んだ。

「人質ということになりそうですね」

ブロンホフは苦笑いをしている。

ワルデナールからいわせれば付馬であり、ブロンホフ自身からいえば人質にもでなりそうな辛さをブロンホフに押しつけたヅーフの心は一層つらかった。

「付馬でもなく人質でもない。僕は君におらんだ帝国が敵国たる英吉利国へ派遣する軍使という役目を期待しているのだ」

ヅーフは両頬にただならぬ輝きを見せていい渡した。

「二隻の船をとにもかくにも、おらんだ船として送り出すことは出来そうだが、ワルデナールさんの肚では来年も今年と同じ手でのめのめとやって来るつもりにちがいない。来年の入船季節までに、戦乱が納まったにしても我々の本国の本当の船が長崎へやって来るほど一切のあと始末は出来ないにきまっている。さればといって、再来年まで待ったら、おらんだが復活するか、幾年経ったら、バタビヤにしろ、欧羅巴の本国にしろ、なつかしい三色旗のへんぽんたる暢《のびや》かさを拝むこと出来るかそれはお互いに目あてのつかない話なのだ」

ヅーフはそういいながら、窓をふりかえった。窓の外には旗竿の先に高々と三色旗がひるがえっている。

世界のすみずみ、どこにも見うけられないただ一本の三色旗である。

ブロンホフもそれを見た。

「あの旗を、来年も、再来年も、たとい、何年先だがあてのない年数の間、僕の手で僕の力で、そして長崎に人々の奥ゆかしい好意によって、あの旗を、あの通りに、せめて出島の一角から倒したくない。ただそれだけだ。ただそれだけの目的のために、僕は、恨みを呑んで、来年の船も、再来年の船も、バタビヤから来させたいと思うのだ。そのために、君を軍使として敵国との間に協定事項の訓示を抱いてバタビヤに行ってもらいたいというのだ」

「わかりました。行きます、喜んで行きます」

ブロンホフは言下にいった。

「行ってくれるか」

「行きます。行って必ず、あなたの目的を達してお目にかけます」

二人の手はしっかりと握りかわされた。

しばらくしてヅーフはいった。

「ナポレオンは今ロシヤまで侵入したという話だ。して見れば欧羅巴中がふらんすの領地になったも同然だ。しかし、この先どうなるのかわかからない。どさくさ紛れにジャワを我がものにしたいイギリス人は、刷毛《はけ》ついでに出島をも我がものにしてしまおうとしている。それを僕は立派にはねかえすことができた。しかしこの先、僕の力ひとつではねかえし通せるとは思えない。幸いに日本の幕府が、オランダ以外の国を絶対によせつけないと規定しているのが、ただひとつの力綱だ。いいかえれば、日本の幕府が、自分だけの潔癖でオランダ交易だけを認めていることは、畢竟《ひっきょう》出島の三色旗一本を、いわず語らずのうちに守ってくれているようなものじゃないか」

「そうです、たしかにそうです。で、ブロンホフ軍使への訓示は」

「聴きたまえ、一、ジャワを占領した英国人は、長崎出島にあるオランダ国の甲比丹と通商条約を結ぶ。一、ジャワの英国人は毎年通商の船を出島に送るべし。その船にはオランダ国の国旗を必ず揚げること。一、出島にあるオランダ甲比丹は船長等がオランダ甲比丹の命令を遵奉する限り、積荷を売却し、かつ、帰航の船荷を受け入れることに尽力すべし」

ブロンホフは軍人のような態度をとって訓示を復誦した。

「僕は君の熱意と手腕に信頼しているんだ。はじめ、僕はワルデナールにさえ直接ぶつかって承諾させようとしたが、絶対に受け入れてくれなかった。仕方がないから、君を僕の代理人としてバタビヤへやって、ラッフルズに直接談判をさせたい、便乗をさせてくれるかを交渉した。そして、よろしいという返事をもらうことが出来たのだ。君の責任は重い、祖国の旗のために充分の覚悟をもって敵に当ってくれたまえ」

「承知しました。必ずなしとげます。私の一命を抛《なげう》つ覚悟で」

「僕は僕の権限と先例によって、君を僕の後任者として任命する。そのこともワルデナールさんに話しておいたからそのつもりで」

長崎詰の甲比丹は日本政府との約束で一年交替と定められている。たまたま欧羅巴の戦乱にわずらわされて、ヅーフのように久しい間甲比丹をつとめつづけることは異例なのであった。

　積荷がすっかり終わった時、ブロンホフはシャーロッタ号に乗り込んだ。予備甲比丹の命令書と、ラッフルズへあてて甲比丹ヅーフからの公文書と、そしてなお、バタビヤの政府から欧羅巴のオランダ帝国海軍大臣兼植民大臣ファン・デル・ヘイム氏に向けて、それはたとい今どこにどうしているかもわからぬ人ながら、せめてもの心やすめに一通の報告書とを抱いて、喜び勇んで乗船した。

　一八一三年十一月のはじめ、すなわち文化十年のはじめに、オランダの旗を立てたシャーロッタ号はオランダ人が任命した甲比丹ブロンホフを載せ、同じくおらんだの旗を立てたマリア号は、いぎりす人が任命した甲比丹カッサを載せて長崎の港を出帆した。

　なつかしい白帆が沖の島々の間を縫いつつ、冷たくも晴ればれとした海のかなたへ遠ざかりゆくのを長崎の人たちは、思い思いの心で浜辺に立ち、磯端に立ち、岬のあたりに立ちつくしつつ見送った。

花のお江戸

三十三

ワルデナールの船が出て行ったあとヅーフは、気持ちだけはホッとして重荷を下したようだったがが、そのくせ淋しかった。

「《ある時はありのすさびに憎かりき、なくてぞ人のこひしかりける》という歌の心持だと思います」

末永は久しぶりで辞書編纂にとりかかった時、ヅーフにいった。

船の入った時から、ずっとやめていた辞書の編纂だったので、半年ぶりで草稿を引っぱり出して見ると、どこから手をつけていいのかが呆然たる気持ちだった。

「ある時はありのすさびに憎かりき、なくてぞ人の恋しかりける」

ヅーフはくりかえして見たが、さすががによくは呑みこめない。

「ワルデナールさんを送り出したあとの、甲比丹の心持ですよ」

末永は歌の意味を説明した。

「わかります。その通りです。憎い人ではない、まして私をここまで仕上げて下さった恩人ですから――」

「お察しします。船が出てから急に甲比丹は船を恋しがっておりなはると、お花さんがいいました。あまり淋しがって、甲比丹は病気になんなはっとじゃなかろかって――」

黙々としてカードを整理しているお花さんをじろじろ見ながら末永はいった。

「大丈夫、そんなことはない――」

甲比丹が打ち消したのへかぶせるようにお花さんはいった。

「ヲップルさんの、よかろ加減なことばかりいいなはる。毎日毎日、烽火岳ばっかり睨みつけているじゃありませんか」

ヅーフに指さしながら真向から素破《すっぱ》ぬいた。

港の口の遠見番所で毎日沖に遠眼鏡を向け、黒船の白帆が見えたとなったら、番所から早舟を走らせる一方、番所から番所へののろしをあげるのが、烽火岳で受けとめることになり、それを怠らずやりつづけているのは、例の松平図書頭様が死を以て幕府に陳情して以来の仕来りであった。烽火岳は彦山と肩をならべて蘭館の門前を見下ろしている。ヅーフは近ごろ朝毎に、烽火岳を仰ぎ見る癖がついていた。

「何といわれても仕方がない。去年まではどんなにものがなくなっても、どれほど苦労をしてもかまわないという気持ちじゃったが、今度はどうしたことか、むやみに船の入るとが待ちどおしかとじゃ」

ヅーフが本音を吐いた。

「その気持ちもわかります。去年までは船の途絶えた原因がわからんじゃった。今年のマリアとシャーロッタ号で、おらんだ本国の事情が少しでもわかったもんのけん、それでなおさらさびしかとでしょう」

末永はいった。ヅーフは黙っている。

「船を待つという心持よりも、何とかしておらんだ国のもとのごと、早う立ち上がればよかと思う心持――」

「その話、止めましょう。私には私の用がある。さあ辞書のつづきば早うせにゃ、日の短かかけんね」

「もうじき冬至の来るばい」

お花さんが心得て、すぐに話題を転向した。

「そうそう、もうじきおらんだ冬至、それから唐人冬至、そしてお正月で丈吉君が七つになる」

末永もお花さんの言葉を受けて甲比丹の気持ちをなおした。

「丈吉も七つか、おらんだ風にかぞえれば六つじゃ。日本の人早く年よりになりたがるね、どういうわけか、年ば余計に数えるたい」

ひとしきり西洋と日本の風習は何かにつけて反対だという話が三人の間に賑やかに交わされた。

おらんだ冬至というのが、実はクリスマスを祝っているのだという話も出た。

「これこれ、そんげんことば大きな声で話すと磔刑《はりつけ》になるぞ」

甲比丹が冗談のように睨んだりした。

「唐人冬至のつぎがお正月、それからヲップルさん江戸上りたい」

お花さんがまたまぜっかえした。

「そうじゃ、来年は三度目のお江戸上りじゃ、ひとりの甲比丹が三度も江戸に上る、こんげんことはもう、これから先もなかろばいねえ」

ヅーフはいった。ヅーフは長崎へはじめて来たときから勘定したらもう十五年にもなるのだ。はじめは荷倉役として、それからワルデナールに引立てられて甲比丹になって。

甲比丹の江戸参府は四年に一度めぐり来る蘭館行事のひとつだった。ヅーフはその行事の三度目をいままさに出発しようとしているのだった。

「よか都合に、今度は献上ものがそろいましたね」

末永がいった。ワルデナールが特にラッフルスに托されて持ちこんだ多額の献上もの、——それはオランダを押しのけた英国政府が、ついでに出島をも乗取るつもりで将軍家のごきげんとりに持ちこんで来た献上ものだったのだ。ヅーフはさっそくそれを流用しようとしている。

「ものごとは実に皮肉に出来ております。こういうことは日本で面白い格言がありましたね」

「人のもので義理をするという言葉ですか」

「ふむ、それそれ、人のもので義理をする。なかなかよか都合じゃ」

「ヲップルさんは一月から四月ぐらいまで留守ばいね、今度かえって来ると、丈ちぃはもう見ちがえるごとなっとるばい」

そういったお花さんへヅーフはじっと眼をとめた。

「そんげん私の顔ば見て仰せつけんちゃよかですばい」

「お花さん」

「何ですか」

「おうちもいい加減に見ちがえんごとなったらどうですか」

ヅーフはひどく改まったいい方だった。

「何ばですか」

「結婚ばしなさい」

女にはあたまごなしに押えつけるようにいうのが一番よいという考え方を今思いついた。ちょうど末永と二人そろっている機会を利用して、短兵急に話がまとまりそうな気がしたのだ。殊には、自分の江戸出府を目前に控え、世間は正月を間近にしている、何かにつけてものを急激に変化させもし、進行させるのに、一番よい条件がそろっていると思った。とにかく、ヅーフはただ一言で切ってはなし、次のひとことでことがまとまるつもりだった。

しかし、駄目だった。お花さんの例の病気が久しぶりで発作した。一切を投げ出して、お花さんはプイと立ち去った。

末永は目を伏せてしまい、ヅーフは呆気にとられた。

「女の子、むずかしいなア」

ヅーフはいったが、末永は淋しく笑った。

「そうですかね」

これほど気の合った人たちの間にこれほど気まずい空気が漲《みなぎ》ったことははじめてだった。

三十四

正月十五日、諏訪神社にはおらんだ立の湯立《ゆたて》行事がある。甲比丹江戸上りにつき道中安全を祈る湯立なのだ。その日を期して甲比丹の供ぞろいがはじまり鹿島立のおなごりがくりかえされ、先荷物、手まわり荷物、駕籠、乗りもののしらべがはじまるのだ。何しろ、出島の人々は皆がざわついて来た。

ヅーフについてゆくおらんだ人は書記と医者の二人で、奉行側からは検使一人、三人の家来を従がえ、大通詞一人、小通詞一人、小通詞並一人という同勢で、出発は二月十五日未明、桜馬場の威福寺《いふくじ》境内天満宮に勢揃いをし、ここで送られる人送る人、それぞれにお別れの盃をくみかわし、やがて蛍茶屋から一の瀬、日見峠を越えて下に下にの警蹕《けいひつ》の声は遠く江戸をさして遠ざかってゆくのである。

荷物の中で道中入用のないものはあら方参礼船に積みこんで、三、四日前に港から送り出して下関に待合せることになっていた。

行列の先頭には献上ものの品々で、下に下にの警蹕はとりもなおさず、この品々のために掛けられるのだ。

いつも十個か十二、三個のはずだったが、今度は特にワルデナールが置いて行ってくれたので十五個に及んでいる。一品一品を丁寧に油紙に包み、その上を花茣座でまき、さらに菰づつみにした荷物が、どれもこれも同じ大きさに包み上げてあり、ひとつひとつを釣台に載せて、大きな黒縄でごばん目の花結びで封印がしてあるのを、手がわりつきの二人かつぎで、ミシリミシリとかついでゆく。

そのあと十二頭の鞍つき馬が、それぞれ一駄づつのつづらを背負って進み、宰領一人、書き役二人、人夫頭一人で荷物を守り、荷物の前後には徒士侍が総勢八人、これがすなわち一文字笠に脚袢甲かけ、両刀の柄かしらに拳をすえて、下に下にと雑踏する群衆どもを追いはらうのである。

その次につづく荷物は甲比丹の長持二棹、葛籠四つ、書記も医師も同じくらいの荷物がついてゆく、これより多くはなっても少くはならなかった。荷物の中には葡萄酒その他の飲料、バター、チーズ、いぶし肉、塩肉、珈琲、砂糖、香料、焼菓子、甘菓子、その他で甲比丹付のまかない方二人つき添い、五人分ほどの食器をひと通りそろえ戸棚入れにした一荷物を自分で宰領し、両人の中順番を定めてひとりが昼めしの用意をすればひとりは晩食にと、互いちがいに、発しつ食事の用意をすることとなっていた。棚と一緒に食卓と椅子三脚が運ばれるので、至るところで一室は即席のおらんだ風に按配され、おらんだ風の食器、おらんだ風の食事が、宿場宿場、本陣本陣で、甲比丹たちを待ちうけるので、長い道中でもおのずからおらんだの別天地がつくり上げられるのであった。

さて荷物のあとに甲比丹の行列がはじまるのだ。

行列がしらがひとり、人夫頭とともに先頭を切ってそのあとには若い下役人二人、これは乗物で持たせ、駕籠脇には下郎ひとりづつ、挟み箱二人づつ、――これが第二段。

第三段には通詞の書き役ひとり駕籠に乗り、小通詞並、小通詞がそのあとから、これまた下郎ひとりづつ、挟み箱二人づつを従がえてゆき、第四段にはおらんだ医者の乗りもの、出島定雇の下郎ひとり、奉行所から目付役ひとりつき従がい、薬箱が二人の人足にかつがれてそのあとにつく。

出島の書記の乗りものは三人昇《か》きで、これには下郎が二人つき、それから乗物宰領ひとり、人夫頭二人が立って、さて第五段目に甲比丹の乗物がゆく。

甲比丹の乗りものはお駕籠の中でも一番大型のものを用いてあった。内側は金紙で貼りつめ、黒塗の天井、両側はすだれのかかったかまち窓、かまちにも美くしい紙が貼ってあり、きららずりになっている。駕籠の中は横になれるというほどではなけれど、相当の広さで寛ろぐことが出来、乗物の中で文字を書くことも出来れば煙草を喫うようにもなっており、思いの外楽な旅が出来たと、ヅーフの旅日記には書いてある。

こうした大型の乗り物をおらんだ東印度会社の紋章を白く染めぬいた法被を着て八人の人夫がゆらりゆらりと昇《か》ついでゆく、駕籠かきの下郎は日本人二人、オランダ人二人、さらに靴と上靴を革箱に入れてかつぐ下郎ひとり。

お茶屋の駕籠は甲比丹のうしろについて行って、いつ何時でものみもの用がつとまるように湯を煮たたしてかついでゆくことは大名行列のお茶屋と同じである。

さらにそのあとへ椅子がつき、ステッキがつき、つづいて金紋つき黒塗の抽斗箱《ひきだし》へもえ立つばかりの緋帛紗《ひふくさ》をかけて三人の肩にかつがれてゆくのは甲比丹櫃、すなわち出島蘭館おみとめの御朱印状を入れたものである。

あとはおらんだ人たちの着替え、各々二対づつ、提灯雨具を入れた合羽籠、最後に大通詞の乗物と路用の現金検使はしんがりにすわって鎧櫃をかつがせつつこれも乗りもののあと備えの下役人たちが、そのあとにつくという風であった。

こうして、出発した甲比丹たちは、矢上で中食、第一夜を諫早の寺で泊った。

二日目は大村の中食、彼杵《そのぎ》泊り、三日目に彼杵を出ると間もなく、行列はとある豪家へ立ちよったが、ここの主人は幼少の頃からおらんだ人の江戸上りを見るのがたのしみで、これで三十八回目のおらんだ行列に遇えたと甲比丹一行に酒をすすめ食膳を用意するのが道楽だという。年を聞けば「八十五歳になります」といった。

ともあれ、ヅーフが三回目の江戸上りは、道中恙がなく長崎出発以来六日目に小倉へ出て、ここから海峡を下の関へ渡り、ここで船路を先発した参礼船と出会い、順風を待って大阪まで、瀬戸内海を船でゆくことになった。

三十五

《日本船は我等の船と反対に、最前部を上等とする此処に甚だ心地よく設備されたる甲比丹の室あり、これに対して医師及び書記の室ありと、我等一同此室にて昼食をなす、日本の役人には只三室を与へられ検使のみは其中の一室を占む。

好天の時は六、七日に兵庫に達すれども、予は一度、十七日を費したる事あり、兵庫に上陸すれば、我等には乗物、検使には駕籠を用意しありて我等はこれより長陸路を江戸まで運ばるるなり。すべて大都会には夜に入って入るを避け、午前に到着する習慣なるが故に、兵庫より大阪までは一日にて到達し得れども特にこれを二日旅程となし、途中一の宮に泊し、翌日昼頃行列を揃へ担夫は新しき法被を着て大阪に入る。

我等は大阪にて三、四日滞在するを例とす。其間に出島へ持かへるべき入用品をいろいろ注文し帰り道に持帰ることとす。此地の両町奉行へも贈りものをする例なり。贈りものは羅紗一巻、バトナ更紗など、大阪にはその外城代が居る、奉行よりも身分高けれど、市政に関係なく、我等とも交渉なければ贈物をせずともよし。

我等は大阪から船で淀川を上って伏見に送られ、翌日京都に入り、大通詞はおらんだ甲比丹到着の事を町奉行と所司代へ報告し、我等は所司代より新井の関所と箱根の関所の通行券を下げらるるなり。

京都よりはいよいよ長陸路なればここで荷物を整理し荷箱を入れかへたりするために三、四日滞在。

京都から桑名まで乗物、伊勢湾は船でこして熱田の宮へ上陸し、宮から新井の関へかかるなり。

新井の関のしらべは随分厳重なれど、我等はここの領主の好意により、関所のそばの宿に一泊し、ここから美くしい舟で浜名湖を渡って舞坂に上陸す。

間もなく大井川なり、蓮台渡しで川を渡り四時雪に包まれた名山富士の麓の三島町へ出で芦の湖に泊ってやがて第二の関所にかかる。

我等につき添へる検使も役人も通詞も皆駕籠を下りて関所を通らねばならず、但し我等は乗物の中で坐ったまま、関所前ですだれを開けて挨拶をすればそれでよいとしてあるなり。峠を下って小田原、その次の夜は早神奈川着、ここには江戸からおなじみの長崎屋源左衛門が来てゐて我等を出迎へたり》（ヅーフの日本回想録）

長崎屋源左衛門は江戸本石町にあるおらんだ定宿のあるじであった。

長崎から江戸まで一カ月内外の長道中とはいえ、一年中出島という檻の中に入れられているおらんだ人にとっては、結局、快《ここち》よい遊山旅であらねばならぬ。

毎日の道すがらはよい風景とよい食べものと、とりわけ、どこで休んでも寝泊りしてもおらんだ人の習慣によって楽々と過ごせるのだ。夜は検使と大通詞が一々御機嫌伺いに来て、あしたの日程を甲比丹の心まかせに定めることになっている。道々、物見高い里人たちや、町の人たちが、さながら折かさなるようにして、おらんだ人を見ようとむらがり立っては来るものの、それもただ遠巻きに取巻き、怖々ながら、笑顔をつくって眺めあうので、慣れれば少しもうるさいことはなかったらしい。

《我等の国の下層社会のものどもの如く粗暴無礼の振舞はなく、只、ものめずらしげに我等を見んとてひしめき立つのみなり。

道々の群集について、おらんだ人たちはかういふ風に書残している。兎に角、快い旅路であったらしい。が、一旦江戸へ入ったとなれば、今までの気楽さは忽ち打ってかはって窮屈な箱詰めになって了ふのだ。

我等は長崎屋の二階の室に入れられてその儘外出を禁ぜられる、我等の部屋は狭い本石町の路地に面して何の眺望もなく、甲比丹に二室、書記と医師に一室づつ、別に食事室があり、ここは来客の応接室にも使ふ事となっている。その他奴僕の部屋と浴室で、その日その日をくらすには何の不自由もないながら、所詮は鄭重をきわめた座敷牢という風であった。

我等の一行に属したものは駕舁人夫にいたるまで、そっくり長崎屋に泊められていて将軍家への謁見がすむまでは全員監禁の有様であった。

検使でさへも、江戸に我家を持っていながら、旅館を出る事はゆるされない、妻子にあひにゆく事さへも禁じられている。男の子があっても訪問して来る事は出来ないとしてある。謁見がすんで、はじめて自分の家庭に立ちよる事が出来るには出来るのだが、それとても昼間の中に一寸立寄るだけで、夜に入るまで我家にいること相ならずといふ程だ》（ヅーフの日本回想録抄出）

「此前においでのときは、大層迷惑をおかけしまして」

長崎屋源左衛門は、ヅーフを部屋へ案内するとともにいった。

それは八年前の江戸上りの時であった。

文化三年（一八〇六）三月四日、本石町からは二里も距たったところから燃え出した火事が、しかも朝のうちに燃え出したのでありながら、炎々として昼すぎても消えず、八つ時をすぐる頃には折柄吹きつのった強風にあおられて、とうとう本石町へもえうつり、これはとばかり立退きをはじめる間もなく、長崎屋をそっくり焼きはらってしまったのだった。

「あの時は驚ろいた。あれから一度も焼けないね」

「ははは、そうたびたび焼かれてはたまりませんよ」

ヅーフは元の通りに建てなおした家を改めて見まわしたりした。そういえば、文化七年（一八一〇）にも来たことは来たのだ。そして、その時も今と同じ言葉を源左衛門と話したことだったが、など思ったりした。

「焼けては建て、建てては焼ける、それがきっと同じような家々同じような間どりで建てるというのが、日本の人の好みらしい」

ヅーフはいった。源左衛門はただ笑ってのみそれを聞いた。異人というものは、何かにつけてこういういい方をするんだとでも思っていたらしい。

「家の建前と同じように、心の建前をも、決してかえない。先祖代々何千年でも一本道を通って来るというのが日本人のえらさだと私はこの頃になって気がついた」

ヅーフはいった。

「ひとつところで足ぶみをしているようなものでございましょうか」

「いやちがいます。足ぶみをしているのとはわけがちがいます。足ぶみをしているのは支那の人、印度の人、皆そうです。人のしたことをただぼんやり眺めてくらしているだけだが、日本の人はそうではない。論より証拠、私がここへ来ている間にも、御承知のとおりに、いろいろの人がそれからそれと訪ねて見える、それが、皆欧羅巴の学問の話について、何かしら聞き出してみたい、何かしら新規のことを知りたいとしている心持がよくわかります。こんな心持を持っているのは日本の人の特長です」

「ほんとに、今度も例によって来客が大へんでしょう。甲比丹が見えるとなれば、上はお大名から下は町人の末々にいたるまで、押すな押すなという風に見えるのですから、あれだけの人たちに、応接なさるだけでも、大抵のことじゃございません。しかも、それが皆、長居をして、長しゃべりをするので――」

「いや、しゃべるのは私の方じゃ。お客様は皆、ものを聞きにおいでになる。医術の話、天文の話、機械の話、欧羅巴の生活の話、それからそれと実にびっくりするようなことを話しかけられるので、いつも感心しております。こんなことは、印度や、ジャワや、支那では決して出あわさないことです」

ほんの世間話をする心持の間に、ヅーフはいつかしら、日本と日本人ということについて深く考えはじめていた。

いつ来て見てもかわらない江戸の生活、ただあるがままに見てすごしたら、この人たちはよくもこうしたムダの多い、まだるこい生活に甘んじていられたものだとだけしか考えられない。これまで幾人か変わった甲比丹たちや幾人か出入りして日本のどこかを見、日本のだれかと交際したおらんだ人たちは、皆一様にそういってている。何千年でも同じことをしつづけている日本人、何千年でもぬかるみの中を足駄というもので、軽業《かるわざ》のようなあるき方をして暮らしている日本人、身体を二重に折りまげるような長たらしくも馬鹿丁寧なお辞儀ばかりしている日本人、焼けても焼けても同じようなたきつけのような家を建てて、またしても火事にあうのを待っているような生活をしていて馬鹿げた日本人、何かにつけて、欧羅巴の人たちは、日本人のことをそういう風に馬鹿あつかいにしているのだが、それはとんだ間違いではないかしら、馬鹿げたと見ている我々の方がよっぽど馬鹿げているのではあるまいか、ふとそんなことを、ヅーフは今思いはじめた。

「源左衛門さん、御覧なさい、この家もそうだが、この窓から見渡したどの家もどの家も、皆木と竹と紙でつくってある。木と紙と竹、わずかにそれを泥でのり付けにしたような家ばかりです」

「はい」

源左衛門は返事のしようがなかった。眺めるようにして甲比丹を見つつ、あとの言葉を聞いた。

「私たちおらんだ人は、こういう家を見てびっくりします、本当にびっくりします。正直にいいますと、何というお粗末な危なっかしい家に住んでいる人たちだろうと、こういう風に皆がいうのです。そして、少からず軽蔑するのです」

「は――」

「しかし、私は、今、つくづく、それは間違いだったということに気がつきました。木と竹と紙の家に住んで居ればこそ、日本人は強くなったのです。こんなお粗末な住居を、くりかえしくりかえし、火事で焼かれては建てなおし、焼かれては立て直しする間に、日本の人たちの肝玉は、大磐石のように強くなってゆくのではないかしら。今度長い道中をして、参府するにつけ私は、私の乗物を舁《かつ》いでいる人夫さんに注意をしましたが、実に驚ろいたことがあります。それを何だと思いますか」

ヅーフは目を輝やかして、源左衛門を見つめた。

「ヘイ」

源左衛門も、目を見張って、ヅーフを見かえした。

「一月のなかばから、一カ月あまり雨も降れば風も吹き、難儀な山坂もあれば、退屈な長い長い道もありましたが、どんな難儀な道にさしかかっても、どんな苦労をしても、乗りものをかつぐ人たちは、ただの一度もいやな顔をしません。ねだり言ひとついいません。私たちが、少し休んだらどうだといっても、彼らは決して休もうとはしません。これは恐ろしい強い心です。これほど強い辛抱の心は印度人にも支那人にもありません。はずかしいが私たちのような欧羅巴人は、みじんも真似の出来ないことです。何千年経っても同じ苦労と同じ生活をじっと我慢するかわりに、どれほどのことがあっても、びくともせず、顔色ひとつかえずに、にこにことおのれの分を守っているという大きな強い心を、ものの美事に錬え上げたというのが日本人です。同じところで足ぶみをしているどころか、いつ何時でもとび立つ心がまえを自然の中にいわず語らず養っている人たちだといった方が当たっておりましょう」

ヅーフはおのれの言葉のなかに、大きな発見をしたかと思った。源左衛門は淡々として聞いている。淡々たる源左衛門のかわらぬ風貌が、またさらにヅーフにとっては限りなく頼もしかった。

世界中に、ただ一カ所だけ母国の旗を立てとおすことの出来たのも、畢竟はヘンドリック・ヅーフというおらんだ人の実力ではなく、無言の中に宏大もない人情の力で力添えをしてくれた長崎人という日本国のたましいのおかげなのだと、今や甲比丹は、はるか三百六十里を隔てた江戸から長崎を見なおす心持であった。

さて、窓下の雑踏もややしずまって、花の大江戸の第一日は、とうふやの触れ声のうちに日暮れが迫ってきた。

「風が出ました。今夜も火事がありますかね」

源左衛門は何の頓着もなく、にこにこと立って、「ではどうぞごゆるりとおくつろぎなさいまし」をいった。さながら火事にあうのをたのしんででもいるように。

三十六

ヅーフが江戸で出会した火事は文化三年三月四日大江戸大火として年代記にも書きとめてあるほどの大火であった。ヅーフは大火に出会った時の感想を書きのこしている。

一八〇六年四月二十二日午前十時ごろと、ヅーフの回想録は書き起している。これは太陰暦の三月四日に当たっているのだ。

《我等の旅館より二時間行程ほど距たりたるところに出火せしことを発見せり。されど江戸にては人皆出火の警鐘に慣れたるを以て左ほど注意するものもなかりき。実際晴天なれば大抵毎夜火事あり。雨天の時は少きが故に江戸の人には晩に雨降るときは互ひにおめでたうをいふほどになり。然るに火事は次第に近づき、午後三時に至りて強い向ひ風になり火の子はまともに浴せかかって来た。我等は一時頃より警戒して荷づくりをしてゐたので、悠々と避難する事が出来た。街路に出て見れば四方皆火なり。風に追はれて逃げては危ないと思つたので、斜めに風上に向かって焼けあとの方へ逃げのび、遂に火の手をうしろに見て原といふ広場へ逃げのびたり。ここには既に焼け出されの大名たちの家族が、めいめいの家の定紋をつけた小旗を立ててずらりと並んでゐたれば、我等もそれにならっておらんだの小旗を立て、その下に落付きたり。

今や火事は一望の中にあり、その怖ろしき光景は嘗ておぼえのないほどにて、女子供の悲鳴とうなり声、燃えさかる火焔の音、只々すさまじともすさまじ。

我等はここにて一先ず安全なりしがかへるべき家もなし。江戸詰の長崎奉行肥田豊後守は既に被免になり。その後任者の邸も既に焼け落ちたれば、江戸の別方面にある長崎詰奉行成瀬因幡守の邸に泊る事となりたり。夜十時半、その邸に到りしに奉行の子息は甚だ懇切にもてなし、万事につけて不自由を感ぜしめざりき。

翌十二時頃、はげしく降り出したれば火は漸く消えたり。長崎屋源左衛門が来ていふところによれば、我等の立ちのき後、五分も経たぬに長崎屋は丸焼けとなり、何一つ持出す事は出来ざりしと、思ふに、我等を無事に立退かせるために、長崎屋は全家をあげて、我等に尽し、おのれの家財を持出すひまもなかりしものなるべし。我がおらんだ政庁は向ふ三年間年々に砂糖二十俵づつを長崎屋へ贈る事とせり。尚ほ彼れの話によれば、大名屋敷の類焼五十七軒に上り、一般の死傷者千二百人以上なりし由、蜂須賀家の息女も焼け死にたりと。

さて、成瀬邸のもてなしもさる事ながら、旅館に居るほどの気楽さがない故、百方手を尽して旅館を求め、四日目に引うつりたり。此旅館は、うしろに隅田川をひかへ、両国橋に近い形勝の地なりし、名にしおふ両国広小路にて繁華の真中なれば見はらしもよく、爽快を極めたり。

江戸には越後屋といふ呉服屋あり。此店は他の大都会にも支店を有す。越後屋も亦此火事に類焼して店舗全部と十万斤以上の絹糸を入れたる倉庫とを焼失したり。それにも拘らず、同店にては直ちに人夫四十人を我等のもとに遣はし、我等の避難を助け、我等は大に恩恵を受けたり。而も同店は火災直後再建の工事を起し、大工一人毎に一日金銀二枚づつを支給せりとぞ。此商店は驚くべき富豪にて、もしこの商店にある品を買ひ求め、他市、たとへば長崎等に持ちかへりたる後気に入らぬ時は元のまま其の他の支店にかへしさへすれば、直ちに江戸で支払ひたる代金を割引なしで返してよこ

すなり》（ヅーフの日本回想録抄出）

さていよいよ将軍家へ謁見の日が来た。朝六つ時（午前六時ごろ）にヅーフの一行は乗物で旅館を出た。医者と書記は黒羅紗の服、甲比丹は黒びろうどの礼服に、剣は黒びろうどの袋に入れてうしろざまにつけることだけゆるされるようになっていた。

お城に着くと御門の前で乗りものを下りて番所まであるく、そこで赤い小さな座蒲団を綴じつけた腰かけをかしてもらえるので、三人おとなしく時間の来るのを待っているわけだ。その時分から老中たちがぽつりぽつりと登城する。皆御門の前で下乗して、ヅーフたちをもの珍らしそうにじろじろ見ながら式台へ上がって行った。老中がすっかり入ったあとで、ヅーフたちも長崎奉行の案内で御殿へ上るのだった。御殿の中はお坊主ばかりが右往左往して皆を斡旋している。ヅーフは畳の上にあがるにはあがったが、坐われないので横すわりになった。お坊主たちがそっと上衣の裾で横へとび出しているおらんだ人の足を包むようにかぶせてくれた。

「足を出してすわるのは失礼にあたるんだそうだ」

ヅーフは医者たちに教えてやる。

間もなく、長崎奉行が外国奉行をつれて来て引合わせ、そこで謁見のお稽古がはじまるのだ。

「よくおぼえておきたまえ。万一、将軍の前で我々が不行届のことをすると奉行たちは腹を切らなければならないんだから」

ヅーフが医者と書記へこっそりいった。医者も書記も江戸上りは経験ずみなのだが、あたりの空気がおごそかなのにつけ、念には念を入れる気持だった。

もっとも、謁見はヅーフだけなのだが。

「どうぞ、こちらへ」

やがて長崎奉行はそういって先に立った。ヅーフはしずかにそのあとへ付く。長いお廊下を奥へ奥へと通る。中奥からは大名たちがあとからあとからと下って来るのにすれちがう。皆、見て見ぬふりをしながら、おらんだ人のことが気になるらしい。

お廊下の奥に百畳敷があり、そこでヅーフのあとについていた大通詞だけが残り、ヅーフと長崎奉行がさらに奥の間へ入る。そこが謁見室なのだ。

将軍はすでに一段高いお坐の間に正座していた。座敷の左り側には長い道中を、下に下にと運んで来た献上ものが、ずらりとならべてあった。皆見おぼえのある品々の外装であった。皆ワルデナールが持って来た英吉利製品なのだ。もし、そのことがばれたら、何人の腹切りが出来上るのだろうとヅーフはふと思った。

（しくじったら腹を切る。とがめられたり、いいつけられたりしない前に、自分の罪を自分できめて、死んで申しわけをする。それがこの国の礼儀であり、侍の心がまえなのだ。

欧羅巴人にはとても納得のゆかぬ話だが、そのくせ、ただあたまの下がる思いがする。命がけということに、あたまが下がるのだ。納得はいかないがあたまは下がる）

ヅーフは実際にそんなことを思って、身体は本能的に引しまった。

「カピタン、オランダ。お目通り仕りまする」

錆のある声が耳をえぐるように突然聞こえた。お坐の前に控えていた老中のひとりが披露したのである。

ハッと思って、心持、顔をあげようとした時、長崎奉行はうしろから甲比丹の上衣の裾を引ぱった。謁見がすんだという合図なのだ。御前へ通ってからものの一分も経ってはいない。

（将軍様はどんげんお人でございますか。ヲップルさんは見おぼえておんなはるじゃろ）

長崎を出る時、おようさんが聞いたのにヅーフは手を振り首を振って答えた。

（どんげんもこんげんもなか、ハッという間にもうおしまいじゃもん。お大名たちも、お大名の御家来も、それからここのお奉行さんも皆んな同じ格好ばしておりなはった。将軍様も、やっぱり同じ姿で、少し高かところに坐っておんなはると思うたばっかりじゃった、お顔も何も見るひまはなか）

（見ん方がよかたい、目ん玉のつぶるるげなけん）

そばからお花さんがいったので、ヅーフは笑った。

（よし、つぶれるかつぶれんか、今度こそよう見て来るぞ）

そういう冗談をいいかわして出島を出て来たヅーフだったが、やっぱりはっきり将軍様のお顔を見おぼえることは出来なかった。

宏大もなく広々として、金襖と金屏風と、あとはがらんとしたお坐の間に、奉行とただ二人とりのこされるまでヅーフはちんと畏こまっていなければならなかった。

（荘厳といおうか、怖れ多いといおうか、何にしても不思議な気持だ。ああした神々しさは、欧羅巴の儀式ではとても感じられないね）

それはヅーフが末永に語った言葉だった。そして何遍経験しても同じ感じだった。

とにかく斯様にして甲比丹ヅーフが三度目の将軍お目見得の式はすんだ。

二度の白帆

三十七

出かける時は日見峠に梅が咲いていた。

いもが手もまじるなるべし花すすき

と向井去来の句を彫った去来塚のあたりに立って、ではごきげんよう、道中お気をつけて、さよなら、さよならと互いに手を振って別れた時、どこからともなく梅のかおりがほのかに匂っていたのだったが、今はつつじの花盛りである。諫早の寺で泊った夜はほととぎすの声をさえ聞いた。

「上半期をざわざわと暮らすことの出来たのは、かえって仕合せな感じがします」

書記は矢上で昼食をする時にいった。

「私もそうは思っていたところだ」

甲比丹は笑った。

「毎日毎日、烽火の山のてっぺんを眺めながら、ぼんやり窓に立っている甲比丹の姿が、また、これから当分我々の思いの種になりますね」

それは医者の述懐であった。

すっかり変わったあたりの風物を見たくてヅーフは乗り物の簾をあけさせていた。間もなく出立の日のとおりの風情で、丘の上に立った去来塚を道の右側に見上げた時、ヅーフは故郷にかえりついた心持だった。

「おかえりなさいまし」

「ごきげんよう」

「お早いお着きで」

峠の上からはもう口々に呼びかわす声が聞こえる。やっぱり長崎はいい、長崎の人たちは親切で思いやりが深くて、など思いつつ、ヅーフも乗りものから手をさしのべたり、ハンカチを振って見せたりした。

長崎会所の人々、出島の乙名、顔なじみの役人たち、通詞見習たち。皆にこにこしている。峠の茶見世には珈琲までわかしてあった。おようは遠慮したらしいが可愛い丈吉は例の紋つきの振袖を着、小さい刀を腰にさして通詞に抱かれて来ていた。

丈吉を抱いているのは大通詞の名村太吉郎であった。

ヅーフはびっくり顔をして皆を見まわした。どうしたわけだろう。お花さんが来ていない。お花さんは遠慮する筋合はないのに、あのなつかしい顔が見えない。末永甚左衛門も見えない。これは意外だと思った。

「末永さんは」

丈吉を抱きとりながら名村に聞いた。名村は返事をしないで、ほかの事をつべこべと話した。

「末永さんは」

もう一度聞くと、はじめて気がついたらしい。

「なるほど末永君が来とらんたい。どうしたとじゃろか」

同じ通詞の仲間を見まわした。

「私がさそうたら、おら行かんていいましたばい」

稽古通詞のひとりがひどくあっさりしたいい方で答えた。

「お花さんどうした」

丈吉にそっと聞くと、丈吉はただ首を振った。

「お花さんはいっちょも来んとじゃもん」

丈吉の長崎言葉はびっくりするほど鮮やかになっていたが、お花さんのことについてはひどく冷淡だった。

その時以来、末永とお花さんのことが何かなしに奥歯にはさまった気持で、ヅーフは久しぶりの蘭館に落ちつき、久しぶりの三色旗に敬礼をしたが、同じく、久しぶりの帰館だけに、何かと用があった。とりまぎれとりまぎれして三日、四日と過ごした。

やや手許の用が片付くにつれて、きょうは現れるかあすはやって来るかと心待ちに待っているのに、お花さんも末永もぷっつり顔を見せなかった。

「司厨さんが仲仕を打った（なぐった）本当のわけば知っておいでますか」

何度目かに、ヅーフがお花のことを聞いた時、おようは聞かれたことには答えず、まるで見当ちがいの話をしはじめた。

司厨が仲仕をなぐったという事件は、去年シャーロッタ号とマリア号がまだ積荷をしているころの話だった。

司厨というのはすなわちおらんだ屋敷の台所方でアントニ・パッセンというおらんだ人であり、屋敷でも古参で、この連中にはありがちの買物の棒先も切らす、正直ものでヅーフにはとりわけお気に入りの男だったが、それが荷揚げの仲仕と何か小ぜりあいをした揚句、片眼がつぶれるかと思うほどぶんなぐった。これは一番いけないことなので、たとい、なぐった方にどんな理屈があっても異人が日本人をなぐったら退去になり、日本人が異人をなぐったら、長崎おかまい（長崎から追放）になるときまっていた。だからアントニ・パッセンはマリア号に乗せられてバタビヤへおいかえされたのであった。

「本当のわけというと――」

「ただの喧嘩と思うておいでるとでしょう」

「そのこととお花さんたちに、何かかかりあいがあるとでもいうとかい」

「へ」

おようは言葉をとぎらせて甲比丹を見た。いっていいかわるいかためらってでもいるようだったが、やがてぼそりぼそりと話はじめる。

「お花さんは甲比丹に知れんごとって、一生懸命かくしておんなはるばってん、合の子合の子って皆があの子のことばひやかすとですたい」

「皆とは」

「仲仕たちが」

「お花さんの合の子は今はじまったことじゃあるめえし」

「今まではあの子も、ただの小娘じゃったでしょうが今では大分女女して来ましたもんね」

「それで――」

「皆が、碌なことはいわんとでしょ」

おようは口でいいにくいことを様子で知らせようとする。今までは小娘だったが、めっきり大人びてきた上に、根が合の子というので色気を持ったからかいを仲仕たちがするらしい、おようはそれをいおうとしているのだ。

「仲仕たちがか」

「本当は、通詞さんの下っぱの人たちがですたい」

「そんなものにからかわれて隙を見せるようなお花さんじゃあるめぇ」

「それがいかんとですたい。お花さん近ごろ急に高ぶっておんなはるとか。大方、よか人の出来たとじゃろとか——、そういう時あの子は、だまって聞き流し得んとじゃもんね。気に入らんことばいわるると、相手がだれであってもかまいなはらんと、ぽんぽんやりかえしなはるでしょう。それがまた面白さに、仲仕たちがいよいよからかうでしょうが、そこでパッセンさんと仲仕の喧嘩になったとですたい」

　パッセンが義憤を感じて一図に仲仕を憎み前後の思慮もなく力任せにぶんなぐった。相手はどこまでもからかい半分だったので、不意をくらって、ひどい一撃をくらわされた。それが結局、パッセンの身にふりかかる災いの種になった。そういう段どりをおようはなるだけ他人のかげ口にならないようにと話し、甲比丹はおようの短かい言葉の中から、出来事のウラを聞きとろうとする。

「それだけのことで、お花さんが私の前に来んごとなったとはどういうわけじゃろか」

　甲比丹はその点ばかりが気がかりなのである。

「それから先のことは末永さんにかかりあいのあることですたい」

「末永さんにどういう風にかかりあうとじゃろか。仲仕と司厨の喧嘩、そしてお花さんの合の子、それから末永君――」

「私の口からはいわれんもん、末永さんかお花ちぃに聞いておせつけませ」

およう《・》はそれだけで話をちぎってしまった。甲比丹としても、およう《・》の気性を知っていて、それ以上ほじくった問い方はしたくなかった。が、なまじそれだけでも話されただけに、なおさらそのあとが知りたかった。ああかこうかと想像をたくましくしつつ、また新規の気がかりをくりかえしはじめる。しかし、どう考えてもしょせんはあて推量にしかすぎなかった。末永の足が遠のいた一方に、近頃は名村太吉郎がしげしげと甲比丹の前にあらわれはじめた。

名村はこの前の江戸参府に同道した通詞であったので、何となしに江戸の話をしにやって来るのであった。そして手伝うともなしに例の辞書編纂を手伝うこともあり、掻きまわして邪魔になるばかりのこともあったりした。

江戸参府からかえって来たのが五月、六月はもうおくんち踊（諏訪祭礼）の稽古はじまりで祇園まつりで、七月はお盆で、八月は八朔の御進物が一騒ぎという風に、ともあれ月日の経つのは早かった。

そろそろ船が来るかも知れない、来るのが待たれるようでもあり、怖しいようでもあり、甲比丹は、あれこれにとりまぎれながらも、烽火の山のいただきを眺めることは一日も忘れなかった。

とうとうのろしが山の上に上がった。来た、来た、おらんだの旗を立てたいぎりすの船が。

三十八

「去年のシャーロッタ号が一隻来ました」

いつもの通りおらんだ屋敷の書記たちが沖へ行ったのと入れちがいに、番所からの注進舟が知らせてきた。

「去年のカッサさんが乗っております」

「ブロンホフは」

「乗っておらんごとございます」

「ブロンホフは」

甲比丹はそればかりが目あてだった。が、ブロンホフが来ていないとすれば、またしてもひと苦労しなければならない。甲比丹の目の上にどんよりとした雲霧がおおいかぶさるようであった。

「船長は去年の通りブラウンさんで、フォールマンという軍人が乗っとります。大佐だそうです」

間もなく、おらんだ屋敷から廻した書記たちもかえって来た。そしてブロンホフが乗っていないことはたしかめられた。それればかりでなく、入船の際に、ブロンホフにいい渡しておいた秘密の旗合図をも全然知らぬ顔で船をぐんぐん押入れて来たというのだ。

「ブロンホフが来ておらんそうですな」

例の内情を打あけてある五人の通詞がやって来て、第一番にそのことをいう。

「どうしましょう」

「バタビヤの様子は」

「一切わかりません。恐らく去年の通りだと思います」

「そうすると、船はおらんだの旗を立てていても荷物はいぎりすの荷物ですね」

「多分そうでしょう。素破《すっぱ》ぬきましょうか」

「さあ」

「ことをさらけ出すなら今のうちです」

「しかし」

「本当のことをいうと、僕は去年のように辛い思いをするのはいやなんだ。公明正大の気持で事務を扱いたいんだけれど」

甲比丹が本当の心持を話した。

「甲比丹の気持はよくわかります。しかし、もういまとなっては遅いと思う」

五人の中から一歩進んでいったのは名村太吉郎だった。

「そうさね、今本当のことをさらけ出すと、自然、去年のことも奉行所が正式にしらべるかも知れない。そういう場合、我々ばかりで話がすめばいいが、カッサさんまでが取調べのなかに入りこむと、結果はどんなことになるか、はなはだめんどうな話だが」

そういって名村に相槌を打ったのは本木庄左衛門だった。

「とにかく、カッサさんと逢った上で、きめるということにしようじゃありませんか」

馬場為八郎が中をとってとりなし顔にいい、そしてカッサを出島に呼びよせることになった。

カッサはいそいそとしてやって来た。

「ようヅーフ君、去年はどうもいろいろお世話でした、風が強くてね、船が今にも座礁をしそうでびくびくしながらやって来ましたよ」

蘭館へとび込むなり、ヅーフに手をさしのべ、満面に笑いを見せてはしゃぎ切って話しかける。

思いがけない様子だった。

「で、あちらの様子は」

ヅーフが冷たく問う。

「愉快じゃないか、とうとう連合軍はナポレオンをやっつけたよ。ライプチッヒの一戦、それからオーターローの決戦、ものの美事にナポレオンをやっつけてね。我がおらんだは再び欧羅巴の一角に三色旗を翻えすことになった。去年、我々がバタビヤにかえった時、すでにその快報がとび込んでいたんだ。もう大丈夫だ。もう、これからは安心して、長崎貿易をつづけることが出来る。あんたにも長い間苦労をさせました。久しぶりでジャワへかえって足腰をのばしてくれたまえ。旨い珈琲でもすばらしい葡萄酒でも、腹一杯飲んでくれたまえ。もう安心だ」

手をもみ足を踏みつつカッサはしゃべりまくった。

「で、ジャワはどういう風になったんです」

「無論ジャワにもおらんだの国旗が立つよ」

「立つというと、今はまだ立っていないというのか」

「ウン、今はまだだが、いずれ近いうちに――」

「ジャワが欧羅巴本国同様、おらんだ領に復帰したので、君はやって来たのじゃないのか」

カッサは何となく言葉を濁した。ジャワの所属はという点になると、ひどく言葉が曖昧になった。ヅーフが追求すればするほど言葉が濁った。

「もう少し、はっきりとジャワのなりゆきを証明するものを見せてくれませんか。それを見た上でなければ、曖昧な取引をしたくないんだが」

「だからさ、とにかく、もう一年だけは僕の顔を立ててくれたまえ。そのために、フォールマン大佐も来ているしワルデナール君の手紙にも懇々とそのことが書いてあるはずなんだから――」

カッサはひどく懇願的になり、ヅーフはいよいよ冷たくなった。

「まことに邪慳《じゃけん》ないい方だが、僕はブロンホフを君がつれて来ていないことが一番不満なのだ。憚かりながら、君にしても、ワルデナールさんにしても、同じおらんだ人でありながら、僕の眼からは本当のおらんだ人として認めるわけにいかない。英国政府に使われているおらんだ人なのだ。僕が、今、この際、自分の肚の底を打あけ、信じてことをすることの出来るのはブロンホフ君一人なんだから」

カッサはすっかり悄れてしまった。ほとんどあるかなきかの声でいう。

「ブロンホフ君も来てくれると、本当によかったのだけれどね……」

「で、ブロンホフは」

「病気なんだ。大病で一歩も外へ出られない、まして、長い海上を船に乗るなんて、思いもよらぬことなんだから――」

「病気、一体何の病気だ。もし来られなければ、ブロンホフの署名をつけた手紙ぐらいよこしても、それで都合によってはことがすむんだが――」

「それがね」

ぷっつり言葉を切って、カッサは、一通の大型な書面を差出した。

書面は英国のマークをつけた公文であった。

日本貿易の甲比丹たるヅーフ君及びカッサ君へ。

冒頭にこういう宛名が書いてある。ヅーフとカッサを相並べて出島の甲比丹としてあつかってあることは、ひどく狡猾に感じられた。

《貴下よ、
我が政府はシャーロッタが、殊に日本貿易に適するが故に、且、さし当り適当な船が他になき故に前回と同一の船長及び船員を乗組ませ、再び日本に送る事と相成り候、因てこれらの事を貴下に報告し、同時にドクトルスハーブを同船航海中の船医として任命せしことを通告に及び候、尚ほ甲比丹ヅーフの勘定として送られたる銅は此地にて同人の代理に支払はれ候間、御承知相成度候。積荷証及びその他の商事書類は総務部より貴下に御送付いたすべく候。その他特に報道すべき事なく、政府に関してはカツサより同僚甲比丹へ万事報告申すべく候。
千八百十四年七月二日バタビヤにて、
総督　ラツフルス》

やっぱりラッフルスからの公文だった。欧羅巴のおらんだ本国がどうなったか知らず、ナポレオンが負けたか勝ったかはわからない。とにかく、ジャワはまだ依然として英国に占領されたままであり、シャーロッタ号はおらんだ船に化けた英国船であり、カッサは英国が派遣した出島蘭館乗取の軍使なのである。

「政府のことに関してはカッサから報告すると書いてある、このことについての報告というのは」

ヅーフが公文書をつきつけて聞いた。

「つまり、さっきから話したようなことなんだ――」

「さっきから君の言葉は随分沢山聞いたが、ジャワにあるバタビヤの政庁に、おらんだの国旗が立っているのか、英国の国旗が立っているのかということについてはまだひとこともはっきりした言葉を聞いていない」

「――今のところはまだ英国の旗なんだが」

「やがておらんだの旗になるというのなら、なった上で――」

「だから、とにかく、去年同様、今年も」

「ごまかせというのか」

「いや、そうではない。英国の政府を認めるということにして――」

「出島の蘭館をも英国の属領にせよというのか」

「まァそういうわけだが」

「お断わりします」

「そんな邪慳なことをいわないで、折角こうやってはるばるやって来たもんだから」

「だから、はるばるやって来たシャーロッタ号の苦労に対して、去年の取引協約規定に従がっての取引なら、行きがかり上、目をつぶってやってもいいが、英国政府に降服せよなどということは断然お断わりする」

「去年の通りの取引ではどうも、まことにジャワにかえってから不首尾で仕様がないんだが、それはそれ、これはこれとして、今年のところは新規まきなおしに――」

「面倒なことをいうのはよしてくれたまえ。新規まきなおしというのなら、いっそのこと、何もかも公表して、日本の兵隊の手で、一切を焼払ってしまうことにしよう」

この一言はカッサにとって苦手だった。もうそれ以上、カッサはいい分を通し得なかった。

三十九

その晩、大通詞、小通詞たちが皆おらんだ屋敷へ呼びあつめられた。奉行所の目付もその中にいた。おらんだ屋敷側には、カッサをはじめ、ホウセマンも立合っている。その中でヅーフは立上がった。

「去年に引つづき今年もシャーロッタ号一隻ではありますが、蘭船が入ってまいりました。例年の通り、積荷の取引をお願いするにつきまして、皆様に、あらかじめ御承知置きを願いたいことがありまして、お集まりを願ったわけで――」

ヅーフはこういう風に口を切った。改めてさらに一坐を見なおし、悲痛な声をしぼっていった。

「すでに、昨年来、薄々御存じでございましょうが、私どもの本国おらんだに於きましては、容易ならぬ大事件が起こっております。我がおらんだ国は佛蘭西に占領されました。欧羅巴の地図の上から、残念ながら、末消させられてしまいました。ジャワの領地の方もいろいろ複雑な状態になっておるように思われますが、長年、長崎との交誼も殊に、かようにして長崎奉行所はじめ、皆様の御助力によって、何ものにも侵されずおらんだ国旗を出島の一角にあり、立てさせていただく御恩恵に対しまして、苦しい中からカッサ君がシャーロッタ号を回航させてくれましたが、ジャワに於ける情況は一日も捨ておかれませんので、カッサ氏はすぐに引かえさねばなりません――」

一息にここまでヅーフがいった時、カッサは、腰を浮かして、かすかに何かいおうとした。恐らく（それは話がちがう）といいそうな様子だった。

プッツリ言葉を切ったヅーフはカッサにいった。

「何です、カッサ君」

「いえ、何でもないんです」

「何にもいうことはないんですか」

「ありません」

「取引がすみますと、カッサ氏はすぐに引かえしますが、本国の方にしてもジャワの方にしても程なく戦争が終り、おらんだ国はもとの通りのおらんだ国に立上る目あてがついているというような報告にも接しておりますし、今、肝心のところで、私が出島を去るようなことがありましたら、先年、入って来ましたフェートン号のような曲者が万一、またしてもとびこんで来るようなことがありますと一大事ですから、私だけはすでに定年を経過しているにも拘らず、日本及びおらんだのために、今しばらく本国筋の確報が手に入りますまでは、当蘭館を一歩も立ちのくことは出来ないとバタビヤからも厳命を受け、私も左様に心得ております。このこと、御諒承を願いますために、おあつまりを願ったわけで——」

のっぴきさせぬ宣言だった。だれも否やをいうものはなかった。ことに、内実の事情を知っている五人の通詞たちは、至極もっともと相槌を打って拍手をしたりした。

元来、ヅーフを追いかえして自分が出島にいすわるために来ているカッサだった。ヅーフはここで美事に先手を打ったのだ。ヅーフの宣言はすぐに江戸へ伝達され江戸からの急飛脚は、ヅーフの甲比丹留任を当然認めて来ることになるのだった。

「カッサ君、船往居では窮屈だろう、出島に住むことになすったらどうです」

呆然として、不機嫌なカッサに、ヅーフはもひとつ機先を制して親しみを見せた。実はこうしてカッサを手近に引よせ、カッサの策謀を防ぐ手筈なのである。

こうしておけば積荷の取引が進行する間にも、すべてのなりゆきをヅーフの手許へ一手に引しめておいて、英国領ジャワとしての化の皮もあらわれず、同時に、蘭館出島を英国に乗取られる気づかいもなく、今年一年をまずまず無難にすごすことが出来そうだった。

カッサの方はこれで一安心だったが、ヅーフは今ひとつ心がかりがあった。

皆呼びあげた通詞たちの中に、末永甚左衛門の顔をちらりと見たのだ。この機会に、この際に末永をよびとめてなぜ来なくなったかを聞きたかった。

「末永君が見えてたようだったが」

それぞれ散り去ろうとする通詞たちの中で、例の名村太吉郎が、わざわざヅーフのそば近く寄って来たので、ヅーフは聞いた。

「末永君　甚左衛門」

名村が呼んだ。しかし、もういなかった。

「たしかにうしろ姿が見えたと思ったが」

名村は熱心に通詞たちの中を見まわしたが、だれも末永のことを気がつかないらしかった。

　カッサを花園の家へ案内させ、通詞たちを送り出し、ほっとしたところで、窓際に立った、いつもの癖で、そこは烽火の山の見える方角であった。

　すでに船が入っているのに、合図ののろしを見る必要はないのだ。ヅーフは自分で自分がおかしくなって目を伏せた時、花園の中の家が見えた。

　去年の暮に、ヅーフは本館の方に移ったが、それまでは花園の家に住んでいた、その家であった。久しぶりで灯がともったので、何となく賑わしく、今の場合、さながら仇敵のように扱ってはいるものの、カッサの立場も気の毒なような気がして、つい、見つめるともなしに花園の家を見ていた。

　家の中がざわついて来客でもあるらしい。今、送りこまれたばかりで来客でもあるまい。それとも、ホウセマンが立ちよったかと思いつつ、ほんの少し見下していると、間もなく家の中から送り出されて来たのは、思いがけなくも日本人だった。

「さよなら。では、またうかがいます」

　それは日本人一流の訛りを持ったおらんだ語であった。玄関へ送り出して、しきりに、待っていますからまた来なさいをくりかえしているのはカッサであるらしい。

（名村太吉郎に本木庄左衛門）

　ヅーフは口の中でくりかえして小首をひねった。

四十

ヅーフの申し出に対して江戸からの命令は伝達された。ヅーフの留任のこととカッサがジャワへかえることとについては何の異常もなく聴きとどけられてあったが、末節に一言の添え書があった。これは意外だった。

——明年は旧甲比丹ヅーフの後任としてよく日本の事情を知り、人柄のよい人を送り越すやう計らはれよ——


「こんな文句が添わって来ているのは、何か事情がありますね」

ヅーフはこの命令書をまず第一に名村太吉郎に見せた。

名村は目を丸くし口を尖らしていった。

「事情とは」

ヅーフが聞く。

「だっておかしかじゃありませんか。この文句で見るとまるで、ヅーフさんば追出すごたる風ですばい」

甲比丹は黙っていた。

「よござんす、私が奉行所で、それとなく聞いてみます」

名村はひどく心得顔だった。

「奉行所では妙な評判が立っております。ヅーフさんがむやみにカッサさんをいじめるようだが何か暗いことでもあるとじゃないかというのです。それでなければ、カッサさんをおらんだ屋敷に泊らせて、自分で監督するようなことはせんはずじゃ、と、こういうことばいいよる人のあるとです」

名村はこんなことを報告して来た。

「いったいだれがそんなことをいうとですか」

「さあ、だれといって、はっきりは申し上げられませんが」

言葉を濁らしてそのまま立去ろうとした。そのくせ立去り際にひとことといった。

「本木君が、ちょいちょいカッサのところに出入りするようですね。気をつけにゃいかんですばい」

たしかにカッサの家から出て行ったのは本木庄左衛門と名村太吉郎だった。二人が多勢の通詞の中で、特にカッサの家へ立寄りながら、一方が一方のことについて警戒するようないい方は油断が出来ないと、ヅーフは思っていた。

名村がそのかすようないい方をして引下ったあとに、今度は本木庄左衛門がやって来た。これは若いだけにひどく率直なものいいで、真向から切り出した。

「奉行所では、この頃甲比丹のわる口をいう人が大分殖えました。そしてカッサさんのことについては大層評判がよいようです。ものわかりがよく、穏やかで、日本の事情をよく知っているという話です」

「ちょうど、この命令書の文句にぴったり合うようないい方ですね」

ヅーフはそういって、江戸からの命令書の末節をつきつけた。本木はひどくまごついたが、あっさり笑い消した。

「大丈夫、カッサさんが、この命令書の文句に当っておるとは思いません。それでも、油断は出来ませんね、いっそのこと、八朔の献上物で、奉行所においでの時、カッサさんも一緒におつれしたらどうですか、カッサさんもそれを望んでおられますし。そうなさると奉行の評判が一遍によくなりますばい」

しきりにそのことをすすめつつ、本木は立去った。何がどういう風になりかけているのか、だれが何をどうしようとしているのか、薄々ながらわかるような気がした。

八朔の前日、夜に入ってヅーフはカッサに知らせた。

（あしたは八朔ですが、甲比丹の相役として御一緒に出かけましょう）

そして朝、出迎えに来た通詞の中、特に本木にいいつけて、カッサをさそいにやった。

（礼服の用意がありませんから、残念ながら――）

こういう返事の来るのを期待しつつ。

八朔の献上ものは出島の甲比丹としては一年中の役目の中で一番重い役目となっていた。特に本木に注意され本人も望んでいるという口上があるのに、さそわなかったヅーフに対して奉行所の悪評判をしょせん裏書づけることになるのだった、さりとて、さそえばまた、幕府からの命令書の添え書がそのまゝ来年になってカッサの身の上にあてはまる因をつくるようなものになる。

ヅーフは絶体絶命であった。

ただひとつの望みは礼服の用意だけである。甲比丹の礼服は即ちびろうどの服であり、その用意は恐らくカッサに出来ていなかろう、これほどの間際にさそわれては、急々にびろうど服をつくるゆとりがあるはずのものではない。それとも、万一、カッサが前もってそれを用意していたとしたら万事休す。来年の船で甲比丹の交替はいや応なしに決定され、出島の蘭館はムザムザと英国政府の罠に引かかって、英国のものになるか、あるいは英国ともどもも長崎から追っぱらわれるか、千番に一番の兼合いであった。

どうぞ、礼服の用意よ　間にあわざれ。――それを念じつつ　本木をカッサの家へ送り出した。

時刻はすでに迫り、通詞たちの迎えはそろった。ヅーフは美くしいびろうど服をおように手伝わせて着用しつつカッサからの返事を心持ちに持った。

（どうぞ、礼服の用意がありませんように、どうぞ、どうぞ現光院殿俊誉源雄大居士様、

お願いです）
いつもお花さんがするように松平図書頭の戒名を念じつつ。
いよいよ本館を出ようとする時、カッサはしょんぼりと花園の家の前に立ってヅーフを見送った。
「どうぞ行ってらっしゃい。私は礼服がないので——」

四十一

去年の二隻でさえ積荷は不足していたのだ。今年はシャーロッタ号一隻なのであり、とくに英国商品ばかりで、日本人の好みにあうものが少なかったので、一層交易の荷物は充分でなかった。

またしてもヅーフは蘭館甲比丹の役目の上から送り出しの荷物を多量に立てかえてやらねばならなかった。

どう考えても馬鹿々々しい話だった。

「いまさら愚痴をいうようですが、去年の取引の時、あっさりと二隻の船を追っぱらえばこうまで苦しい思いはしなかったのですが」

とうとうある時、五人の通詞たちにいった。

「お気の毒でございます」

三人までは本当に気の毒そうにあたまを下げたが、あとの二人は「しかし」といった。

「しかし、もし一切をばらしていたとすれば、今頃は、シャーロッタ号一隻の代わりに英国軍艦が何十隻が、そこへやって来て――」

ひどく仰々しいいい方で二人は恩に着せるようないい方をしはじめた。二人というのは本木庄左衛門と名村太吉郎であった。

「あなたたちのように仰しゃると、おらんだの商館としてでなく、英国の商館として、この出島を認めているもののように思われますが」

ヅーフがすかさず突込んだ。二人は黙り込んでしまった。この期を外してはいけないとヅーフは思った。

「五人の方にご相談があります、是非とも聞いていただきたいのですが」

甲比丹は決然たる態度でいった。

このまま、船を出帆させると、またしても来年、ラッフルスはカッサを寄越すに相違なく、そして江戸からの命令書通り「穏やかな人物で日本の事情をよく知っている新甲比丹」としてカッサはいすわりになり、旧甲比丹のヅーフはいやが応でも出代りをしなければばならない。自分が長崎を去ることについて不服をいう筋はないが、新来のカッサはおらんだ人でありながら英国政府につかえているカッサなのだ。して見れば、出島の蘭館はとりもなおさず、名儀はともあれ事実に於て英国商館となってしまい、完全に占領されてしまうのだ。これは如何にしても口惜しい、この上のお願いは、英国の乗取り策からのがれるために、自分への協力をしてくれまいか。日本人独特の義侠に訴えてお願いすると、声涙ともに下る勢いでヅーフはいった。

「カッサを甲比丹として長崎の蘭館に入れることはお断わりするという一札を五人の御連署によってバタビヤの政庁あてにお書き願いたいのです。如何でしょう。私からも別にラッフルスに宛てた親展書を認めます。それをシャーロッタの船長に託して持っていってもらうことにしたいのです」

馬場為八郎が第一番に賛成した。そしてすぐにヅーフが求める通りの文面でおらんだ文を認めた。石橋助左衛門が筆頭に署名し、中山作三郎、馬場為八郎と三人の名がつづけられた。

本木と名村の二人は、いろいろに口実を設けて署名をよける風だったが、断わりとおす理由はしょせんなり立たなかった。

かようにして五通詞連署でカッサ忌避の書がシャーロッタの船長に渡された。

《去年も今年も、二年つづけての入航に対して私は貴官の申し出を完全にお断りしました。ことさらに私が貴官に対して意地わるをしているのではありません、その点、貴官がもし私の立ち場にあるものとしてお考え下さらば御得心がいくと思います。

去年私の方から差出しましたブロンホフ氏のことについて貴官からも、ワルデナール氏からも一言の御沙汰さえありませんが、来年の御入船には必ずブロンホフ氏をお寄越し下されたし。

万一またしてもカッサ氏をおつかはしになるようなことがありましたら、私は一切の真実を日本の官憲にさらけ出します。そうなる時は、長崎港内には、まことに怖るべき出来事が持上るに相違ありません。しかしそれは私の責任ではないということを御承知おきください》

これはヅーフがラッフルスにあてて書いた最後通牒であった。これもまた、船長の手に渡された。自分を呪う二つの書状が、自分と共にシャーロッタ号に乗っているとも知らず、カッサは機嫌よく長崎を送り出されることになった。

カッサをかように送り出し、シャーロッタ号の交易を無事に終わらせるためには、またしても六千二百五十五両の立替えを、ヅーフはこの船のために背負いこまねばならなかった。

《前年の立替金とあわせてバタビヤに於ける小生の代人ワルデナール氏に、お支払い下さるべく候》と、あてにもならぬ約束をあてにしつつ、ヅーフは船を見送り、白帆は順風に追われて長崎を出て往った。文化十二年十月中旬のことである。

出てゆく船を二階のベランダに見送って、ヅーフがおのれの部屋へ入ろうとした時、廊下に立ってヅーフを待つ思いがけない人物を見た。

「末永君」

ヅーフは両手をあげて撫でまわすほどの気持ちでよびかけた。

ゆめでもまぼろしでもない。一昨年の江戸参府からもどって以来、約二年の間、ほとんど一度も、ヅーフの前にまともには現れなかった末永甚左衛門が、いま、歴々と自分の前に現れているのだ。

「お部屋へ通して下さい。内密におはなししたいことがあります」

末永はいった。ヅーフはだまって扉をあけ、自分の部屋を指さした。

「どうしたとですか。随分私は心配しました」

二人きりの席がきまるとすぐにヅーフはいった。

「私こそ随分心配しました」

それが末永の二年ぶりの言葉である。

「心配――」

「はい、私は甲比丹に御願いがひとつ、おわびがひとつ、二つの大きな用向をもって参りました。ぜひとも聞いていただきとうございます」

「何事か知りません、願いでも詫びごとでも何でも聞きます。話して下さい」

ヅーフの機嫌のよい顔が。まず末永を涙ぐませた。

「お願いというのは、名村さんと本木さんのことで、お詫びというのは私とお花さんのことでございます」

末永はいくらか目を伏せて、しずかに切出した。

道富丈吉

四十二

おらんだ船がおらんだ雑貨を持って来るのは、長崎から金銀銅鉄の類を持出したいためであった。金銀の積出しは早く禁じられたが銅と屑鉄はゆるされている。

持込まれた雑貨は市を立てて長崎会所の目利きたちが値踏みをし、長崎の商人たちが相応の代金を払って引きとるのだが、おらんだ船への支払いは代金ではなく銅地金になおして船へ積込むことになっていた。荷物を金に引かえるのでなく、荷物と荷物のとりかえっこをすることになっていたのだ。

さて、銅の目方量りがいつも面倒な問題であった。長崎会所が斡旋して銅地金を出島へ持込み、それぞれに人足の手で目方をはかるのだが、そのためには夥しい人足賃が消える上に、その仕事にかかりあう日本人人足と支那人人足との間にいつも面倒な争いが起こった。争いは出島にまでも、会所にまでもひびいて年を加えるごとに互いの心に根や葉が残る面倒のもととなっていた。

（こんな面倒をくりかえして行ったらあと始終は皆の間に解けきれぬものが残ります。船へ積入れる銅地金は大約目分量でもきめられるほどのことで、とにかく、銅地金積込み諸出費として百八十両で打切り、甲比丹から当番通詞へ支払い、当番通詞は諸がかり百八十両の外に出ても内に入っても文句なしに引きうけて取捌くということにとりきめては如何でございましょう）

こういう申出が、通詞側から蘭館へ提出された。

蘭館でも銅地金改めについては相当手こずらされていたので、

（百八十両のとりきめなら、至極穏当なことらしいから）

ヅーフはそういった通詞たちの申出を承諾し、すぐにそれを実行したのが、文化四年のことであった。

「あの時の当番通詞がだれだったか、甲比丹はおぼえておいででしょう」

末永は今、八年前にさかのぼった話を持ち出した。

「あの時の当番通詞は名村太吉郎さんと本木庄左衛門だった」

甲比丹ははっきりおぼえている。

「去年、シャーロッタとマリア号が来た時、甲比丹が英国船として処分しようかと云いったら、助けてやれと言い出したのはだれでしたか」

「それは石橋さんじゃった――」

「石橋さんに、そのことをいわせた人があるとば気がつきませんか」

「ふむ」

「やっぱり名村さんに本木さんですたい」

「そういわるればそんげん様子は見えた」

「なぜ、あの二人が、あの船ば見のがしてやれというたが、それはわかりますか」

「日本といぎりすの戦争がはじまるといかんというわけで——」

「それは表の理屈です。もひとつうらがあります」

「百八十両ごまかすためか」

甲比丹がわらいながらいった。

「百八十両の内金ばあの人たちがごまかしたら、すぐにわかりますが、銅地金でごまかすとなら、だれにも知れませんたい。もひとつ、銅地金の時の相場からサヤとりをしたら、もっとでも胡麻化せますたい」

末永は口をつぐみ、甲比丹は小首をひねった。

「私は人のしたことをかれこれと詮索だてをする気はありません、しようとも思いまっせん。けれども、このことがもう出島の乙名さんに知れてしまいました。去年のうちに知れまして、去年のうちに、表沙汰になろうとしたところです」

銅地金の日方ごまかしが出島乙名にあらわれた因は蘭館の司厨アントニ・パッセンが日

本仲仕のひとりをなぐったのをきっかけにしてであった。

はじめ仲仕が銅地金を盗もうとしたのをパッセンが見とがめた。仲仕は抗議し、パッセンは追求したのがいさかいになりパッセンがなぐったのだったが、その中へ出島乙名が入ってことをさばこうとするうちに、仲仕の銅盗みはうしろに糸を引くものがありそうに思われて来た。やがては名村、本木の両人が銅盗みの本家本元と目当がついたというのだった。

「それをどうして私が知ったかといいますと、そこで私が甲比丹におわびをせねばならんことになるとです」

末永は心持ち顔を赤くしてはずかしそうに笑いながらいった。

「それは何事です」

甲比丹も穏やかな顔でいった。が、末永は話をもとへもどした。

「お願いごとの方から、先にかたずけさせて下さいませんか」

「よろしい、あなたのよかごととして下さい」

「とにかく、そうしたことから二人のかくしごとが出島乙名と私に現れたとです。お願いというとはここのことですが、甲比丹がこの二人の罪をゆるさんと仰しゃれば、二人は獄門になるか、銅山の銅堀りにされるか二つにひとつでございます、甲比丹のお言葉添えひとつで、二人は長崎役所から追放されるだけでお構いなしということになりますから私に免じて二人を見のがしてくれませんか。これが願いでございます」

　末永の願いというのは名村と本木との命乞いについてであった。

「どういうわけで、あんたは名村と本木をそんなに同情するとですか」

　甲比丹の目が輝やいた。それほどの罪人の命乞いをする末永が二年近くも自分の前を遠ざかったということについヅーフはかすかな不安があった。

（罪は二人の上ばかりでなく、ことによったら末永までがまきぞえを食っているのではないか）

　そうした思い方が、甲比丹のあたまにちらとひらめいたのだ。

　末永の返事は意外だった。

「私はあの人たちに同情をしてはおりません、八年間も引つづいて悪いことをしつづけて来たあの人たちには、少しも同情するところなどありません」

　真向からの言葉を鋭くして末永はいう。

「それならばどうして――」

「あなたは異国の人で、あの人たちは日本の人です。私と同じ日本の人が異国の人をだしにつかって悪いことをしたということで罪になる、それが苦しかとです。日本の人の潔白さをよく知っていて下さるあなただから頼むとです。手前勝手な私のお願いを聞いてくれますか」

苦しいいい方だった。末永はいく度か言葉が途切れた。

「わかりました。一切をあなたの思う通りということにして私は承知します。ご安心下さい」

甲比丹は無造作にいいはなった。

「ありがとうございます」

末永は丁寧にお辞儀をした。

「去年の出来事を乙名が見つけた時、私の友だちも同じところにおって見つけたとです。この友だちが見つけてうっかり声を出したとでパッセンが気付き、そして仲仕とパッセンの口争いがはじまりました。私の友だちは、そうしたかかりあいから、仲仕の仲間にねらわれたとです。それを私が助けながら、幾日も幾日も夜昼にかけてかばってやりましたが――」

そういいかけて、末永はほんのり顔を染めた。

「甲比丹　この友だち、だれのことかおわかりになるでしょう」

「お花さん」

甲比丹はすぐにいった。

「はい。夜昼かけて、かばってやるうちに、私はお花さんと越えてはならぬ関を越えてしもうたとです。――」

「ああそのことですか、そのことなら詫びごとも何も要らん。いまさら、あなたが詫びなくても、私は前々からそれをすすめておった」

甲比丹はこれもまたあっさり笑いすてた。

一方が軽くあしらえばあしらうほど末永はつらかった。

四十三

十三回目のおらんだ冬至の日が、甲比丹ヅーフにめぐって来た。

ホウセマンが黒ン坊をつかって、しきりに樅の木へのかざりつけをし、出島出入りの人たちの贈りものの用意をしている。ヅーフも時々出て来て手伝った。

冬至、実はクリスマスだということを互いに心で承知しておらんだ人同士が祝い、おらんだ屋敷出入りの人夫たちが祝うその日が来るのだ。

派手ではないが真実たのしい日。

賑やかではないが、心のはしゃぎ立つ日だ。

賑やかな銅羅の音が、朝早くからおらんだ屋敷の門前に訪れる。出島出入りの仲仕たちが、板切れでおらんだ舟の模型をつくり、銅羅を叩きつれて、おめでとうをくりかえしつつ、押しかけて来るそのひしめきであった。

「冬至のおらんだ船が来ました」

「冬至のお船でございます。おめでとうございます」

口々に叫び、耳かしましく銅羅を叩く。

ホウセマンが前もってつくっておいたおひねりを銀盆に載せ、仲仕の船のひとつひとつへ投げ込んでやる、舟は仲仕ひとりの両手にささげて持てるのもあり、三人がかり、五人がかりでかつぐほどの船もあった。いずれも紙の三色旗を立て白帆を張った黒船の形に出来ていた。

「ホウセマン、あの人たちに、酒一杯づつ飲ましてやんなさい」

ヅーフは二階から見下しながらいった。

(酒まで飲ませなくても)

という心持を顔に見せて、ホウセマンが甲比丹をふりむいた時、ヅーフはさらにいった。

「三色旗の旗じるしが、今年はいつもより恋しか。世界中にたったひとつしか立っとらん三色旗が、この人たちのおかげで、あの通り三つも四つも立った。うれしかばい。お酒ぐらい祝うてやりまっせ」

甲比丹の心はすぐにホウセマンにもわかった。

「ひとつ、二つ、三つ、四つ、おらんだの旗が四つ、ははは、おかげで四つも立ちましたね」

ホウセマンが仲仕の船を数えた。

「五つです」

甲比丹はおらんだ屋敷の入口に立った本ものの旗竿を指さした。

「五本ぐらいじゃなかでしょう。欧羅巴の本国では去年から立っとるというじゃありませんか。ナポレオンが負けて島流しに逢うたけん新規に和蘭国が出来たとかいう話じゃった」

末永もこの日、お客になって来ていた。

「カッサ君はそういうたばってん、カッサ君のいうことは、どこからどこまでが本当かわからんからね」

「それでも、英国の政府に引入れられているカッサさんが、まさか和蘭再興のことで出ためはいわんでしょう」

「いや、これはかりは信じないでいた方がよか。もし、かりそめにも、本当と思っておるところへ嘘ということがわかった時の哀しさにくらべたら、はじめからそんげんことはあるまいと思うておる方がよっぽどよかとじゃ」

甲比丹は淋しげにおらんだ冬至の祝い酒をコップについだ。

末永はそれ以上いえない。

「おとしゃま、おめでとう」

丈吉が紙の小旗を両手に何本も持ってとび込んで来た。皆、三色旗だった。半紙を四つ切りにしたのを、紅と青とで染めてあるのだが、絵の具のとき方の手際がわるく、色はひどくにじんでいたりした。

「やあ、丈ちぃ、おめでとう」

末永も旗を二つ三つ、丈吉の手から分けてもらった。

「誰がつくった、この旗、手際がわるいぞ。白いところへ色がひどくにじんだなァ、まるで二色旗じゃ」

甲比舟も丈吉の手から二、三本もらった。

「まだ出来よると、何本でも出来よると、みんな出来たら、この部屋一杯おらんだの旗で埋まるとばい」

丈吉は部屋をはしりまわったが、そのまま扉の外へとび出してしまった。

「きょうはお花さん、つれて来るはずじゃったが」

甲比丹は聞いた。

「あとから来るとです」

「二人揃うて来ればよかとに」

末永はくすくすと笑った。

実は可なり前から来ていたのだ。おようさんの部屋へとび込み、丈吉と一緒にあそんでいる。およウが甲比丹のところへ早く行けといっても、なかなかおみこしを上げないで、もじもじした末が、おらんだの小旗つくりをはじめたのだった。

出来るに従って丈吉が運んで来る、絵の具の色のかわかぬうちに竹をつけ、それを何本も一緒にして振りまわしながらやって来るので、どの旗もどの旗も三色だか二色だか判らなくなる。中には竹へつける時逆さまに貼りつけたのなどもあったりした。甲比丹は苦笑いをした。

「もひとつきょうはお目出たが来ます」

末永はしばらくしてそういった。

数年間かかって、甲比丹が辞書編纂をしていることは、だれからともなく江戸へ聞こえたというのだ。

「清書して江戸へも献上してもらいたいという命令が来るそうです。いずれあとから正式のお使者があるでしょうけれど」

末永がそういった時には、さすがにヅーフは押えきれない満足を顔に見せていた。

「本当ですか。まるで夢のような話です」

「本当です、たしかな筋から聞いたとです。思いがけないことで、二年近くもお手伝いを止めておりましたけん、きょうから早速進行させましょう。お花にも手伝わせます」

「よろしい、どちらにしても、やりかけた仕事じゃ。一日も早く仕上げます」

末永にとってはしばらく捨ておいた仕事であり、殊には少しにしろ、名村が手伝ったりしているので、いくらか勝手ちがいのところがないでもなかった。

二人は打揃ってヅーフの書斎へ入ろうとした時、お花がやって来た。

まるで見ちがえるようなお花さんであった。丸まげに結って、いくらか抜衣紋に着た小紋の襟つきに蔦の紋がついていた。

「甲比丹、お目出とうございます」

如何にも落ちついたお辞儀の仕方に、ヅーフが釣り込まれて、日本風にあたまをさげたりした。

「永い間、御無沙汰いたしまして相すみません」

にっこりともせず、目を伏せて畏こまる。

「そんなに丁寧なお花さんになったら、とても手伝ってはくれんじゃろ」

「何ば手伝うとですか、甲比丹——」

「これこれ、甲比丹なんて言わずに、やっぱり昔のヲップルさんがよかね」

「ほほほ、ヲップル・ホーフトさん」

やっと笑い声だけは出たが、どうにも昔のお花さんにはなれそうもなかった。

四十四

末永が前ぶれをした江戸からのお使いは一向実現しそうにもないままに、半年以上もすぎた。

はじめのうちは何げなしに気にかけて末永もいい、甲比丹もいい出したりしたのが、あまりにも日が経つので、近頃では二人ともそのことについては思い出しもしなくなっていた。その代わりに、そろそろ今年の船の入る時分だが、と、今度は二人が代る代るのろしの上るのを待ちはじめた。

お花さんは、人が変わったような大人びたお花さんにはなったが、ヅーフの靴や、ズボンの修繕については以前の通りにまめまめしく気をつけてくれた。おようさんは年上ながら、こうしたことは不慣れだったので、いつもお花さんに教わっては手入れをすることになっていた。

ある時、それは文化十三年（一八一六）の八月十二日のことである。奉行所から中山得太郎、吉雄格之助の両通詞が甲比丹をおとずれた。

かねて甲比丹ヅーフが編纂をしている蘭和対訳字書御用に付、御老中牧野備前守お手許まで四、五巻づつでも、近々に差越すようにとの御沙汰が奉行松山伊豫守を通じて申渡しがあった。

この御沙汰が江戸を出たのが七月十七日で、途中宿次飛脚でお書取り、長崎へ着いたのが八月十二日すなわち、着早々蘭館へ通達されたのであった。

「辞書でございますか」

甲比丹は聞かなくてもいいことを聞きなおした。それほどうれしかったのだ。

「随分前から、甲比丹が丹誠《たんせい》しておいでのことちらちらと噂に聞きました。ようやくご功績が世にあらわれる時が来てさぞご満足でしょう」

中山も目分のことのように悦んだ。

「末永さんが熱心に手伝ってくれましたので大分出来あがりましたが、まだまだ、お上へ差上げるほどにはなっておらんとです」

辞書に載せられた言葉の数は九万ほどに上り、紙数も二千五百枚に及んでいるのだが、書損じが多く、下書のままの見ぐるしい原稿のことゆえ、いよいよ江戸へ差立てるとなれば大急ぎで書直しても、なかなか急々の間にはあいますまいと、甲比丹はありのままをいった。

「ごもっともです、無論、いよいよとなれば及ばずながら通詞どもの中から何人かお手許へ差出します。お指図をして下さったら、どんどん働らかせるようと奉行も申しておられます」

さしあたり、中山得十郎、吉雄權之助の両人はヅーフの蘭和辞書編纂手伝主任ということになった。そのほか、西義十郎、石橋助十郎、名村八太郎、名村八十郎、猪俣伝次右衛門、西甚三郎、植村作七郎、志筑長三郎、三島松太郎以上十一名のほかに前からのかかりあいで末永甚左衛門は常詰となって清書をいそぐこととなった。

今までは、ほんの暇にまかせて、ヅーフと末永とお花さんが、コッコッとやっていた辞書も、とうとう世に出る時が来た。船の来ない蘭館はたちまちにして辞書編纂所となってしまった。Ａの部三冊はすなわち一カ月で出来あがって奉行所へ差出された。時の奉行は金澤大蔵少輔であった。

奉書の紙に美くしく毛筆の細字で書上げた蘭和対訳字書のＡの部三冊、奉行の役机の上に恭々しく置かれた時奉行もにっこりと笑顔を見せて、字書を撫でるように、手を本の上においた。

《去月阿蘭陀辞書校正仕り、写し取り差上候やう、仰せつけられ候に付、日々通詞衆とともに校正仕り、漸くアの部出来仕り、尚又、前書相加へず候うては辞書の用ひ方等相分り申さず候に付、相認め、右の内に相添え置き、即ち三本に仕り、差上げ申候、尚次巻もなるだけ出精仕り、追々差上げ候やう仕るべく候

へんてれきとうふ

右之外、かぴたん横文字書付けを以て申上候に付、和解仕り、差上げ申候、以上

子九月

馬場　為八郎

末永甚左衛門》

辞書にはこういう口上書が添えられた。

奉行は辞書の一枚目をめくってヅーフの書いた緒言の訳文を読みはじめた。

《外臣へんてれき、とうふ、此五六年前に思ひを起し、通詞衆数輩と相議して、和蘭の字書を、皇和の語にて訳す。唯是れ通詞衆をして其家学に進ましめんと欲するのみなり、今恭々しく是れを浄書し奉れとの命下れり、外臣甚だ恭喜に堪へず、江都に於ても此書のすたりものたらざる事をしろしめす人のあるは、これ外臣が久しく思ひを尽せし微意の世にあらはれたるにてまた光栄といふべし——》

奉行はここまで読んでふと顔をあげた。

「甲比丹には子供があると聞いたが」

「はい、今年九つになります」

「男の子だというではないか」

「左様でございます。ヅーフという名を日本の文字にはめて道富と書き、名も丈吉という風に日本風に呼んでおります」

「さぞ可愛いであろうな」

「お察しの通りでございます」

受け答えをした人は馬場為八郎であった。そばには末永甚左衛門が控えていた。

「日本の通詞のためを思って甲比丹はこの辞書を作ろうとしたのだが、当役所に於ても、甲比丹のためを思って相当のお礼を考えてやらねばなるまいと思う。甲比丹の心持をそれとなく承わって置くように」

溢るるばかりの慈愛を見せて、奉行はいった。

「ありがたき思召でございます、甲比丹もさぞよろこぶでございましょう」

馬場は末永と目まぜをしながら奉行の前を下った。その足ですぐに蘭館へゆき、奉行の心持はそのままヅーフに伝えられた。


《一、寛政十一年はじめて日本長崎に渡来し一応帰帆の上翌年再渡来よりの当年に至るまで十八年間在留し、其間微力及ばずながらも日本のために尽したること。
二、蘭国には一人も子供なく、唯日本に於て女子一人男子一人出生したれど、女子は三年以前に死亡し、男子丈吉一人、私の血統に相違これなく候こと。
三、丈吉はおらんだ人の子にて所謂合の子なれば誰れとて養子などにもらひうけくれるものもあるまじく、よしまた、相応の資産を与へおき候うても、その資産をたよりに一生を楽にくらし得るものか否や、とてもおぼつかなく、我子のゆく末のみ朝夕に案じられ只々思ひすごしのみいたし候こと。

四、おらんだ本国へつれかへりたきは山々に候へども、この一儀は日本の法を以て堅く禁ぜられ居候へば、とてもとても相叶はず、只々、あきらめる外これなく候。

されば、右倅丈吉を長崎に残し引はなれまかりかへり候儀、誠に親子生別のかなしみ起臥にも案じわづらひ、殊に、丈吉はよしみのものとても無之、祖父にあたるものは先年病死仕り、祖母は今も生きながらへ候へども既に老年余命いくばくも無之、母親およう は到つて病身に御座候へば、私、帰国の上は全く孤児と相成り、その上おらんだ人の子とて、諸人に軽しめられ、果は人まじはりも相ならぬやう、なりゆきはせずやなど、あれこれ思ひめぐらし、只々打なげく仕合せに御座候。

　せめては左記の條々お聞とどけ下さらば、この上もなき幸せに候。

一、薬種目利か、端物目利、その他おらんだ人と交はること少く且蘭通詞とも引はなれたる役向を御命じ下されたきこと。

一、先年の来舶の白砂糖三百籠、本方商売の外、バタピア表より別段に送り来たれる分を残らず長崎会所に託し申すべく候に付、右の売払代銀利銀の内を以て、年々四貫づつを丈吉へ下げ渡されたきこと》

ヅーフからの願い書が、程なく馬場、末永両人の手で奉行に上申された。

この願い書は奉行の手から別に上申され、辞書と前後して江戸表へ送られたので、幾月も経たぬうちにも江戸表からの御沙汰があった。


《甲比丹ヅーフの倅道富丈吉、御抱へ入れ町年寄支配を申付け、本人相応年齢に達し候はば、相当役儀申つくべきものなり》

というので、会所調役、年番町年寄へもそれぞれお達しがあった。

御沙汰書を届けに来たのは末永であり、甲比丹とおようの間によりかかって、丈吉はのどかに唄を唄いつつ手を叩いた。

「赤かとばい、のんのかばい、おらんださんからもろたとばい」

少々赤味を帯びた髪の毛を、お花さんは両手で揉みあわせ揉みあわせつつ、ほろほろと泣いた。

「お花さんに赤ちゃんが出来たら、もうあたまの毛は赤うなかじゃろね」

甲比丹は淋しげにいった。

二つの愛児

四十五

文化十三年はとうとう一艘の船も来なかった。船の来なかったことはおらんだ屋敷にとってこの上もない淋しさではあったが、蘭和辞書の編纂はその代わりに思いのほかはかどった。

文化十三年九月、Aの部三冊、つづいて十月Cの部一冊、Dの部二冊、十一月はEの部一冊、Fの部一冊、Hの部三冊、十二月はIの部一冊、Jの部一冊、Kの部四冊、あけて文化十四年二月はLの部三冊、Mの部三冊、三月はNの部二冊、Pの部二冊、四月はRの部二冊、Qの部一冊、Sの部三冊、五月はSの部四冊、六月はTの部三冊と、かつ仕上げ、かつ送るという風に次々と江戸表へ差立てた。

こうして六月はすぎた。辞書の編纂のためにおらんだ屋敷の近頃の賑わいはなみなみならず、昼の間だけは、ただざわざわとしてわけもなく過ぎたが、夜に入って通詞たちが引上げると、淋しさは一入だった。

本国はその後どうなったのか、バタビヤはどうなったか、またしても英国船が来るのか、先年の通りに荷物だけをとりあげて美事はねかえすことが出来るのか、どうかそこまでの思い案じはただ淋しいだけでもすみ、不安だけに終わりもするのだが、もし、望みの通りにおらんだ国が復興し、バダビヤにもまた三色旗のひるがえる時が来て、いよいよブロンホフが長崎へ送りこまれる時が来たら、それこそどうなるのか。

ブロンホフに変わってバダビヤへかえる自分はそれこそ年来の本望であり、この上もないよろこびなのだが、同時にたった一粒種の丈吉を幼いままでただひとり異国異人の間に合の子として永久に残しておかねばならないのだ。

長年の望みの遂げられることを喜んでいいのか、哀しむための喜びを迎えるのか、思ってそこまでゆくと、ヅーフはまたしても丈吉のあたまに手をおいて、撫でるように揉むようにいとしがるのであった。

「あたまの毛はせっせと揉みあわせると黒うなりますばい」

ずっと前に、丈吉がまだ赤ちゃんだった頃、おようの母親はそんなことをいった。

「目の玉はどうすれば黒うなっとですか」

おようがおしかえして聞いたら、祖母は何ともいわなかった。ただ、抱きしめながら唄いつつ、赤ちゃんを寝かしつけた。

「赤かとばい、のんのかばい、おらんださんからもろたとばい」

これが、その頃から丈吉への子守唄になった。そして丈吉がいつかしらおぼえ込んで口癖に唄っている。今夜もまたそれを唄っている。

「赤かとばい、のんのかばい、おらんださんからもろたとばい」

もうじき七夕様が来るという七月三日の午後になって、山々にのろしがあがった。番所々々から注進舟が走り、早舟がとび、曳船が出発した。十幾人も蘭館にあつまっていた通詞たちは一斉に大机のまわりを立ち、ベランダに集まって、鬨の声をあげた。

「ヨイヤー、ヨイヤー」

それはこの港の人々が、春の凧合戦で美事に相手の凧を切りすてた時のかちどきのよび声である。

「甲比丹、おめでとう」

が八方から浴びせかけられ、甲比丹もまた、おめでとうを鸚鵡がえしに呼びかえした。

「まさにおらんだの船です。一船はフラウ・アハタ号、一船はカントン号、今日はそろそろ日が暮れますけん、あしたの朝早う港に入って来ます」

こうした知らせが間もなくおらんだ屋敷へも入って来た。まだうれしい通知があった。

「ブロンホフさんが乗っております」

これこそヅーフの心を踊らせる通知だった。

(ブロンホフが来ている、ブロンホフが来ている。――それならば、いつぞやカッサが

いったおらんだ復興は本当だったのだ。そしてバダビヤにもまた、おらんだの旗が立ったのだ）

甲比丹はその夜、目が冴えていつまでも眠れなかった。丈吉も睡つきがわるく、夜半まではしゃいで母親を困らせた。母親のおようさんは何もいわずに、丈吉のあたまを撫でつつ、はしゃぎ切ってしゃべりつづけるヅーフの話を、夢見る人のように聞いていた。

「ヅーフ君おめでとう」

「ブロンホフ、おめでとう」

フラウ・アハタ号の甲板に、四年ぶりの手をとりあったヅーフとブロンホフが第一番に双方の口からとび出した言葉はこれだった。二人の眼は期せずして柱上の三色旗に注がれていた。

「我々の母国おらんだは復興したよ。バダビヤもおらんだの手にとりかえすことが出来たのだ。今度の船には、まだ、おなじみのおらんだ荷物を持って来ることは出来なかったが、来年からは久しぶりで、どんどん持って来られるんだ。お互いに辛抱の甲斐があった。喜んでくれたまえ、よろこんで――」

一口にいいながらブロンホフは泣いていた。ヅーフも泣いた。

おらんだ本国がナポレオンのために征服されたのは寛政六年（一七九四）から翌年へかけての出来事であった。間もなくバダビヤ共和国となり、やがてルイボナパルトの支配下につけられてしまい、つづいて仏蘭西帝国の一領土ともなってしまった。この間十六年間の年月がすぎている。従ってヅーフがはじめて日本へ渡って来た時から、本国はおそろしい戦乱の大波の中に完全にもみくずされていたのであった。

それから五年をすごして文化十二年（一八一五）の五月、西洋の暦では六月十八日に白耳義《べるぎー》の都ブラッセルの南、ワートルローという村を中心にしたところで、英、蘭、独の総合軍は英将エリントン侯指揮の下にナポレオンの大軍と決戦しものの美事に大捷《たいしょう》（大勝利）を博したので、さしも二十年にわたって欧羅巴全土を席捲した稀世の英雄ナポレオンも、きのうに変わる一孤島の流人となってしまったのだった。

かいつまんだ言葉ながら、ブロンホフは一気に母国の復興をヅーフに語った。

「ありがとう、よく知らせてくれた、ありがとう」

ヅーフはくりかえした。

「礼をいわれるのは君だ、君こそ大手柄をしたんだ。故国のために、この上もない大手柄を――」

ブロンホフはいきなりヅーフの手をとって船室へ導いた。そこには名誉ある和蘭獅子士勲章が恭しく棒持されてヅーフの胸を待っていた。

「千八百十三年から十四年にかけて、おらんだ国がもっとも困難の道をあゆんでいた時、君は敢然として光栄ある故国の旗を守りとおしてくれたんだ、わが親愛なる国王陛下は君にこの栄誉ある勲章を賜った」

そういいながらブロンホフはヅーフの胸に勲章をつけた。

四十六

「さて、君に紹介する人がある」

ブロンホフはにこやかにヅーフを呼んだ。ヅーフの案内によって、ヅーフの前にあらわれたのはブロンホフの妻および子供と、そして下婢《げひ》(養育係)、であった。

皆が、はじめて見る日本の風景の美しさにひどく上機嫌だった。紹介された途端に、子供たちはもう甲板へとび出したり、妻女もまた、上陸の用意がいそがしいからとそそこに船室へ去ったりした。

「ブロンホフ君。君は知らなかったのか」

ヅーフがいった。蘭館へは本国よりの妻子をつれ込むことをゆるさずという国法が定められているのだ。

「せっかく、たのしみにして来ているようだが、ゆるしてもらえないかも知れない」

ヅーフは一身の歓喜を胸間に輝く勲章に見せ、友人の不安を双肩に負ってひとまず出島へもどった。

「やあ、お父さん、よかものばもっている。これ何だ、ぴかぴか光ってよかね」

丈吉は父の胸に光る勲章をとろうとしたりした。

「ははは、今に大きくなったら、丈吉にももらってやろうね。これこそはおらんださんからもろたとじゃ」

そんなことをいいいい、奉行の前へ出頭した。

奉行は果たしてブロンホフの家族の上陸をゆるさなかった。

「今から百五十二年前のことですが、異国の人の妻子を上陸させた先例があるように思います」

ヅーフは思いがけないことをいった。

「百五十二年前」

「そうです、日本の年号では何という年号かおぼえておりません。国姓爺が台湾を占領した時のことです、その当時台湾にいたおらんだ人は全部女子供をつれて長崎へ逃げて来たはずです、そして、長崎の奉行はその上陸をゆるして保護して下さったはずです」

奉行は苦笑いをした。

「なるほど、そんなこともあったように聞いております。あんたまた、大層古いことをおぼえておいでじゃ」

「私は他国のお世話になったり、ご恩をうけたりしたことは決して忘れません。日本国が百五十二年前に、我々の国の同胞を助けて下さったのですから忘れることは出来ません」

「先例は先例だが、その時と今の場合とはまったくちがっていると思う。一方は親交国の人民が避難所を求めて来たのであり、今度は役目をもって上陸しようとしているのだから——」

奉行はヅーフに好意のある目を向けながら、それ以上ものをいわなかった。

「まことに、ご無理を申してすみません。友人ブロンホフは私の後任者としてよりも、救済者として参った人物です。おまけに、私は私の母国についてすばらしい吉報に接しております。おまけに、その吉報は、やがて来年再来年と引つづき、長崎の商人たちにもよろこびを分けるもとであるんです。どうぞ、ご同情下さいまして、百五十二年前の先例をも御上申下さいますならば、この上もない仕合せです」

ヅーフのいいまわしが、果たして功を奏した。

とにもかくにも、ブロンホフの一家は一応出島入りをゆるされた。

その夜、出島屋敷には千燈籠がともった。港内のアハタ号とカントン号も千燈籠で飾られた。後の世の人はこれをイルミネーションと名づけている。その当時は数えつくせぬほどの提灯を竹竿にともしつらねて、全おらんだ人の歓びを、長崎の港に輝やかしたのであった。

文化六年（一八〇九）以来、おらんだ屋敷にはプッツリ手に入らなかったバターがその夜食膳にあがり、同じく八、九年の間、見ることさえ出来なかった葡萄酒を惜しげなく抜いて和蘭万歳の声々は夜をこめて出島の一角にあがった。

出島の一角の歓喜の声はやがて、出島の対岸なる江戸町にも、西役所にも、そして長崎会所にも遠く唐人館に近い町々にもおしうつり、皆一斉に、おらんだのよろこびを長崎の人々も我がことのようによろこびつれた。

次の日から荷おろしは始まった。ブロンホフがいったように、積荷はまだ日本人の気に入るおらんだ荷物ばかりとは行かなかったが、しかし、何の気がねも苦労もなく、ましてかくしごともない交易をはじめることができた。帰航の貨物も充分に受取ることが出来た。

荷おろしと積荷と品物目利きと値ぶみと、そして入札とがそれぞれ進行する間に二カ月の日数が経った。

古甲比丹へンドリック・ヅーフ、及び新甲比丹ヤンコック・ブロンホフ同道して西役所へ出頭しますようにという呼び出しがあり、二人は打揃ってびろうどの服を着、西役所へ出頭した。

そこには吉凶二つの知らせが二人を待ちうけていた。

《銀五十枚　古かひたん、へんてれき、とうふ
　寛政十二申年再渡以後、引つづき当五年まで十八年間在留いたし、江戸拝礼も三度相つとめ、且在留中、異国船渡来之節も、御用相つとめ、其上、去る子年より和蘭辞書を和語に翻訳いたし候書籍取立て候に付ては、日々出精いたし、出帆までには必らず全備いたすつもりの由、畢竟心掛よろしくかねて御用筋重く相心得候故、自分御用相弁じ候に付江戸へ申上げ、褒美これを下さる》

これは吉報であった。つづいて凶事の知らせは、一応上陸だけをゆるされたブロンホフの妻子、《出島へ同居願ひの儀は、聞きとどけ難し》との一言で是非なく、やがて出帆する二隻の船でバタビヤへすごすご引かえさねばならないのであった。

四十七

三カ月前の通りに、今、ブロンホフとヅーフとは、フラウ・アハタ号の甲板に立っている。ブロンホフの妻子が二人の間に立っているのも三カ月前と同じだった。しかし、皆の

心持はすっかりちがっていた。

　異郷ながらも、家族打そろって出島に暮らすつもりでいたブロンホフの家族たちは、たったひとりの愛児をよるべもない異郷に、ただひとり残して遠く故国へ去るヅーフと共に、空しくバタビヤへ引かえすのである。

「本当にお気の毒でございます」

　末永も船へ見送ってしきりにブロンホフへいった。ヅーフにもいった。

「仕方がないです」

　ヅーフとブロンホフが一緒にいった。二人とも打ちひしがれてはいたもののブロンホフのしおれ方はひどかった。ブロンホフ夫人の哀しみはさらにさらにひどかった。

「ヅーフ君、この人たちをたのみます」

　ブロンホフは淋しくいってヅーフの手をとった。

「ブロンホフ君、丈吉をたのみます。そして君の後任者へも、また次の後任者へも、その伝言をたのみます」

　ヅーフはもっともっと淋しげにブロンホフの手を握った。

「及ばずながら私が引うけました、そしてもっと頼もしいのは私の妻が、丈吉のことをしっかり引受けております」

　末永の言葉はさすがヅーフの心を引立たせた。

「ありがとう、ありがとう。そうだあなたとあなたの奥さんお花さんがいる。その上におようさんがいる。私は少しも心配しなくてもよかったんだ。まだまだ、その外にも、情愛の深い長崎の人たちがいて下さるんだ。ははは、安心して長崎を立去ります」

急にヅーフは明るくなった。

「そうです、その通りです、あなたはあなたのいちばん可愛か子供を二人、長崎に生み残しました。そして二人の子たちは、我々長崎人があなたにかわって大事に育ててさし上げます。安心しておいでまっせ」

末永甚左衛門は頼もしげにいった。

「二人の愛児、それは何のことです」

ヅーフは一寸眉をひそめた。

「ひとりはあなたの血を分けた道富丈吉です。これはまだ幼ないけれど、お奉行様の御心づくしとあなたの御一心が通じて、幼少ながら役付きになっております、そして安心の出来る財産もついていている。ただ、丈夫に育って大きくなりさえすればよかとです。それまでは私たちが一生懸命育ててあげます」

「ひとりの愛児、わかりました。そして、もひとりの愛児といいますと」

「おわかりになりませんか。あなたが精神こめて生み落とした蘭和辞書でございますたい」

「そうじゃ、これは愛児にちがいない。まさに私の愛児じゃった」

「わかりましたね、去年からの出精で、あら方出来あがって江戸へお送りすることが出来ましたばってん、まだUの部からあとが出来ておりまっせんものね。それに、今までの中でも、BとGとOの三つが出来ておりまっせんたい。これはちょうど、丈吉君が幼少のままで、お父さんの手もとばはなれたのと同じことでございます。これこそ、私たちが、一心こめて立派に成人させせます。御安心なさいまっせ」

末永の凛々たる声が、ヅーフを引立たせたばかりでなく、ブロンホフをさえ元気づけた。丈吉は三カ月の間にすっかり仲よしになったブロンホフの子供たちと一緒に、船の艫《へさき》へでも行ったのか、キャッ、キャッとさわぐ声が聞こえた。

文化十四年（一八一七）十月二十八日、速力の遅いカントン号は一歩先に長崎港を出た。少し間を措いて、フラウ・アハタ号にも出帆を知らせる銅羅の音がけたたましく鳴りひびいた。

《およそ物事の成就する、始めと終わりとあり、これが始めをなせどもその後をつぐものなければ、その事半ばにして廃る。今この蘭和辞書の成就するは、実にヅーフこれが始めをなし、余輩等その後を継ぐに因るなり、嗚呼ヅーフなかりせば此業を始むる事能はず、余輩その後を継がざれば亦その業を終ること能はず。二物相合してその事成就せり、尤もよき事にあらずや。

天保四年癸巳十二月

ヅーフが生み残した愛児のひとつ、蘭和辞書の跋文にはこうした文章が添わっている。掛り通詞とある如く、十二人の通詞たちがヅーフ出発の後、倦まずたゆまぬ努力をつづけて、さらに十七年の年月をかけ、最初の着手から数えて二十三年目の天保四年（一八三四）に完成した時、通詞たちはこの文章を書添えたのであった。

さて、今ひとつの愛児道富丈吉は如何に。ヅーフ去って四年目に十四歳になるのを持って唐物目利という役目をつけられ受領銀一貫目を支給される役人にとりたてられたが、可愛そうに身体が弱かった。わずか十七歳になったばかりの正月十八日、道富院円覚良通居士と法名をつけられるる身の上となった。

（長崎出島　終わり）

《解説》（編集後記にかえて）

出島と対岸の江戸町とのあいだに橋が架けられ、長崎の観光客はこの橋をわたって出島に出入りするようになった。長崎観光の目玉ともいえる出島に改めて注目があつまっている。この時期をにらんで平山蘆江《ひらやまろこう》の『長崎出島』を復刊することにした。

平山蘆江についいては、むかしの長崎では「知る人ぞ知る」有名人であったらしいが、いまの読者には人物事典的な解説をしておく必要があろう。

『日本近代文学大事典』（日本近代文学館編　講談社刊　昭和五十二年）第三巻に孫の平山城児氏（立教大学名誉教授）が書いた「平山蘆江」の項を引用してみると全貌がわかる。

《平山蘆江（ひらやま　ろこう）明治一五・一一・一五〜昭和二八・四・一八（1882〜1953）小説家、随筆家。神戸生まれ。本名壮太郎。実父田中正二は、旧薩摩藩の船御用さつまや七世。実父の死後死後遺言により、長崎の酒屋平山家に引取られた。弱年のころより文学への志強く、養父としばしば衝突した。東京府立四中を中退、満州で新聞記者となる。帰国後、「都新聞」「読売新聞」の花柳演劇欄を担当するかたわら、小説家としてもデビューした。大正一五年、長谷川伸らと第一次「大衆文芸」を創刊したが、長谷川伸らと折り合いが悪く、昭和六年、単独で第二次「大衆文芸」を発刊したりした。自伝的な『唐人船』二巻

（至玄社、平凡社）や『西南戦争』（至玄社）といった代表作のほか、情味豊かな花柳ものに長じていた。『日本の芸談』（法木書店）『東京おぼえ帳』（住吉書店）『きもの帖』（住吉書店）などの優れた随筆もあり、また、都々逸、小唄の作詞、普及の面にも大きな功績があった。》

インターネットで平山蘆江を引いてみると「青空文庫」にはいくつかの随筆が掲載されていて読むことができる。すべての作品について「著作権フリー」の作家リストにはいっている。しかし、『長崎出島』はネットには掲載されていないので読むことはできない。たまたま昭和十九年（１９４４）刊の婦人之家社判平山蘆江『長崎出島』を東京の古本屋で買い求めていたが、製本が貧弱で本文の紙質も文字組も読むに耐えるものではなく、通読はしていなかった。ネットを見ていると同名の小説が住吉書店からでていることがわかり取り寄せてみると、昭和二十七年（１９５２）刊の同じ小説だった。今回の復刊にあたっては婦人之家社判を底本に、スキャンを試みたがうまくいかず、結局印刷会社のオペレーターの手打ちで版を組み立てることができた。

通読して感じたことは著者の感性の豊かさと、読者を意識した文章作法の平易な表現力に打たれた。なによりも長崎の町や人々の生き方を描く目線のやさしさである。どこまでも長崎の町を愛している著者の心情がひしひしと伝わってくる。女性のことばの長崎弁の響きは、さすが花柳界をあいてに多くの作品を残している作家ならでは、とうならされた。いまはもうこのような上品な長崎の女性の言葉は聞かれなくなったが、二世代ほど前の長崎の女性たちは、こんな雅なことばをつかっていたように記憶する。

本書の内容の詳細紹介はたねあかしする野暮になるので控えるが、作品のテーマをいくつか整理してご紹介しよう。

主人公は出島オランダ商館長ヘンドリック・ヅーフである。実在のオランダ人でヨーロッパにナポレオン戦争が勃発して大混乱の時期の在任で、迎えの船が長崎に入港せず、結局十八年もの長い出島暮らしとなった。本国オランダがフランスに占領されて消滅した時期、植民地のジャワもイギリスに占拠されており、オランダ国旗が地球上で掲揚されていたのは、長崎出島だけだった。小説では商館長ヅーフの国旗にたいする強い母国愛が描かれていている。

ヅーフ在任中の出島最大の事件は「フェートン号事件」である。この歴史的な実話を冒頭に描いて読者の緊張感をつなぎとめる筆力はさすがである。長崎奉行や阿蘭陀通詞、使用人の東南アジア人などの役割が事件の展開のなかで明快にえがかれている。

本書のもうひとつのおおきなテーマは『ヅーフ・ハルマ』といわれる蘭日辞典の編集秘話である。ヅーフの長い在任期間の文化的な功績は、この辞書編纂事業だと、専門家のあいだではよく知られている実話だが、辞書編纂に情熱をそそぐヅーフの生き方を平山蘆江は描いている。ここもぜひ味わってお読みいただきたい。

エピソードのひとつは「道富丈吉《みちとみじょうきち》」という、ヅーフが丸山遊女に産ませた男児の話である。歴史通のみなさんはその墓が寺町の晧台寺にあることをご存知だろうが、この小説ではヅーフと息子丈吉との愛情物語が作品にふくらみをもたせている。

平山蘆江は長崎を離れて作家活動をした時期がながいようだが、長崎への思い入れは深いものがある。養父の供養に『香華』という追悼文集をだしている。長崎史談会元会長の宮川雅一氏にこの冊子をお借りして読んでみた。「平山壮太郎」という本名で家族愛にあふれる文章を書いている。幼児期から青年期、壮年期にいたる養父との思い出である。このなかで「勘当」されて東京に飛び出したあとに「和解」して、家に戻っていることが書かれている。さきに紹介した人物事典で不明だった少年時代は長崎市立長崎商業学校にいったが途中から東京にうつったように書かれている。

長崎が生んだ文学者平山蘆江の作品はまだまだ埋もれている。このたびその一編『長崎出島』を復刊できたことを嬉しく思う。ひとりでも多くの読者のみなさんにお読みいただきたい。

平成二十九年（2017）十一月

編集長　堀　憲昭

◆著者略歴

平山蘆江（ひらやま　ろこう）

明治15年（1882）生まれ、昭和28年（1953）没。本名壮太郎。神戸の船問屋「さつまや」に生まれながら実父死後、長崎の老舗酒店平山家に養子に。長崎商業学校を２年で中退。上京して東京府立４中に入る。新聞記者として日露戦争従軍。帰国後明治41年（1907）都新聞に入る。その後、読売新聞記者を経て作家に。花柳界の風俗に詳しくなる。著書に『唐人船』『西南戦争』などの小説のほか、『日本の芸談』『東京おぼえ帳』『きもの帖』などの随筆多数。都々逸、小唄の作詞や普及に大きな功績を残した。

『長崎出島』は昭和19年（1944）に婦人之家社から刊行、戦後住吉書店から同作品を昭和27年（1952）出している。

名著復刻シリーズ４

長崎出島

発行日	初版　2017年11月20日
著　者	平山　蘆江（ひらやま　ろこう）
発行人	片山　仁志
編集人	堀　憲昭
発行所	株式会社 長崎文献社 〒850-0057　長崎市大黒町3－1　長崎交通産業ビル5階 TEL 095-823-5247　ファックス 095-823-5252 ＨＰ：http://www.e-bunken.com E-mail：info@e-bunken.com　nagasakibunkensha@gmail.com
印刷所	日本紙工印刷株式会社

ISBN978-4-88851-285-5　C0093